何冀平
经典
剧本集

疏影暗香

何冀平 著

作家出版社

何冀平简介

中国戏剧家协会顾问，中国作家协会会员，中国文学艺术联合会全国委员。北京人民艺术剧院荣誉编剧、北京市劳动模范、中华文化人物、香港六艺杰出女性。

所创话剧《天下第一楼》，誉为当代现实主义经典，收入中国高教部中学教材。创作《新龙门客栈》《新白娘子传奇》《投名状》《龙门飞甲》《邪不压正》《明月几时有》《决胜时刻》等影、视作品。《德龄与慈禧》《还魂香》《明月何曾是两乡》《烟雨红船》《甲子园》等舞台剧作品。获中国首届文华奖，中央戏剧学院首届学院奖，全国优秀剧本曹禺奖，十月文学奖，中国戏剧节优秀剧作奖，台湾金马奖、香港金像奖最佳编剧提名奖，2019年港澳台最佳年度编剧奖，华鼎奖建国七十年全国十大优秀电影编剧等重要奖项。

与吴祖光

天下第一樓

德聚福

只三間老屋時宜明月時宜風

好一座危樓誰是主人誰是客

卢孟实离开他付出半世心血的福聚德，留下一副对联

天下第一楼

两个不务正业的二世祖，一个票戏，一个习武

宫里的太监和军阀的副官在福聚德相遇，如同两个时代碰撞

卢孟实（杨立新扮演）与红颜知己玉雏儿（岳秀清扮演）

天下第一楼

福聚德经营不善，内亏外欠，要账的找上门

天下第一樓

福聚德

含泪带笑、一生敬业的堂头常贵，昏倒在店堂

夏淳导演给《天下第一楼》第一版演员排戏，居中者为常贵的扮演者林连昆

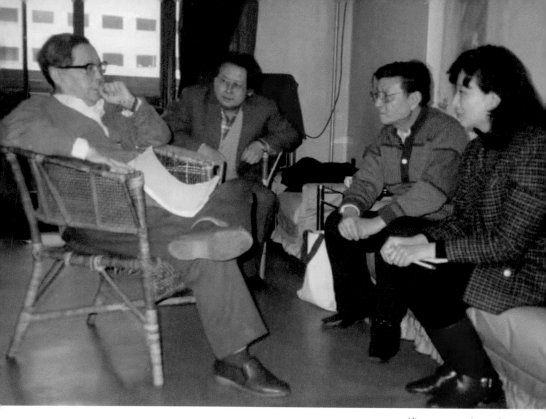

曹禺与导演夏淳、顾威，
在曹禺家里

（左起：曹禺、顾威、夏
淳、作者）

曹禺为《天下第一楼》
写的诗

韦尔你们都是我们当中的一个
你们有一天会是青天的神仙
要！——定不必羡那那庙寺
那愁与喜、悲愤与怨的牛羊

《天下第一楼》那香飘天星地的
世界，
亦又是清凉涵脱的尾音。
我们是明月又是风和月，
一时是风，一时是空，
一时是主人。
失意羡慕你们，用玉笔
道尽人间的悲欢离合，
道尽世界的不平。
你那样美，却有鹰般眼睛，
你爱你憎、你恨，演秀
善良而悍，贫穷与欺凌。
你们将是宇宙中永远
闪光的星。

一九八八年六月十一日
曹禺

一九八八年六月首演，排队购票的人群

首演之后，连演一百五十场，场场满座

作者、导演与演员相聚

庆贺《天下第一楼》演

出五百场

话剧 甲子园 JIA ZI YUAN

朱旭（八十二岁）扮演姚半仙（左），蓝天野（八十六岁）扮演黄仿吾（右），在私立养老院甲子园

话剧
甲子园
JIA
ZI
YUAN

『海归』陈爱林（王姬扮演）

被别有用心的大卫（雷佳扮演）

蛊惑

话剧
甲子园
JIA ZI YUAN

孤独的彦梅仪（七十二岁的吕中扮演）被乐观的金奶奶（七十二岁的徐秀林扮演）逗笑了

九十岁的朱琳实现了『能在舞台上转一转，我很满足』的愿望，这是她的最后一部戏

话剧
甲子园
JIA
ZI
YUAN

姚半仙有一个不争气的儿子

话剧
JIA
ZI
YUAN
甲子园

黄仿吾为迷茫的『海归』女解惑

朱旭为孤寂又自得其乐的角色，设计了一身恰如其分的行头：小瓜皮帽，横挎包

朱琳一下排场，已经把所有台词背熟了

郑榕（八十八岁）饰演老军人金震山，把手杖做肩枪，一身正气

蓝天野已经几十年不登舞台，一开口，宏厚的声音，打到剧场最后一排

朱旭极其认真，一句普通台词到了他嘴里，就别有一种味道

第二轮演出，换了濮存昕、龚丽君等中年演员

話剧

JIA
ZI
YUAN

甲子園

濮存昕、龚丽君演绎的黄昏恋，

另有一番味道

编剧何冀平（右一），导演任鸣（左一）、唐烨（右三）和蓝天野（右二）等，在合成现场

话剧
DELING
AND
CIXI

德龄与慈禧

活泼大胆、坦率真诚的德龄（黄慧慈扮演），生在中国长在外国，在那个年月绝无仅有

话剧
DELING AND CIXI

德龄与慈禧

郑云龙扮演的光绪，形似神似

话剧
DELING
AND
CIXI

德龄与慈禧

九十高龄的卢燕多次扮演慈禧，
她坦言，最喜欢这一个慈禧

话剧 DELING AND CIXI

德龄与慈禧

我这颗心在死牢里关了这么多年，今天让你给放出来了

话剧

DELING AND CIXI

德龄与慈禧

变法失败后的光绪完
全失去希望，心中火
种又被坦率真诚的德
龄唤醒

舞美、灯光设计别有新意：变幻的灯光使死寂的宫廷也有梦幻一刻；舞台中心一根龙柱是权力的象征，日晷般的转动，显示时光的流逝和王朝的更迭

话剧
DELING
AND
CIXI

德龄与慈禧

慈禧身后，永远跟着一个会动的『寝室』，和一群阿谀奉承的人

李莲英是一个尽忠职守、不辱使命的打工仔

话剧
DELING AND CIXI
德龄与慈禧

话剧
DELING
AND
CIXI

德龄与慈禧

皇后隆裕是个受气包，
但有一份自豪支撑，那
就是从大清门进宫的『正
宫娘娘』身份

话剧 DELING AND CIXI

德龄与慈禧

德龄要面对的不只是慈禧

德龄与慈禧

德龄与慈禧

光绪从小由慈禧一手带大，他们也曾共过患难，有过真情

话剧

德龄与慈禧

DELING
AND
CIXI

濮存昕扮演的光绪别具一格

德龄与慈禧

江珊扮演的慈禧，就像她说的要如『陈酿般醇厚』

德龄像一把钥匙，打开光绪闭锁的心扉

后宫珠帘下的慈禧见到荣禄，吐露心声：我是一个女人，我要有人疼我，爱我

德龄与慈禧

德龄的父亲裕庚，是清廷中少有的有先进文明意识的官员

德龄与慈禧

宫眷的日子一点也不好过

太监也是人，自有他们的人性

德龄与慈禧

德龄与慈禧

太监用惯用的一套恐吓德龄，可惜失效

目 录

序　言

吴祖光

冀平是我看着长大的。大人们聚会，常看见她。小时候，她和我儿子吴欢差不多大，可比吴欢高半个头，戴着少先队"中队长"的臂章。吴欢不爱学习，见到她就逃跑，怕她又来查作业。她天生灵秀，冰雪聪明，完全是个小美人，尤其难得爱写文章。十二岁考中学的一篇作文，得了满分，进了北京最好的学府师大女附中。按说，应该是我的儿媳妇，没留神被程思远先生的公子给娶走了。都怪吴欢太胡闹，错失机遇。

她"文革"后考入戏剧学院文学系。毕业时，北京人艺点名把她要了去。人艺的确有眼光，她第一部戏《好运大厦》，首都剧场门口，买票的，排起长队，不知道的还以为是歌星演唱会，差点挤塌了售票亭子。第二出则是名满天下的《天下第一楼》，轰动北京城。萧乾说是一部色、香、味俱全的风俗画；黄宗江说，清词丽句可以比美契诃夫；曹禺连看了五遍。一时间，几乎北京的名流皆有文章。此剧成为北京人艺的中兴之作，演遍中国和东南亚，至今演出四百五十多场。不久前，人艺五十周年大庆，《天下第一楼》与《茶馆》《雷雨》等，同列为五部精选剧作。"惟有牡丹真国色，花开时节动京城。"说冀平是当今戏剧界第一才女，应是不为过也。

正是如日中天的时候，她移居香港，闻者无不为之惋惜。到港后，即投身电影电视，第一部电影《新龙门客栈》一炮而红，从此打进香港商业圈，与香港知名大导演徐克等人合作，陆续写了五部电影，近十部电视连续剧，《黄飞鸿》《新白娘子传奇》《楚留香》《风生水起》等都出自她笔下。

在电影电视圈转战八年，冀平重归舞台。首部剧作《德龄与慈禧》，创下百分之一百强的票房，演出时后排还设一排站座。四年中她连写五部话剧，每演必满。一部《还魂香》是以《老残游记》改写，穿透原著，直指人生。在香港最大的剧场文化中心连满数场，这在香港也不多见。以老舍先生短篇改编的喜闹剧《开市大吉》，被老舍先生的少爷舒乙赞予五个成功；香港现实生活剧《明月何曾是两乡》，写尽新移民心态；《烟雨红船》是三千万的明星大制作，连满三个月……她写的戏或电影全部拍摄演出，部部都卖个满堂红，真不知她掌握了什么诀窍？她创出了何冀平品牌。她的戏贴出就满，香港人看见"何冀平"三个字已经去买票了，一跃成为香港金牌编剧。《天下第一楼》更被收进香港中学教科书。十来年的工夫，一个离开了自己乡土的作家，在异乡异地，一个连语言都不通的地方，重新崛起。她付出了多少，可想而知。她初去香港时，我问过她，现在怎么写作？她说，像耍杂技，手里托着三个球儿，哪个也不能掉下来。

她不张狂，看似娟娟淑女，笔下气象万千。她的作品不似女性，尤其语言，老辣幽默，深刻隽永。正所谓"蛾眉不让须眉"。

眼看着当年小女孩有如此成就，心里当然欣慰。更由于冀平的路线，非常像我的过去，心中不禁感慨良多。

我当年就是在内地写戏，后来去了香港，1949年周总理请我再回内地。如果以成就论，冀平的今天已超过了当年的我。若说还差点什么，那么她差了当年我戴过的一顶"右派"帽子。作为她的长辈和同行，垂暮之年，能为这么好的女孩写序，我要谢谢冀平给了我这个机会。谢谢她为中国戏剧做了这么多。我已经八十六岁，凤霞过世以后两次中风，这篇序是我最后封笔的文章，恰好是写给冀平。序与续同音，"这次第怎一个续字了得"。

话剧剧本

天下第一楼

主要人物表

卢孟实：福聚德掌柜

唐德源：福聚德老掌柜，也是东家

唐茂昌：唐德源的大儿子

唐茂盛：唐德源的二儿子

常　贵：福聚德堂头儿

罗大头：福聚德烤炉的

王子西：福聚德二掌柜

玉雏儿：卢孟实相好，胭脂巷的妓女

李小辫：福聚德的灶头

修鼎新：福聚德的"瞭高儿"兼账房；前为克五的"傍爷"

克　五：某王爷的后代，食客

成　顺：福聚德徒弟

福　顺：福聚德徒弟

小生子：福聚德徒弟

福　子：唐茂昌的"跟包的"（跟班）

警察、宫里包哈局执事、中人钱师爷、总统府侍卫副官、瑞蚨祥孟四爷、胭脂巷的女人、送花的伙计、食客等。

第一幕

时　间：1917 年，夏

地　点：前门外肉市"福聚德"

正阳门（又称前门）外，堪称"天子脚下"，人居稠密，市井繁华，京师之精华尽在于此。店铺、茶楼、戏院、摊位鳞次栉比，白天人群熙来攘往，入夜灯火辉煌，历经五百年繁华不衰。

就在正阳门外，俗称前门大街的东边市房后面，有一条胡同，叫肉市口。就在这条小胡同的两边儿，一家挨一家地开着密集的饭馆子，每家馆子都有独特的风味佳肴：正阳楼的涮羊肉、大螃蟹，东兴楼的酱汁鲤鱼，烧饼王的吊炉烧饼，天泰馆的小米粥……最有代表性的，要数声噪京城的烧鸭子（解放前后才叫做"烤鸭"）。老字号"福聚德"，就坐落在肉市口里。

道光十七年，一个操着山东荣成口音的后生，在正阳桥头，御用辇路石板道旁，用两块石头支一条案板，摆了一个卖生鸡鸭的小摊儿。他为人和气，买卖公平，生意越做越精，直至用一枚枚辛苦钱在饭庄林立的前门脸儿买下一小块铺面房，立下他的百年基业。

如今，福聚德老唐家的家业已经传到第三代。门脸儿正中门楣上并排挂着三块匾，"福聚德"居中，"鸡鸭店"在右，"老炉铺"在左。这时的福聚德身兼三职：烧鸭子、生鸡鸭和"苏盒子"（当年人们吃春饼的各种熟肉，切好摆放在特制的木盒里，故而得名）。前厅左边摆着两只大木盆，旁边坐满徒弟，一个个手脚麻利地拔着鸭毛。沿墙根，一排木架子上挂着开好生的鸭胚子，鸭子都吹好了气，抹上了糖色，一只只肥嫩白生，十分肥壮。

前厅右边是福聚德的百年烤炉，红砖落地，炉火常燃；炉口有一副对联：

"金炉不断千年火，银钩常吊百味鲜"，横批"一炉之主"。当年这座炉和烧鸭子的技术是店里的最高机密，坐在柜台后面的账房和二掌柜，除去支应柜上的事，就是牢牢地盯着烤炉，不许任何人靠近。

走进二道门是一个敞堂，两边分别是库房、柜房和开生间，后来又加了两间"雅座儿"。敞堂正中是一面描金富贵花的影壁，前边有个养活鱼的大鱼盆，后边有门通向"热炒"的厨房。（一幕时除了影壁，其他的还都没有）

幕启时，正当饭口，肉市口里热闹非凡，各家饭庄子的厨灶正在煎炒烹炸，跑堂儿的招呼着客人，食客们磕杯碰盏，猜拳行令。这几天，酒肆、饭庄的生意特别好。清朝的最末一个皇帝在"子民"们"帝制非为不可，百姓思要旧主"的呼声下，由张勋保驾，又坐了"大宝"，紫禁城内外的遗老、遗少们顿时打了鸡血般兴奋起来，翻腾出箱底里的朝衣，续上真真假假的辫子，满大街跑的都是"祖宗"。按照我们中华民族的传统，表示心情愉快的唯一形式就是"吃"，所以，肉市口里回光返照般地闹腾起来。

［街声，隐约传来广和楼京戏锣鼓声。夹杂着吃饭、说笑、猜拳的各种声音。

［罗大头手持烤杆，上挂烤好出炉的鸭子，从烤炉间上。

罗大头：三座儿的鸭子出炉了！

［成顺从后边上。

成顺：来啦！

常贵：三座儿，走鸭子！（送客人出去后，对王子西）王二掌柜，今晚上座儿不错，我看这烧饼、荷叶饼还不够，还得预备着。

［俩客人从后边走出来。后台："五号账到柜。"

［福顺上。

福顺：二掌柜，五号账到柜，两块二毛六。

王子西：（拿了两个竹牌子给福顺）福顺，去对过儿元兴楼拿二十张荷叶饼，再到北口取二十个烧饼，快，要热乎的。

［福顺拿了竹牌边应边跑下，正好与匆忙跑上来的小生子撞上了。

王子西：小生子，跑什么？慌里慌张的。

小生子：不是，让挂旗呢！您听。

［外边警察的喊声："挂龙旗！挂龙旗！"

王子西：哟，你看，我倒把这事给忘了。

［警察喊声愈来愈近。

王子西：小生子，快去包一包炉肉丸子，麻利点。

小生子：哎！（下）

［警察边喊边上："哎，我说'福聚德'怎么还不挂龙旗啊？"

王子西：哎哟，王巡长，您辛苦。

警察：挂龙旗……哎，二掌柜的，你们怎么还没挂旗？

王子西：哎，昨儿我找了一宿，今天说去估衣铺订一面，又抽不出人来。

警察：得了，我卖您一挂吧。

王子西：哎哟，太好了！

警察：（抽出一面旗）留神，马粪纸糊的。

小生子：（手拿一包包好的炉肉丸子，上）二掌柜！

王子西：（把手里的龙旗给小生子）去把这个挂上。（对警察）这包炉肉丸子，您拿回去熬白菜。

警察：得了，回见！

［警察接过丸子掂了掂，又喊着走了。

［克五和修鼎新从雅座里出来。常贵在前边殷勤地引着路，王子西在下边迎着。

常贵：五爷，您走好喽！

克五：（吃得高兴，满面红光）常头儿，刚才我上台阶的时候，你怎么说来着？

常贵：（马上想起来）我是说您那叫步步登高。

克五：皇上刚坐龙庭就赐我们老爷子顶戴花翎、绿呢大轿。

常贵：那得给您贺喜，老太爷保驾有功，还得高升！

克五：那我现在下台阶呢？

常贵：（全凭脑子快）您那是后辈老比前辈高，您早晚得超过老爷子！

克五：（大笑）行，常头儿，你这张嘴，能把烤熟的鸭子说活了。

常贵：就怕没侍候好五爷，修二爷，您今天吃着还顺口吗？

克五：修二爷你说呢？

修鼎新：（矜持地）还不错。

克五：嗯，还不错。

王子西：二位爷抬举。

［修鼎新掏出一把钱。

克五：都给他们，拿去分分。

常贵：（快步走到柜前，把钱"哗啦"一声倒在装小费的长竹筒子里）谢五爷赏下了！

［幕后众声："谢五爷！"

［小生子高举龙旗往外走。

克五：得了，得了。（瞅见挂起的龙旗）这张勋张大帅保着皇上重登大宝，你们都知道啦。

常贵：知道，知道！您瞅这街面上够多热闹！

克五：（俨然是个朝廷命官一般）头一天，皇上一口气就下了九道上谕，叫黎元洪退位，他竟敢拒不受命。我们老爷子参了他一本，请皇上赐黎元洪自尽。

常贵：对，得叫他自己上吊。

克五：别看皇上年幼，可心慈，说刚登基就杀人不好。念我们老爷子一片忠心，钦赐紫蟒、花翎。

王子西：啊，有功。

修鼎新：明天，克老爷要在府上叩谢天恩，用二十只鸭子，一只烤小猪。

王子西：是，是，一定准时送到！盼二位爷常来光顾，给小店门面增光。

克五：（一摆手）修二爷，车预备好了吗？

修鼎新：候了您多时了。

克五：咱们下站是哪儿啊？

修鼎新："新盛长"明儿一早开张，今晚上请您去吃头碗"鳗面"。

克五：（打了个饱嗝儿）又是面条子。

修鼎新：鲜活大鳗鱼一条，去骨和入面中，清汤，重青、重浇、带过桥，吃在嘴里，汤是清的，面是滑的。

克五：（有点动心）我也不能刚吃完了又吃啊。

修鼎新：咱们先去华清池洗个澡，您歇歇乏，消消食，然后去"新盛长"吃宵夜，您看怎么样？

克五：行，你提调吧。

［克、修二人下。

常贵：二位爷走好。

王子西：瞅模样，克五挺高兴。

［成顺、小生子从外边进来。

常贵：成顺，把灯点上。

成顺：哎！（点挂着的煤油灯）

王子西：没挑出什么毛病来吧？

常贵：（端起茶碗，边喝边答）没有。您没听见一劲儿夸呢！

王子西：谢天谢地！

常贵：都说克五会吃，其实会吃的是跟在他后边的那位修二爷。他原先傍着克老太爷，如今傍着克五爷，那可是个真会吃的主儿。

王子西：他是旗人？

常贵：浙江金华人，专门出火腿的地方。他说金华火腿之所以好吃，就是每做一拨火腿的时候，中间必然要夹杂一只狗腿——

［幕后一个浓重的山东口音叫喊起来："成顺，得了！"

成顺：（吓得拔腿就往烤炉跑）哎，来了！

常贵：我听这声不大对劲。

王子西：兜里没银子，烟瘾又犯了。常头儿，你得按着点。千万别让老掌柜听见。（朝挂着门帘的柜房努努嘴）

［烤炉师傅，山东大汉罗大头上。他膀大腰圆，剃着光头，一手拿着檀木烤杆，一手提溜着一只鸭子。

罗大头：（把鸭子一扔）我不干了！

王子西：你瞧！又来了不是？烤鸭、烤鸭，就瞅你这烤炉的，你不干，我们都得散伙。

罗大头：我罗大头自打跟师傅学徒起，我就没有待过这么窝火的饭庄子！

二掌柜,今儿什么日子?

王子西:五月十五。

罗大头:算大账的日子!两位掌柜的从一早起就没露过面,一个上武术馆,一个泡戏园子,他们福聚德不想干了,我大罗不能跟着他们一块糟践手艺!

常贵:大罗!咱们就都冲着老掌柜吧!

罗大头:我对得起他们。庚子年八国联军烧了前门脸儿,要不是我从大火里抢出这块匾,那就没有今天的"福聚德"!混到而今,我大罗这兜儿里连个叮当带响的都没有了。我把话说下,今天要少分我半成,我拔腿就走!

王子西:我的大爷,你小点声喊。

罗大头:(越嚷越大声)我还是别处不去,专奔对过儿"全赢德"烧鸭子铺。

常贵:大罗!老掌柜的病着,你是成心要他的命?

罗大头:常头儿,这不是做买卖的样!

[门帘一挑,钱师爷上。

王子西:钱师爷!

钱师爷:罗师傅说得有理,对面正缺二位这样的,要想"跳门槛儿",我给递信儿。

罗大头:你是来要账的吧?干什么来的,你说什么,我们弟兄的事掺和不着你!

钱师爷:你硬气!都是街面上混的人,谁用不着谁呀?

罗大头:我就用不着你!你小子吃钱使人、拉皮条、当中人,那不是老爷们干的事!

钱师爷:我说你这个人,你再说一句!

王子西:钱师爷,我们大罗这几天心里有火,不是冲着您。罗师傅,炉肉要"放汗"了,您后边瞅着点。(推罗下)钱师爷,请坐。

钱师爷:不知好歹。

常贵:(捧茶)您来碗热的。

钱师爷:(脸一拉)不用。(拿起柜台上的算盘)"同鼎和"的白面是一百大洋;"六必居"的甜面酱是五十;头前儿修"鸭堆房",这是三百,加上新进的这批水鸭子,一共是六百二十块。请掌柜的出来见见吧。

王子西：多年老交情了，您再高高手。

钱师爷：甭废话。

常贵：您别生气，跟您说句过心的话，我们老掌柜的一病，两位少爷轮流坐庄，合着是两个人四个主意，我们也不知听谁的好。得，您多包涵了，回去跟这几位掌柜的说句好话，再宽限几天，我这给您作揖了！

钱师爷：（把眼一瞪）少来这一套！跑堂的替掌柜的作揖，你还不够格！今天咱们了也得了，不了也得了，拿钱吧！

王子西：一个劲跟您说好的，好歹行个方便！

钱师爷：有钱没钱？没钱，别怪我不讲仁义！来呀！

（把手一招，涌进来四五个人，抬脚就要掀桌子）

王子西：（吓坏了）哎，哎！

［老掌柜唐德源上。

唐德源：（喝住）钱五成！

钱师爷：（收敛）哟，老掌柜？您一向可好哇！

唐德源：你这是来要账的？

钱师爷：（示意打手们退下）哪儿？我是来给您贺喜的。您这程子生意多好啊，可不像您老爷子刚买下这块地脚那会儿。

唐德源：那会儿，你在鲜鱼口人市当"力巴儿"。

钱师爷：（哽喀了一下）这满北京城谁不知福聚德的烤鸭子啊！得了，您就把这点钱赏下来吧，往后，我好给您办事啊。

唐德源：回去跟这几家东家说，今天是福聚德算大账的日子，我脱不开身，明儿一早二掌柜带着钱到各柜上去，一笔了清。常贵，包两只大鸭子，叫福顺先送钱师爷回去。

钱师爷：（不敢得罪，就坡下）鸭子我不带了，拿张鸭票子就得了。

唐德源：给钱师爷取鸭票子，两只鸭子也带上。

［福顺拿了鸭子上。

钱师爷：（得了便宜，眉开眼笑）那我就谢谢了。老掌柜，您好好养病，二掌柜的咱们明儿见。（下）

王子西：明儿见！

王子西：（小心地向老掌柜）掌柜的，天儿不早了，下幌子吧？

唐德源：广和戏院还没散吧？

王子西：今儿晚上全本《龙凤呈祥》，散戏还得会儿呢。

唐德源：那就再等等，哎，子西，风水先生请了吗？

王子西：请了，他说今天子时准到。

唐德源：账都清了？

王子西：清了，您过过目。（把账本递给唐德源）

唐德源：大少爷、二少爷他们俩看过就行了。

王子西：他们……

唐德源：怎么？他们俩呢？又没来？

常贵：啊，一定有什么事耽误了。近来这二位少爷的心气挺高的。咱们对面全赢德不是要开张吗！咱们二少爷吩咐下了，买十挂铁杆钢鞭，吩咐到那天不等他们放，咱们先放，崩崩晦气！非争个高低不等不可。

唐德源：（未置可否）子西，今天结完账，先把欠的钱拿出来，拉一屁股账还跟对门儿比什么高低？（见王子西态度不明）嗯？

王子西：（支吾地）啊。

唐德源：子西？你听见没有？

[罗大头拎着一只生鸭子上。

罗大头：（边走边喊）这是谁进的鸭子。

王子西：大罗，待会儿我告诉你。

罗大头：这是贪便宜的病鸭子。这不是砸牌子吗？

常贵：（向罗大头使着眼色）大罗，你好好挑挑，一两只难免。

罗大头：（不理）全这样！老掌柜的，这鸭子我不烤，我大罗的手艺侍候过宫里的太后；知道的，是鸭子不好，不知道的还以为我大罗手艺装熊呢！

唐德源：（拿起鸭子，熟练地捏捏）子西，明儿一早把这一批鸭子卖给汤锅，咱们不能用。

王子西：啊，是。

唐德源：福聚德有名声，全凭东西好，还是那句老话儿"人叫人连声不语，货叫人点首自来"。

罗大头：呀，老掌柜。有您这句话，我的气就消了。今儿晚上天儿真好，我出去遛遛。

常贵：大罗早点回来，今天是算大账的日子，别又找不着你。

罗大头：我知道，我知道。（下）

唐德源：（想起刚才的事）子西，这批鸭子是你开的账？

王子西：是二少爷。

唐德源：他整天舞刀弄杖的。哪会看鸭子？你得跟着点。子西，你跟我不是一天两天了，现在柜上的事全仗你，你得挺得起来才行；对门还有三天就开张了。咱们的鸭子、葱、饼有一样不好，那就是把主顾往人家那边请。

王子西：掌柜的，您跟老爷子待我的好处，我一辈子忘不了，可我最近也不知怎么了，添了个头疼的毛病（做作地），一疼起来呀，就觉乎着天也黑了，地也裂了——噢，前些日子，我不是跟您说过……

唐德源：噢，你说有个师兄弟？

王子西：啊，叫卢孟实，学生意的出身，而今是玉升楼的账房。打小我们就在一块，哪天我把他带来您瞅瞅。

唐德源：（不想听这些）他肯来吗？

王子西：正是心气儿盛的时候，谁不愿意往高处走。再说，他跟玉升楼掌柜的结下点仇，早不愿意在那儿干了，他来我退，让他掌二柜，您看？

唐德源：这事让我再琢磨琢磨。

常贵：您累了，回屋去歇会儿。

唐德源：那两个孽障一回来就结账。（下）

王子西：是！

〔一阵喧哗，车铃声、马蹄声、人声、吆喝声，迭次而起。广和戏院散戏了。

〔成顺从外边跑上。

成顺：二掌柜，散戏了！

常贵：后边挑火开锅！

王子西：福顺！散戏了。快，到外边去。

福顺：（吓得跳起来，跑到门口）来哟，（打个哈欠）来吃鸭子，挂炉的，脆皮——

[三个人走进来。

常贵:（迎上）几位爷，看完戏了？吃点什么？喝两盅？（让进楼下一个单间儿）

小生子:后边，冷荤七寸，白干四两。

福顺:这位爷，里边请！

[卢孟实上。他三十来岁，人干净利落，走起路来脚下生风，一来就带着一股子生气。

卢孟实:子西兄！

王子西:哟，你还真来了。

卢孟实:师哥下令，怎敢不来。

王子西:常头儿，这就是我常跟你提起的卢孟实。

卢孟实:常师傅，久闻您的大名，一直没得一见，今天是幸会。

常贵:（打量着这个头是头，脸是脸的年轻后生）您客气，我常贵不过是个伺候人的。

卢孟实:不能这么说！不论写书的司马迁，画画儿的唐伯虎，还是打马掌的"铁匠刘"，只要有一绝，就是人里头的尖子。听说，您有一批老主顾，您走到哪儿，他们就跟到哪儿，哪家饭庄子有了您，等于拉住一批撵不走的客人。

[福顺在外边喊:二位爷，里边请！

常贵:您过奖了。（送茶后，去招呼客座）

王子西:怎么这么晚呢，陪玉雏儿姑娘看戏来了？

卢孟实:（一笑）顺带办点事。

王子西:别遮遮盖盖的，出门在外，有个相好的不为过，就是别当真格的就行了。

卢孟实:我真是找她打听事的。

王子西:好，有事，有事。

卢孟实:我听说"内联升"鞋店有本不外传的秘本叫《履中备载》，您知道吗？

王子西:没听说过。

卢孟实:这本《履中备载》把北京城王公亲贵们穿鞋的尺寸，爱好式样全

013

记下来了。

王子西：那你的意思是……

卢孟实：我是想咱们做饭庄子的要是把北京城大小宅门老老少少的喜庆日子都记下来，碰上"三节两寿"，咱们人到礼到，人家订咱们的酒席，早有准备；不订，送一堂寿桃寿面，让人家心里痛快，知道咱们细致周到，这往后就会多有光顾。

王子西：你呀，你就是爱出"幺蛾子"，可是你们玉升楼那个掌柜的，犯不着为他使那么大劲儿。

〔卢孟实长出了口气。

王子西：拿人不当人，要不大叔他就不会……

卢孟实：（不愿提伤心事）也是他太老实，要是我……

〔风水先生上。

王子西：先生到了，我们掌柜的候您多时了。

〔唐德源上。

唐德源：先生来了，我请先生来，是想……

风水先生：（打断）不必开口，先带我看看您的福宅。

唐德源：请。

风水先生：本家不要动。

唐德源：子西，你领先生去。

王子西：是。

唐德源：我陪卢先生。

王子西：孟实，这是老掌柜的。

卢孟实：是。

王子西：先生，这边请。

〔王子西陪风水先生下。

卢孟实：老掌柜，孟实给您请安。

唐德源：不敢当，坐。

卢孟实：您请！

唐德源：刚才你跟子西说的话，我都听见了。

014

卢孟实：我和子西兄瞎聊，让您见笑。

唐德源：想得不错，不过你把这些个都对我们说了，不怕我们抢了玉升楼的生意？

卢孟实：船多不碍江，有比着的，才见长进。

唐德源：嗯，说得好。有件事情我想听听你的主意。

卢孟实：您说。

唐德源：就在我们对过儿，有一家烧鸭饭庄要开张了，门脸儿跟我们的一模一样，那边掌柜的，原来是我这儿管账的，那边炉上的，是我这儿歇了工的，字号叫"全赢德"，意思就是要全部地赢过我们福聚德去，你看这件事，要是你怎么办？

卢孟实：到瑞蚨祥扯两丈红绸子，做个大大的红幛子，写上"前门肉市福聚德全体同仁贺"，到全赢德开张的那天，掌柜的领头，雇一副锣鼓，吹打着去贺开张之喜，祝他买卖兴隆。

唐德源：为什么呢？

卢孟实：咱们是江湖买卖，不干欺生灭义的事，有本事，买卖上见。

[风水先生边说边上。

唐德源：嗯，好！

风水先生：好！好！好地方，好地方，风水宝地啊！前临驰道，背靠高墙，尤其是一边一条小胡同，这胡同叫什么名字？

唐德源：叫井儿胡同。

风水先生：噢，有水？好哇！有水就有财，可这"井"，看看，这低了就掉井里头了。

唐德源：那您的意思是说？

风水先生：房子太低，够不着福气，得在这儿三间门脸儿上起一座楼。这两条胡同正是两杆轿杆子，这是一顶八抬大轿哇，前程无量，前程无量！

唐德源：您是说得盖楼……（见人多不便）请后边用茶。

[唐德源陪风水先生下。

卢孟实：（半思忖半自语）他说这儿是一顶轿子……

王子西：说是金銮殿也没用。

卢孟实：生意还不景气？

王子西：没有上心干的人。孟实，有件事我一直想跟你商量……

［福聚德的大少爷，少掌柜唐茂昌上，后面紧跟着捧角，"跟包的"福子。

福子：大爷到！

［唐茂昌边走边唱边琢磨："刘备本是靖王的后……"

［福子用嘴打着锣鼓点。

唐茂昌：这一出啊，还是得听谭鑫培谭老板的。

福子：啊？不！您这一句，它另有一股味，余派，余老板的味。

唐茂昌：是么？

福子：再来！

唐茂昌：（唱）"靖王的后——"

福子：好！

唐茂昌：福子，我想把今天晚上这些角都请来，你说，他们来不来？

福子：福聚德少掌柜的请客，他们准来！

唐茂昌：我得拜个师。

福子：哎哟，您要"下海"？

唐茂昌：总这么着不行，得让梨园行的捧捧我。

福子：说不定，这几位老板真陪您唱一出呢！

唐茂昌：（越想越乐）福子，这件事你要是给我办到了，打今儿起，福聚德（戏腔）就任得你自由来往——

福子：（戏腔）谢主公！

唐茂昌：（接过常贵送上来的小茶壶）二少爷呢？

常贵：还没回来呢。

唐茂昌：（发现卢孟实）这位爷是？

王子西：玉升楼的，我的师兄弟卢孟实。

［唐茂昌不以为然。

卢孟实：（迎上去）唐掌柜，我听过您的《乌盆记》。

唐茂昌：（顿时来了精神）哦？

卢孟实：在"天盛"。

唐茂昌：啊，是。

卢孟实：您那段反二黄，真有味，扮相也好。

唐茂昌：不然，不然，那天的扮相不好，眉毛一高一低，您在台底下没瞧出来？

卢孟实：（顺情说好话）没有，一点不显。

唐茂昌：那天调门也太低了，一使劲儿就"冒"。

卢孟实：您是"云遮月"的嗓子，调门儿低点好。

唐茂昌：哟！您跟余老板说的一样！（得遇知己）下礼拜，下礼拜我有一出"探母"，我给您留座。

卢孟实：那太好了，（信口）我就爱听您的戏。

唐茂昌：（拉住）别走，别走，咱们一块吃晚饭，好好地聊聊。

卢孟实：都什么时候了，吃饭？

唐茂昌：每逢唱戏，听戏之前我都不吃饭。

卢孟实：是，告辞！

唐茂昌：常贵，给这位大爷拿只好鸭子带上。

卢孟实：谢谢您，鸭子我不带了，您可想着我的座儿。

唐茂昌：一定！一定！

卢孟实：告辞！告辞！（下）

唐茂昌：哎，让我的车送送！

［卢孟实下。

唐茂昌：（思忖）这位是谁啊？怎么看着这么面熟啊？

王子西：他是玉……

唐茂昌：（忽然想起来了）噢！瞅我这记性？"玉连成"那个唱小生的！

王子西：（无奈地）魔怔了。

唐茂昌：（自语）有人专门爱听我的戏。（兴奋起来）就这么着了，福子，明天就下帖子请他们，一个不许落。

福子：这事我包了！嘿嘿，唐大爷，这福子我还没吃饭哪。

唐茂昌：常贵，给他包只鸭子拿走。

王子西：大爷，老掌柜来了，在后边呢。

唐茂昌：嗯。（整整衣服，下去见爹）

[福子接过常贵送过来的鸭子，乐颠颠地下。

王子西：还不如搭棚舍鸭子呢，还落个好名声。

常贵：（打着苍蝇）不像做买卖的样啊。

[忽然，后院里"咚"的一声，吓了两人一跳。

王子西：二少爷回来了，这位更邪，有门不走，跳墙。

[唐茂盛上。他一身武侠打扮，灰色缎子裤褂，腰间系一条宽丝板带，带穗子上绣着一朵绿色的牡丹。

唐茂盛：嘿！听见响声了没有？

王子西：听见了。

唐茂盛：（遗憾地自语）这轻功还得练。常贵，不是这么打苍蝇，得使筷子夹。

常贵：这个常贵可不会。

唐茂盛：不会，学呀！我也不成，我师傅要往这一站，甭使筷子，这苍蝇就往身上飞。

常贵：许是他刚吃完鱼。

唐茂盛：哪儿呀，用气，丹田气冲顶……（摆起架势）

[唐茂昌上。

唐茂昌：（厌烦地）要练，上坛根儿。

唐茂盛：你少管我，你有你的嗜好，我有我的稀罕。

唐茂昌：瞧瞧你这身打扮，要学，学学林冲，人家懂得"数尽更筹，听残银漏"，你佩服的王胡子算什么？草寇。

唐茂盛：（急了）什么？你说王胡子是草寇？我告诉你，头年菜市口杀王胡子，我亲眼得见，那人头落了地，还瞪着眼，张着嘴，愣把黄土地啃起一溜黄烟儿来，那是条汉子！

唐茂昌：得，得，我不跟你争，爹叫你呢，我劝你趁早套上件大褂，扮好了再去，省得挨骂。

常贵：（把一件大褂递过来）您穿上点吧，二少爷。

[唐茂盛不屑地披上大褂，下。

唐茂昌：（无精打采地）搭桌子。

王子西：是！

［几个客人从小单间里出来，都有些醉。

福顺：五号账到柜，两块二毛六。

［乙、丙二人争相掏钱付账。

甲：这账我候了。

常贵：几位爷真义气！咱们眼下是天子归位，连天的好戏，您明儿不是还得来听戏，听完戏不还是到我这儿吃。您这么办吧，轮流坐庄，怎么样？

乙：听常头的，今天四哥，明天该我！

王子西：好嘞！一共两块二毛六，三块找……

甲：不找了。

［几个人说笑着下。

王子西：谢谢。慢走。

［两食客从后边出来，下。

［几个徒弟把一张桌子摆在厅堂里，桌上放着账簿、笔砚、算盘。

小生子：（把客人的饭钱给王子西）二掌柜，给。

王子西：哎，好嘞！

常贵：二掌柜，咱们下幌子吧。

王子西：下幌子。成顺、福顺下幌子。

［成顺、福顺出门下幌子。

［幕内，唐德源和二儿子吵起来，唐茂盛气呼呼地上。

唐茂盛：不愿意看见我？我还不愿意回来呢！别把我逼上五台山！

唐德源：（追上）你给我远远儿地走，唐家三代都是正经的买卖人，不缺你这号的！

［众人劝住。

唐德源：（气呼呼地）结账！

唐茂昌：结账！

［唐家兄弟坐在桌子后面，唐德源靠在旁边的一张太师椅上。

唐茂昌:（向王子西）叫吧。

王子西:（打开账簿）是！都在后院候着，不叫的不许进来。常贵！

常贵:（走到桌前）哎！

唐茂昌:（翻翻账）常贵，这半年，你干得不错，按理说该多分点。可眼下柜上紧，拿不出富余钱来，你是庄子里的老人儿了，拿一成五的零钱吧。

常贵:（动了动嘴，欲说又止）哎。

唐茂昌:常贵，你有借支啊，开头是你老婆病借了三十，后来你五小子病了又借二十，总共是五十，顶了借支，你还欠着柜上二十块。

［王子西在唐茂昌身边说了些什么。

唐茂昌:听说你家里头人口多，手头紧，可柜上也紧，容你半个月，下月还清。

唐德源:分三个月还吧。

常贵:谢谢老掌柜。（下）

唐茂昌:（瞥了父亲一眼）下一个。

王子西:大罗还没回来，先叫成顺吧。

唐茂昌:叫！

王子西:成顺！

成顺:（站在桌前）哎！

唐茂昌:成顺，这半年干得不错，送你大洋五块。（看看成顺的表情）不少了，别的饭庄子学徒的哪有这么多零钱花，你得知足。

成顺:我知足。

唐茂昌:钱存在柜上，别乱花，什么时候用什么时候支。下一个。

［罗大头上，他吸足了大烟，劲头不一样。

罗大头:掌柜的，该我了是不是？

唐茂昌:（例行公事）你这半年干得不错，该多分点，可柜上欠着账，拿不出多余的钱来，大家都得担负着点。

罗大头:（讨厌绕弯子）直说，你给多少吧？

唐茂昌:一成。

罗大头:（顺手抄起烤鸭子的杆子，摔在地上）您另请高明吧！（掉头

就走）

王子西：大罗！

唐茂盛：（不受这个）拿糖是不是？我还是不吃你这一套，要走你就走——

唐德源：（喝住儿子）大罗，你回来！

罗大头：老掌柜，你早晚耽误了这份买卖！（下）

唐德源：账先不结了！（对伙计们）你们先去吧。

［场上只剩下父子三人。

唐茂盛：不就是打火里抢出来这么块匾吗？有功似的！都是您和我爷爷惯的。摔掌柜的——

唐德源：你住嘴！把账给我。

［唐茂昌递过账簿。

唐德源：你说，这半年透支多少？红利多少？结余多少？

唐茂昌：（翻账本）透支？红利？这账是子西算的，我看了，可没——

唐德源：（打断，对唐茂盛）你说。

唐茂盛：（索性地）大哥看了，我没看。

唐德源：一脑子糨子！你们就这样当掌柜的？你们这是存心要把祖宗这点产业给糟蹋喽！

唐茂昌：爹，您老病着，犯不着发这么大的火，跟您说实话，我们哥俩各有所好，就是不愿意伺候这些个鸭子。

唐德源：混账！说话不摸摸脑袋，你们哪个不是吃鸭子饭长大的？！你爷爷十四岁进京，两条板凳支一块案板起的家，买下这块地的时候，正好生了你，爷爷给你起名叫茂昌，就是为了叫咱们祖祖辈辈守住这份家业。

［唐茂昌不耐烦。

唐茂盛：谁也没说把福聚德给卖了。

唐德源：你少说话！你瞅瞅你这份德性！你妈就是生你落下病才死的，早知道不要你这个孽障。

唐茂盛：嗬，您这话也太绝户了，没有我您能活到今儿吗？

唐德源：你这个不孝顺的东西，你给我走！

唐茂盛：我不孝顺？

唐茂昌：爹！爹！

唐茂盛：您瞅瞅！（一把撸起袖子）这是什么？（胳膊上有一条伤疤）"割股疗亲"，大哥你唱的戏里头有吧，那是假的，这是真格的！上回爹久病不起，是我打这儿拉了一块肉，放在您的药锅里，您那病才好的。

［唐德源睁大了眼睛，说不出话来。

唐茂盛：明白了吧？我的肉当药引子，您喝了病才好的。

［唐德源忽然一阵恶心，大叫一声，大口大口地呕吐起来。

唐茂昌：
唐茂盛：　爹，爹！

唐茂昌：快叫大夫！

［众人上，有的捶背，有的捏人中，唐德源依然呕吐不止，人渐渐支持不住了，众人都慌了手脚。

王子西：成顺，快去请大夫！

唐德源：（断断续续，声音微弱）子西——

王子西：我在这儿，掌柜的，您得挺住了，大夫这就来。

唐德源：（挣扎起来）子西，我，不要大夫，快，快去，快去请卢——孟——实……

唐茂昌：（惊诧）卢孟实？那个唱小生的？！

（幕落）

第二幕　一场

时　间：三年后（1920 年）

地　点：福聚德

场　景：在福聚德三间门脸儿的地皮上起了一座大楼，楼下的敞堂还是当初的样子，舞台左侧搭起一道楼梯，登梯上二楼是呈梯形的十余间单间雅座，每间窗棂上都雕着花，有的还没来得及上漆，露着白木茬，新油的门柱，上灰色缝的砖墙、四白落地的厅堂，挂在正中的金字老匾，十分气派。

幕启，清晨，福聚德的伙计们还在酣睡，成顺从外边端了炸果子进来。王子西上。

王子西：起，起，天都大亮了。前边后边都该起了。

［伙计们从各个角落里爬起来，罗大头从过道出来，伸着懒腰，小福顺把自己捆在柜台上，怎么也起不来，急得直叫。

福顺：成顺，成顺，你还得给我解开。

王子西：等等，我说你干吗哪？

福顺：柜台太窄，睡着了就往下掉，我就让成顺——

王子西：花花点子还真不少，给他解开。

福顺：（一骨碌爬起来，规规矩矩地站着）哎！

［伙计们忙活着把被褥抢进里间，扫地，通火，挂幌子。

王子西：（照例吩咐）大伙都听着，今天中午没订座，晚上大掌柜拜师学艺，楼上雅座都换大席面。

罗大头：（对王子西朝后眯眯眼）那小娘儿们昨晚上又没走。

王子西：（笑笑）你少管闲事。告诉对过元兴楼、泰丰馆，今天晚上准备荷叶饼和吊炉烧饼，随叫随上要热乎的，告诉后边赶早去天桥把昨天的炉肉折箩卖了，盯着熬粥、剥葱、砸烂蒜。

罗大头：三掌柜的。

王子西：你说。

罗大头：前儿个来试工的那个李小辫，今儿个来不来？

王子西：来呀，卢二掌柜说了，而今咱们起了楼了，是正经饭庄子，"鸭四吃"太老套了，得添热炒。

罗大头：我听说，赶明儿还要提这个李小辫当灶头？

王子西：（连忙回避）这事我可不知道。聘工请人的事都归卢二掌柜。

罗大头：（火上来了）归他？聘工请人的事得归大掌柜的，你不是不知道。

王子西：大掌柜的这会儿在天坛喊嗓子呢！你可以找他去说说。我说大伙都听着，看住抓彩的匣子，不吃饭的不许抓！

罗大头：（火上来了）弄个"跑大棚"的二流子货跟我争竞，你们可留神我参刺儿！

王子西：你看，又来了不是？这两天二掌柜的正为盖楼欠的债犯愁，你可别找不顺序。

罗大头：我举荐的那个卢二群，地道"荣成帮"，"抓炒王"王玉山的大徒弟，他为什么不用？

王子西：人家有话，凡是跟姓卢的沾边的，是一概不用。

罗大头：这就显得他清白了，别让我——

王子西：哟，尽顾跟你聊了，差点误了我的热萝卜丝饼。（下）

罗大头：老泥鳅！福顺，买炸果子去。

成顺：（机灵地端着热油条上）师傅，刚出锅，脆的。

小生子：（捧着一碗豆浆递上来）罗师傅，豆浆，热乎的！

罗大头：李小辫，还他妈梳个小辫。

小生子：我听说这位爷可倔呢，说死了也不绞。

罗大头：八成是辫子兵逃跑那年，大街上捡的。（大笑）

福顺：（拔着鸭毛）听说他会做"满汉全席"。

小生子：真的？

罗大头：呸，胳肢窝里夹菜刀，一个跑大棚的，什么好货？也就是他——（往后一指）请来当爷爷，我可跟你们说，你们要是跟这路货学走挤了，这辈子甭想出头。你听见没有？

福顺：（被拄得差点摔进热水盆里）哎哟！

〔常贵提开水壶上。

福顺：（委屈地）不是我——

常贵：又嘴硬，昨儿的事，卢二柜还没问你呢。

〔一个衣履整洁的小后生上，手里抱着一洁巧的竹筐，里面装着整枝的晚香玉。

后生：大爷，您柜上订的晚香玉，给您送来了。

罗大头：我们这儿除了鸭子就是老爷们儿，没人要这个。

后生：哎，没错啊，肉市福聚德——

常贵：（想起）兴许是玉雏儿姑娘订的。福顺，你上去问问玉雏儿姑娘看看是不是她订的。你等会儿，这儿有卢二柜的一封信，你给一块儿带去。

后生：（端详着大楼）大楼起得不赖呀，还带抓彩哪。（伸手）

小生子：哎，你吃饭吗？

后生：嗬，抓个粉盒儿，腿带的，我还没地方放呢。

福顺：（从楼上下来）常师傅，是玉雏儿姑娘订的。（对后生）这是玉雏儿姑娘给你的赏钱。

后生：替我谢谢她。（下）

罗大头：嗬，成内掌柜的了，弄什么晚香玉，一股子"窑子"味儿！

常贵：你别看不起人，八大胡同的"堂子菜"，在咱们北京也是一绝。

罗大头：别让她吹了，白送我都不吃。

常贵：你也太金贵了，宫里头的大阿哥吃了都叫绝。

罗大哥：我说弄个婊子掌内柜，弄个"跑大棚"的当灶头，他干得可有点儿出格。

常贵：甭说出格不出格儿，买卖是让人家做起来了，就凭他敢拉着亏空起大楼，我就服啊。

罗大头：今天可是钱师爷要账的日子，我看这窟窿他怎么堵。

常贵：大罗，你往后别老跟卢二柜这么犯别扭，好不好？

罗大头：可他怎么老瞅不上咱们爷儿们？

常贵：就瞅不上你这个吃、喝、抽、赌、吹的人性。

罗大头：嘿！"勤行"里的大厨子哪个不这样？

常贵：说白了吧，咱们卢二掌柜就怕干咱们这行的让人家瞅不起。

罗大头：瞅得起又怎么样？！他爹不是让玉升楼的掌柜的给——

常贵：（阻止）大罗！你不要饭碗了！（解下围裙）

罗大头：哎，哪儿去啊？

常贵：这不，昨儿刚分的卖鸭血钱，一大早家里头就来人在外边等着，小五儿又病了。

罗大头：你这一辈子就给那窝小的奔了，长大哪个也不孝顺你。

常贵：我指他们孝顺？我尽我的心吧。（下）

罗大头：哎！成顺，李小辫来了，你先给他个下马威。

成顺：哎！我就说我师傅是福聚德的顶梁柱子，名厨"驼背刘"的徒弟，御膳房烤炉孙老爷子的正宗。

罗大头：（满意地）嗯，他要问是哪一派呢？

成顺：什么哪一派？

罗大头：傻了不是？大帝派，詹王大帝。

福顺：不懂。

罗大头：就他妈的懂吃！说的是老式年间，三皇五帝那会儿，有一天皇上山珍海味吃腻味了，把御膳房的厨子头詹大叫到金殿上来，皇上问："我说，詹大，你说说，天下什么东西最有味？"詹大连想也没想就说"盐，盐最有味"。皇上一听就恼了，"叭"惊堂木一拍，"你呀，在戏弄寡人，拉下去砍了！"

福顺：杀了？！

罗大头：杀了詹大，御膳房的三千厨子都不干喽，他们捏咕好了，打那天起，谁做饭也不放盐。皇上吃了不到两天，就认可了，天下真是盐最有味。为了给冤死的詹大出气，厨子们叫皇上让位七天，尊詹大为詹王大帝。这个"詹王"大帝就是咱们厨子的祖师爷。

［卢孟实暗上，他见所有人又在听罗大头神聊，心里不满，咳嗽了一声。这一声很起作用，所有的人都立时忙活起来，罗大头嘴里解嘲地哼起了小调，进烤炉间。

福　顺：
　　　　　二掌柜！
小生子：

［成顺麻利地收拾好罗大头吃剩下的早饭。

卢孟实：（两眼在店里一扫，顺手在烫鸭毛的木盆里蘸了一下）这是烫鸭子的水吗？兑开水！

［成顺提起一壶开水兑进去，木盆里腾起热气。

卢孟实：三把鸭子，两把鸡都记住喽！（接过成顺的毛巾擦干手）福顺，昨天那两只鸭子是你送的吧?

福顺:(连忙解释)我没送错,西总布胡同 65 号,吴大爷家。可我到了一看,那是个大杂院,根本就没有吴大爷这个人。

卢孟实:请三掌柜的。

[王子西提着一个小红蒲包,匆匆上。

王子西:(知道自己回来晚了,讪笑着)就为等这炉热萝卜丝饼,孟实你瞅瞅,跟六国饭店厨房里的小六角瓷砖似的,都连着个儿哪!来尝尝。(递过去)

卢孟实:(不喜欢这套)我吃过了。

王子西:留俩给玉雏儿姑娘啊。

卢孟实:(更不喜欢这种不合场合的玩笑)子西兄,昨天送鸭子的电话是你听的?

王子西:是,听得真真的。声音挺年轻,说话文绉绉的。

卢孟实:这就怪了,您说没听错,他说没送错。

福顺:没送错。

卢孟实:这两只鸭子怎么下账?

王子西:肉烂在锅里,不是没糟践吗?

卢孟实:(拿起算盘)送鸭子的脚钱,烤鸭子的工钱,没卖出原价的损耗钱,加一块儿是四块六毛七,我这人不藏着掖着,(玉雏儿从楼上下来。)柜上起大楼欠着一笔子债,该算计的就得算计。

王子西:(闷声不语,脸奔拉得老长,嘀咕着)谁家的小王八蛋跟咱在这儿找麻烦。

玉雏儿:得了,得了,这账归我出。子西大哥,楼上的门帘还没挂上,您看看去。

[王子西下。众暗下。

卢孟实:往后额外的账都归你出。

玉雏儿:(一笑)把人都得罪光了,坐上"轿子"也没人抬你。(打开手绢,把一块玉佩递给卢孟实)

卢孟实:怎么在你这儿?(接过)

玉雏儿:你掉到床底下了。

卢孟实：（抚摸着玉佩）昨晚上怎么也睡不着，想起小时候，娘跟我说，她怀着我的时候，做了个梦，梦见八抬大轿里头坐着个胖小子，后来她就非要给我买这块轿子型玉佩不可。

玉雏儿：如今总算没让她老人家白为你操心。

卢孟实：可惜他们都没活到今天，爹死在人家秤砣底下……

玉雏儿：（怕惹卢孟实伤感，岔话）这儿这副对子想好没有？

卢孟实：噢，对子，我托人请修二爷写去了。哎，我说，我要把这个修鼎新请来当"瞭高儿"的好不好？

玉雏儿：（拾掇着柜台）怕他拉不下脸来。

卢孟实：克家抄了家，他连嘴都混不饱，还顾得上脸。他可是个活宝贝，北京城里大小宅门里的老老少少他都熟，谁爱吃什么，谁忌吃什么，他都清楚。要是把他肚里的玩艺儿都掏出来，我也像内联升鞋店似的，弄个"膳中备载"，我再把楼上雅座都起上名字，什么一帆风顺、二龙戏珠、三羊开泰、四喜发财、五子登科、六六大顺……

玉雏儿：（笑嗔地）盖楼的钱还没还上呢，今天可是钱师爷要账的日子，你先把这事了了吧。

卢孟实：我叫你包的银包呢？

玉雏儿：（朝柜子努努嘴）小心别露馅儿。（掏出钥匙给卢孟实）

卢孟实：（小心取出）还真像。

玉雏儿：你可真胆大。

卢孟实：不胆大，敢勾引八大胡同的人尖子？（拉起玉雏儿的手）这金戒指不好看，赶明儿我给你换个翠的。

玉雏儿：（抽回手）别嬉皮笑脸的，谁知道你真的假的？

卢孟实：我起誓——

玉雏儿：得了，不怕你老婆找了来？

卢孟实：我休了她。

玉雏儿：她要是给你生个一男半女呢？

卢孟实：就她那丑模样儿，生出来也是个怪物，我不要，（附在玉雏儿耳旁）我等着你，等你给我生个儿子……

玉雏儿：去！（把信交给卢孟实）刚来的。

卢孟实：哎，不看，不看。

玉雏儿：万一要有什么事呢？

卢孟实：（漫不经心地看信，渐渐激动起来）这丑八怪还真生了……哎哟，生了个儿子！你看，我有儿子啦！

［常贵从外边进来。

玉雏儿：（妒忌、羡慕交集）真的？

卢孟实：（兴奋地）我得儿子啦！（看见常贵）常师傅，告诉大灶上，晚上添俩菜，下我的账。你瞅，我得儿子啦。

常贵：这可得给您道喜！

卢孟实：同喜！同喜！（转身发现玉雏儿不在了）

王子西：走了。

卢孟实：（笑着摇摇头）唉，女人。

王子西：（学着他的样）唉，男人。

常贵：对门全赢德是跟咱们较上劲儿了，今天吃饭的主儿一律打八折。

卢孟实：子西兄，抓彩酬宾的广告你登报了没有？

王子西：没有，我觉得这饭庄子抓彩头，不大对劲。

卢孟实：嘻！

常贵：头年，泰丰楼开张倒是这么干过。

卢孟实：常师傅，你到门口盯住了，有要紧的主顾千万揽过来。

常贵：放心吧。（避开众人）刚才家里来人说，亏您昨儿个派人给我们家里送钱去，要不小五儿就烧坏了，我常贵这辈子感激不尽。

卢孟实：孩子缓过来没有？

常贵：不烧了，柜上也不富裕，这钱我一准还上。

卢孟实：（一摆手）你对福聚德有功。欠债归欠债，该花的还得花。常师傅，李小辫李师傅来了没有？

常贵：来了，在后边等着呢。

卢孟实：您去把他请来。成顺，去请罗师傅来。

常贵：李师傅，咱们卢二柜请您。

［成顺到烤炉去叫罗大头："罗师傅，卢二柜请您。"

［李小辫上，见到罗大头，欲打招呼，罗大头扭头不理。

卢孟实：这位是新来的李师傅，小生子、成顺、福顺，过来见见李师傅。今晚上李师傅掌灶，厨房里的事由李师傅支配。炉上的事归大罗。常师傅，您把今天晚上的菜再唱一遍。

常贵：（清清嗓子，有板有眼，如钢板剁字）李师傅，咱们今晚上的菜是这么编配的。拌鸭掌七寸、七寸糟鸭肝、卤生口七寸、七寸鸡丝黄瓜。炸里脊七寸、七寸焦熘鱼片、清炒虾仁七寸、七寸油爆肝尖，烩乌鱼蛋中碗、中碗烩四喜丸子，烩三鲜中碗、中碗烩"总理各国事务衙门"。

李小辫：您再把后边这菜唱一遍。

常贵：烩"总理各国事务衙门"？

李小辫：对。

常贵：时新菜名，咱们老菜名就是大杂烩。

李小辫：噢，杂烩。

常贵：三掌柜，咱们活鱼到了吗？

王子西：养在影壁前头木盆里。

常贵：（接唱）干烧活桂鱼两尾、扒鱼唇三斤两盘盛、葱烧海参三斤两盘盛、汤烧肘子两大个、鸭骨熬白菜两出海、什锦八宝豆泥、三不沾、外带四鲜果、四干果、四蜜果、四看果、进门点心干门碟儿，齐了！

卢孟实：烧鸭子每桌两只，荷叶饼、烧饼、小米粥随叫随上！男宾桌加"老虎酱"，女宾桌上绵白糖，今晚上是大掌柜的拜师学戏，来的都是梨园行的名角，大伙好好干，我向东家请赏，福顺，给我开饭。（下）

福顺：好嘞！

罗大头：听说过吗？宫里头挂炉烧鸭子的孙老爷子，那是我师傅。

李小辫：（不动声色）当今宣统皇上的御厨那是我师弟。

罗大头：（不屑）"满汉全席"行吗？

李小辫：玩过几回。

罗大头：多少菜式？

李小辫：一百零八样。

罗大头：为什么一百零八样？

李小辫：三十六天罡，七十二地煞，天上地下无所不包的意思。

罗大头：什么讲究？

李小辫：冷、热、甜、咸、荤、素六样；寿酌不用米饭，喜酌不用桃包。（白了一眼大罗）其实也是百里搭席棚，中看不中吃的玩艺儿。

罗大头：你在说谁？

［罗大头正要借机性起，一个宫里打扮的人飞奔而至。

宫差：谁是掌柜的？

王子西：啊？你有什么事？

宫差：宫里包哈局的大执事到了，你们还不快点迎着！

王子西：福顺，快去请二掌柜！你们都回避！

［福顺下。众人下。

［后台喊："大执事到！"大执事和随从上。

王子西：给大执事请安。

［卢孟实边穿马褂边上，飞迎上刚进门的大执事。

卢孟实：（行请礼）给大执事请安。

执事：免了，什么时候楼都盖好了？老掌柜的呢？

卢孟实：老掌柜唐德源过世了，我是二掌柜卢孟实。

执事：噢，明天宫里头要用鸭子。二十只。

卢孟实：是。

执事：午时三刻从西华门进宫，先交包哈局验查，再送御膳房。

卢孟实：是。

执事：有腰牌吗？

卢孟实：有。

执事：叫送鸭子的带好了腰牌，千万不能误了时辰。

卢孟实：您放心，保险误不了。（双手奉茶）

执事：（喝了一口，打量卢孟实）哪儿的人哪？

卢孟实：山东荣成大卢营。

执事：乡下这两年好么？

卢孟实：倒是不愁吃喝，大执事想到乡下玩玩？

执事：万一冯玉祥再往宫里头扔炸弹，咱们也得找个去处啊？

卢孟实：您真会说笑话。

执事：这可不是笑话，哪天紫禁城不叫住了，我就先奔你这儿，好歹是本行。（呷了口茶）昨天你们是不是接了一个电话，叫往西总布胡同送鸭子？

卢孟实：是呀，我们马上就送了，可是没找到人。

执事：上哪儿找人去？是皇上打着玩的。这两银锞子，算是内务府给你们的赔偿。

卢孟实：这可不敢当，皇上通过的电话，我们应当摆香案供起来。

执事：（悻悻地）民国了，没那么多说头了，咱们回客——

卢孟实：您慢走！

［几个民国士兵迈着僵硬的步伐上，后边跟着总统府侍卫处的一个军官，常贵跟着。

常贵：王副官，王副官，您怎么奔全赢德跑，您不照顾我常贵了？

副官：你们这儿太贵。

常贵：贵人吃贵物，东西好不是。

副官：（发现大执事）这位是……

卢孟实：（小声）宫里包哈局的大执事。

副官：哦？

［大执事正在琢磨怎么和这位政府官员打招呼。

副官：（朝大执事行了个军礼）您好！

大执事：啊，您好！（却不知该怎么还礼）

副官：您别动，刚才那个礼是民国的，现在是奴才我的。（说着按清礼请安）

大执事：（就势扶住）快免了吧。

副官：当今"上边"好？

大执事：好。徐大总统好？

副官：好。我们徐总统最尊重大清，常对我们说，我们就是为当今幼主摄政的。

执事：您太过谦了，如今皇上也崇尚共和，前两天还召见了洋派大博士胡适，还亲口念诵了他的七言绝句，（用读四书五经的腔调）"匹克尼克来江边"，这位老爷的诗，称得上是满汉加西洋啊。

［两个人都不自然地笑起来。

大执事：您执公，咱们回客了。

卢孟实：送大执事。

众人：是！

副官：送大执事！

执事：免了！

副官：送大执事！

执事：快起来吧！

卫兵：敬礼！

执事：免了！

［大执事等下。

副官：你跟他挺熟？

卢孟实：宫里常用我们的鸭子。

副官：你跟他给我要一个宫里的物件，行不？

卢孟实：我哪有那么大的面子呀。

副官：大总统他们要的那些咱要不起。可什么皇上写废的字啦，用过的鼻烟壶啦，都行，清室一完，它这些就都成古董了。

卢孟实：王副官，您脑子真好使，您瞅，您再试试您这手气怎么样？（对人）请玉雏儿姑娘来！

副官：你尽弄些针头线脑的哄弄人，我不抓。

卢孟实：您试试。

［玉雏儿换了衣服，笑容满面地捧起彩票箱。

卢孟实：玉雏儿，捧彩。（玉雏儿捧过抓彩匣子）您请。

副官：（眼瞟玉雏儿，不经意地抽了一张）你那点儿心眼儿我都明白。

卢孟实：您赏我！（接过彩票一转身，迅速作了手脚，惊异地大叫）哎哟！

副官：怎么啦？

卢孟实：可了不得，您抓了个金戒指！

（众人愕然）

副官：（喜出望外）真的？！

卢孟实：我还能骗您！玉雏儿付彩。（朝玉雏儿使眼色）

[玉雏儿会意，反身把手上的戒指用力退了下来，付给副官。

副官：这两天哪，这两天我手气就是好，昨晚上我就打四把牌，两把都是自摸。

卢孟实：王副官，您要走运，您瞅我这楼，八抬大轿的形儿，您要是在这儿再请几桌，还得高升。

副官：好！就借借你的福气。今晚上是总统府八桌，下礼拜是侍卫队，九月初四，总理老太太过生日走堂会，干脆也是你们来！

卢孟实：（记下）好嘞！

副官：今晚上请的是段祺瑞的侍卫长，这可有关军机大事，侍候不好，兴许就得找碴儿干起来，啊。

卢孟实：王副官，您可别吓唬我。

副官：前边都干上了，光同仁堂的"三七止血散"我们就赊了它几百箱了。

卢孟实：会不会打到北京来？

副官：他打他的炮，你烤你的鸭子，打进来也碍不着你。

卢孟实：是。

副官：走。（下）

卢孟实：好，王副官，晚上见！

王子西：（不满）都照这么个抓法，三天就得关门。

卢孟实：玉雏儿姑娘呢？

王子西：回胭脂巷了。

[卢孟实看看怀表，急忙收拾好银包、账簿。

[钱师爷带着要账的人上。每人手里都拿着要账的蓝本"札子"。

钱师爷：二掌柜！

卢孟实：钱师爷！

钱师爷：我们来了！

卢孟实：您准时，这几位？

钱师爷：这位是泰丰楼的、六必居的，这位是全恒钱庄的……

卢孟实：（不等听完）原来都是贵客！成顺，沏几碗高的来！各位，坐！

钱师爷：二掌柜，咱们今天不绕圈子，痛痛快快怎么样？

卢孟实：您说怎么办吧。

[一个脚夫上，对王子西：掌柜的，你们的洋面到了！

王子西：（不解）我们没买——

卢孟实：（急忙）跟几位伙计说，小心着点，要是掉包裂口，撒了我的面，我可一个子儿不给。

[一个警察上。"掌柜的，我来了。"

卢孟实：来得正好，劳您辛苦，维持闲杂人等，拜托！（拿起算盘）奎祥木厂子盖大楼的钱还欠六百。

[几个要账的人光顾着看扛洋面口袋往里运的人。

钱师爷：这面便宜？

卢孟实：福聚德没进过便宜货，官价，两块大洋一袋。

要账人：您买这么多面干什么？

卢孟实：穷修门面富修灶啊。（继续打算盘，不小心碰掉一个银包。钱滚了一地）

钱师爷：二掌柜，买卖做得不赖啊。

卢孟实：还说得过去吧。上午宅门富商，下午衙门贵胄。各位来，来，您瞅，这不，今天晚上总统府订座，明天宫里要用鸭子，下礼拜侍卫队，就连总理的老太太过生日，都是我们走堂会。人都快累散了。

钱师爷：你可给福聚德赚大发了。

卢孟实：（体己的）买卖是人家老唐家的，我不过是替买看吃，就拿各位这段公事来说吧，依着我，一笔清，福聚德还在乎这点儿。

众要账的：那是，那是。

卢孟实：可东家不干哪，话说回来了，分月支取也有好处，各位在柜上每个月都能多得一份，我也好向东家交代，不过是各位多辛苦几趟，钱师爷，您可是我们柜上的老中人了，您说，每月您来，我怎样？

钱师爷：凭良心，卢二掌柜够朋友，不过咱们行里可有句老话：内怕长支外怕欠，了了账，您心里也清净不是。

卢孟实：各位，我卢孟实做买卖，讲究的是个"信"字，如果今天各位要逼我一笔了清，我砸锅卖铁也成全各位！可一样，往后咱们再不来往，福聚德不用各位的货，各位也别上我这儿来揽买卖，是看眼前，还是看长远，各位自己掂量。（不再理会，指挥抬面）

〔几个要账人互相交换了一下眼色。

钱师爷：卢二爷，买卖不成仁义在，您先别上火，咱们谁跟谁，还不是给人家跑腿。

〔卢孟实不置可否。

钱师爷：各位这么着，卢掌柜的今天也忙，你们几位回去再跟各位柜上商量商量，二掌柜，您听话儿。

卢孟实：那也好，给各位带上鸭子，挑大个的。（要账人下）钱师爷，您留步，您瞅，这个银锞子是皇上刚派人送来的，您留个念想儿吧！

钱师爷：（见钱眼开）这些事交给我了，福聚德这么大的买卖，得让他们上赶着。

卢孟实：拜托。

〔钱师爷下。

〔卢孟实长出了一口气。

王子西：我说，孟实，你这是借了印子钱了吧？

卢孟实：你过来。（耳语）

王子西：（惊诧已极）啊？！我的妈，我这腿肚子直转筋。（腿一软，坐下）

卢孟实：（大笑）子西兄，我不是跟你说过吗？楞堵城门不堵阴沟！你支应着点，我去趟胭脂巷。（一身轻松，下）

〔常贵上。

〔卢孟实下。

王子西：（越想越后怕）常头，你支应着点儿，我得躺会儿去。

〔常贵坐在门口补围裙。寂静，听得见几声小贩的吆喝声由近而远。克五溜进来，他早没了当初的威风劲，一件绸大褂破了几个三角口子，鞋也塌了帮。

克五：这大楼起得了，他们老掌柜到了儿也没坐上这"轿子"。

常贵：（听见动静）哟，这是哪位呀？

克五：常头，还认得五爷吗？

常贵：认识。您找谁？

克五：不找谁。（在店里寻摸着，眼睛溜过架子上的鸭子，咽了口吐沫）吃饭。

常贵：吃饭？

克五：怎么着，瞅不起我克五？

常贵：哪儿的话啊。

克五：想当初你们请都请不来你五爷，我在哪家馆子里吃顿饭，顿时能招来十桌人，我告诉你，我们家吃饭的碟子都是描龙的。皇上用五爪龙，王爷用四爪龙，七品以上只能用三爪，你说说我们家用几爪的？

常贵：那一定用的是五爪的，要不怎么能触犯龙颜、抄家没产呢。

克五：喝，你小子是机灵！你猜猜昨天我找着什么了？

常贵：金条。

克五：比那东西实惠。（从怀里小心地掏出一张纸来）你们福聚德的鸭票子！

常贵：这个我们可登报作废了。

克五：（急）作废了？！这上边写得清清楚楚："凭票取大烧鸭子两只"，这有你们的大印。

常贵：有什么也不行了，废了。

克五：嘿！这是大爷花了银子买来的，银子废不废？

常贵：眼下的银子，就只能买一只鸭腿了。

克五：（耍赖）那不行。今天这鸭子我吃定了！

[唐茂昌上。

唐茂昌：福子，把骡子牵到鲜鱼口去遛遛，让它落落汗。

常贵：（忙站起来）大爷回来了，哟，怎么弄这么一身呀，福顺，快拿掸子来。

[成顺、福顺上，围着唐茂昌忙活。

常贵：今天跑马赛车热闹吧？

唐茂昌：敢情，全是行家，涛贝勒、肃王爷、乐家五少爷，那最出彩的还是余老板，一下趟子就是碰头好，往马鞍子上一坐，哒哒哒哒，马蹄磕马蹄，跟戏台上唱快板一样，（打鼓点）锵！锵！真帅！

克五：您来的是赛车吧？

唐茂昌：您看见啦？

克五：您执鞭，名老生"小叫天"跨沿子。

唐茂昌：（来了精神）您看怎么样？

克五：就是那头骡子装扮岔了点。

唐茂昌：（十分重视）噢，您说！

克五：讲究的是骡子前脸挂苏子，苏子上头穿珠子，跑起来嘀嗒带响，这有个说头，这叫"蹄踏碎玉"。

唐茂昌：（佩服地）行家！您往下说。

克五：想当初，我爷爷执鞭，谭鑫培跨沿子，一路上是响鞭响铃，八面来风啊！

唐茂昌：（羡慕之极）噢？这位爷府上是——

常贵：（耳语）……克五爷。

唐茂昌：噢，敢情是克家公子，失敬。

克五：您瞅，现而今可不比当初了。

唐茂昌：克公子，您别这么说，想当初秦琼秦叔宝被困在天堂县，把坐骑黄骠马都卖了，那伤心呢。您听听那戏词儿——（唱）"不由得秦叔宝两泪如麻"，比您惨。

克五：唐大爷这两口可真有点余派的味。

唐茂昌：（兴奋）是吗？哎哟，克公子要是没有要紧事，咱们好好聊聊。

克五：事嘛，有一点儿。您瞅，这是您柜上开出去的鸭票子，常头他说什么也不给我。

唐茂昌：常贵，你怎么不付给五爷？

常贵：鸭票子早登报作废了。卢二柜的可是跟您商量过。

唐茂昌：对了，我忘了。这么着吧，就付五爷这一份，下不为例。

常贵：咱们这口子可不能开。

［福子跑上。

福子：大爷，车在门口等您去看"行头"，您倒是快着点呀。

唐茂昌：着什么急，也得容我把短打扮脱了，换上"褶子"！（欲下）

克五：哎，唐大爷，那我这只鸭子——

唐茂昌：（接唱刚才的最后一句）哎，你就牵去了吧。（下）

克五：（得意）常头，听见了吧？好好伺候着！五爷我是吃一只，带一只，那鸭架子给我送家去。（跷腿一坐，耍起公子哥的派头）

［常贵把王子西拉出来。

克五：（唱）你就牵去了吧！

王子西：（呵斥）克五！

克五：（吓得站了起来，见是王子西，又坐下）常头，到泰丰馆给我端碗小米粥，再买两桃，要脆的。

王子西：克五，我们的鸭票子早就作废了，你赶紧给我走！

克五：你们大掌柜的刚许下我的，还告诉你，你五老爷不但今儿吃，明儿我还来呢，就这样的鸭票子，我们家有一沓子呢！

王子西：（气急败坏）这位大爷，整天不着柜，一回来就添乱！（急中生智）我找二爷去！（急下）

克五：烤上了没有？五爷我吃了一辈子鸭子，还真不知道这鸭子是怎么烤出来的。我得瞅瞅去。（走向烤炉）喝，怎么这么热啊？

常贵：哎，烫着您？

［罗大头的呵斥声，上。

罗大头：谁他妈的跑这儿碍事来了？哟！克五！

克五：罗大头吗？

罗大头：你小子还该我俩烟泡呢！

克五：该你的，还你，急扯白脸的干吗。罗大头，我教你的那手儿，试了没有？（用手比画着）

罗大头：是比干着抽过瘾，你小子有两下子。

克五：五爷我拜师傅学过。

罗大头：抽大烟也拜师傅？别吹了。

克五：你不信？年轻那会儿，我爸爸怕我在外边胡来，就花钱请师傅教我抽大烟，嘿，我还真争气，不到一礼拜我就上瘾了。罗大头，想学我教你，不收学费，三天让我吃一回鸭子，就全齐了。

罗大头：你呀，一边凉快儿去吧！

[修鼎新穿得整整齐齐地上。

修鼎新：请问卢二掌柜的在柜上吗？

常贵：哎哟，修二爷？

克五：（叫起来）修二爷！（扑上来一把抱住）

修鼎新：（不禁唏嘘，但还是推开克五）五爷，我先把公事了了，咱们再叙旧。听说您这儿要个"瞭高儿"的？

常贵：是是，我们掌柜的没在，您先坐坐，歇会儿。

克五：修二爷，全完了！咱俩吃涮羊肉的紫铜锅子让少奶奶卖了铜了。最心疼的是那几坛子"佛跳墙"，全让讨逆军给抢走了，我光闻了闻味儿，一口没吃着……

[王子西带二少爷上。

唐茂盛：克五，克五在哪儿哪？克五！你老子协同张勋复辟，是当今的罪臣，你不好好改邪归正，整天在烟馆、饭馆闹事，今天二爷要教训教训你！

克五：干什么，干什么你？

唐茂盛：把鸭票子给我！

克五：（不肯）这个？这不给！（见唐茂盛撕鸭票子）这鸭票子不能撕！

唐茂盛：（抢过来一把撕碎）克五，出去！

克五：干什么这么横！当初你爸爸上赶着叫我"衣食父母"，我还不爱理他呢。

唐茂盛：（火）你再说一句。

修鼎新：（见势不对）五爷，走吧。

克五：（还嘴硬）我不怕他，他这大楼刚开张没几天，打主顾，你不怕倒霉呀你？

唐茂盛：(大吼一声) 成顺，把大门给我上了！

常贵：别关！

[几个小徒弟高叫着，一片"上大门"的声音。

唐茂盛：关上！

常贵：(喝住福顺等人) 咱们关店门打主顾，这可犯大忌啊！

王子西：您吓唬吓唬就得了，可不能真打。

唐茂盛：(推开常贵、王子西) 都给我躲开！克五，有种的你别跑！

克五：我没跑。

[成顺、福顺摘幌子，上大门，王子西、常贵急得团团转，克五也慌了神。

[卢孟实上。

卢孟实：开门！大白天的关门干什么？

王子西：你可回来喽！

卢孟实：这是怎么回事。

[王子西对他耳语几句。

卢孟实：这可不行！二少爷，当初怡和楼在庄子里关门打人，转年就关了张；再说今天尽是来看大楼的人，您就不怕砸了买卖？

唐茂盛：我豁出买卖不做了！

克五：(躲在卢孟实身后) 哼，我今天就叫你打，不打你不是人！快来人看哪，福聚德的掌柜的打主顾——

[常贵拦住唐茂盛。

[修二连拉带操地把克五推下。唐茂昌听见喊声也跑出来。

唐茂盛：克五！别让二爷碰上你——(众人拉唐茂盛下)

唐茂昌：干什么？干什么呀？不就一张鸭票子吗？我说了，给他不就完了。

福子：大爷，该走了。

唐茂昌：这乱子要是出在晚上，我还拜什么师？什么响动啊？

成顺：二少爷气得在后院打面口袋哪。

王子西：(突然想起) 哎哟，那面口袋可不能打！

唐茂昌：怎么着，他不打人，打几下面口袋还不行。多事。(走到柜上把红纸包着的钱拿了一捆交给福子）走！

卢孟实：大掌柜，这钱不能拿。

唐茂昌：你要干什么？我爹临终把你叫来，可没说把买卖让给你。

卢孟实：是，可是……

唐茂昌：福聚德掌柜的是我！福子，拿走。

[唐茂盛跑上。

唐茂盛：大哥！了不得了，后院的洋面口袋里装的都是黄土！

唐茂昌：（惊诧）黄土？！

卢孟实：大掌柜，你听我说——

唐茂昌：（呵斥）反了你们！卢孟实，你等着跟我去见官，茂盛，把柜里钱全拿走！

王子西：（急得红了脸）大爷，黄土的事我可一点都不知道——

卢孟实：这银包里装的——也是黄土。

唐茂昌：（失声）啊？（手中银包落地，果然摔了一地黄土）

[众人愕然，惊恐、疑惑的眼光全部逼向卢孟实。

唐茂盛：（跳起来，吼声如雷）卢孟实——

卢孟实：（急）千万别嚷，成顺，赶紧关大门！

[切光。

第二幕　二场

[暗转，晚。

福聚德内灯火通明，人来人往。

楼上雅座里坐满客人，传来磕杯碰盏、说笑谈论的声音。

伙计们楼上楼下地忙活着。

常贵俨然是此刻的指挥，他机敏、沉着、有条不紊，颇有点大将风度。

常贵：（从楼上下来）您几位慢等！（走到影壁前边，侧身，向着后面厨房）李师傅，咱们楼上客人都到齐了。热菜听信儿冷荤走——

［福顺等小伙计托着冷盘，鱼贯上场，穿过敞堂，上楼梯，按着常贵的指派，把菜分别送进各间雅座。

［楼下单间的客人招呼算账。

常贵：（快步上前，撩起门帘）五号账到柜，三块六毛八。三位，吃好了？一共是三块六毛八。（客气话）我候了吧。

客人：都拿去吧。

常贵：得，谢谢您了。（利落地把钱交柜，找钱，送客）外边黑，慢走，回见。（把客人赏的小费扔进大竹筒子）

修鼎新：这三位瞧着眼生。

常贵：这三位是"高买"，您瞅穿的、戴的，多阔。专住大饭店，下大馆子，瞧准了金银首饰店，进去足买，买完一溜，你连人儿都抓不着。

修鼎新：你这双眼睛真是不揉沙子。

常贵：看人也有窍门儿。这么说吧，您看见一堆人在那儿抢球，那准是美国人；一堆人在一块洗澡，那是日本人；您要是瞅见一堆人在一块抢着付账给钱，您甭问，那准是咱们中国人。

［修鼎新大笑。

福顺：常师傅，酒过一巡了。

常贵：（向修鼎新）我怕您开头站不惯，说个笑话解解乏。我说后边（腿脚麻利上楼，站在楼梯口，声音敞亮）拿生鸭子来瞅——

［小伙计们从鸭架上挑下一只只肥嫩白生的生鸭，用托盘捧着送进雅座。

［看生鸭子，是老年间烤鸭店的规矩。

［常贵下楼不踩台阶，顺着阶沿儿出溜，既快又没声响。

［小伙计们也依次把生鸭撤下，送到烤炉，唯独福顺下来最晚，一脸惊慌。

伙计：二号鸭子上炉了！六号鸭子上炉了。

福顺：常师傅！这只让客人写上字啦——

［白嫩的鸭身上有个草写的"寿"字。

常贵：这是"看花"，修二爷，您看，这一只。

修鼎新:（不以为然地扫了一眼在鸭身上的字）这是范东坡的字,在鸭身上写字,一是防备你们以小换大,二是考考烤炉的手艺,讲究鸭熟之后,字还在,不走形。

常贵:是。您可真是内行,告诉罗师傅,留神这一只。

[常贵把鸭子交给小伙计,伙计下。

修鼎新:（得意起来）范东坡算个什么食客?他跟我吃了一次菊花火锅,便再不敢和我论吃了。

常贵:（听得新鲜）哦?

修鼎新:我问你,涮羊肉的汤放什么才鲜?

常贵:那我可说不好。

修鼎新:"鲜"字怎么写?

常贵:"鲜"不就是鱼字边加个羊字么。

修鼎新:北以羊为鲜,南以鱼为鲜,用活的鲫鱼烧好汤,以它做底汤涮羊肉,那才成全一个"鲜"字。

常贵:您可真是高人一筹。听您说做火腿必然放一只狗腿在里边,不知道是怎么个道理?

修鼎新:（笑笑）要想甜,放点盐,做菜懂得这个道理,味道一定好。做人懂得这个道理,一世无烦恼。

[幕后传来炒勺磕锅底的声音。

常贵:（知是菜出锅了）我说后边!（嘱咐伙计）炸、炒、烹、煎、烩,别乱了次序,我说,李师傅可是头天上灶,我可不许你们欺生。去吧。

[伙计们托热菜上,每盘必先请常贵过目。

常贵:小生子,把袖口放下来,楼上有女客。这是主客桌儿的。楼上梨园行的有位不吃香菜,别忘了上桌的时候给拿下来。

[几个胭脂巷的姑娘,花枝招展地上。

[卢孟实自楼上下,招呼姑娘们上楼。两个姑娘围着卢孟实七嘴八舌地说着。

卢孟实:哎哟,你们怎么才来呀?

姑娘们:怎么?你还嫌我们来得晚呢?!我们可是冲着你的面子才来的。

卢孟实：两个女人比一百只鸭子还吵。

姑娘：（不依不饶）你说什么？说我们是鸭子？

卢孟实：五姑娘，客都齐了，请上楼吧！（把她们推上楼）

五姑娘：掌柜的，门口还有"五十只鸭子"哪！

卢孟实：（没听懂）小姐们，快请上楼吧！（正撞上进门的玉雏儿）

[姑娘们调皮地大笑起来，下。

卢孟实：（赔笑）来了。（看看玉雏儿）赔了半天不是，还生气？

玉雏儿：门口有辆车，像是余老板的。

卢孟实：他来了。

玉雏儿：你们大少爷真有本事。

卢孟实：还不是我给他请来的。

玉雏儿：那他还不得好好赏赏你？

卢孟实：赏我？差点送了官。

玉雏儿：（笑）是为那些黄土吧？

卢孟实：你还笑。

玉雏儿：我笑有本事的使唤人，没本事的听人使唤。

卢孟实：我没本事。（欲走）

玉雏儿：就知道跟我急。瞅我给你带什么来了？（拿出一个小食盒）尝尝。

[卢孟实拈起一块放进嘴里。

玉雏儿：我们那边有个串胡同的老太太，每天下半晌挎个篮子沿街吆喝，酱鸭膀、卤鸭肝，什么都有。我们那儿八条胡同的姐妹，都爱买她的小菜下酒。

卢孟实：是挺好吃。

玉雏儿：就知道吃！都是从你这儿出去的。

卢孟实：这些东西又不能烤。

玉雏儿：不能烤，还不能卖？你不是嫌"鸭四吃"不够热闹吗，那不会来个"鸭五吃""鸭八吃"把这些鸭下水全都做成菜。

卢孟实：（兴奋起来）好主意。

（忙去柜上取纸笔，突然又沮丧起来）我这么上劲儿干什么，有那俩"搅屎棍子"，什么也干不成。

玉雏儿：真是属"风筝"的，一会高，一会低。

卢孟实：线儿在人家手里攥着，高低由不得我。

玉雏儿：要是我就把线儿铰了。你当了大掌柜的不就由着你了。

卢孟实：把那俩搅屎棍甩了……老掌柜临终托付给我，我这不是抢人家的祖业？

玉雏儿：怎么说得上是抢？东家还是他们。既然他们不上心，那你就干！给天下人留下个福聚德，也是你卢孟实一世的功德。

卢孟实：（不由钦佩玉雏儿不同一般的见识）那你是说……

玉雏儿：大少爷爱唱戏，你就让他撒开了唱去。

卢孟实：那二少爷呢？

玉雏儿：交给我了。

卢孟实：（吃醋）那可不行！

玉雏儿：（笑）我在天津给他找个好的。行了，有人给你生儿子，有人给你出点子，我的卢大掌柜的。

卢孟实：（仿佛重新相识）这真是好风凭借力，送我上青云！

[王子西急上，玉雏儿甩开手，跑上楼。

卢孟实：子西！

王子西：孟实，咱们要进的那五百只小白眼鸭，让对过全赢德高价拦走了。

卢孟实：咱们怎么一点不知道？

王子西：他们暗地里使钱了。

卢孟实：哼！他不仁就许我不义。子西，他们不是打听咱们怎么养鸭子吗？您找人去散风，就说咱们的鸭子肥全仗着通风走气，您告诉看堆房的老头把鸭舍的窗户全打开。

王子西：那鸭子不得着凉啊？

卢孟实：不会把鸭子先轰到别的屋里去吗！

王子西：明白了，明白了，我去。（下）

卢孟实：福顺，给我请大掌柜！

福顺：哎！

［不一会，唐茂昌下楼边走边说。

唐茂昌：（向包间）诸位，我这办点俗事儿。

卢孟实：大掌柜，有点要紧事。

唐茂昌：（一脸不乐意）说。

卢孟实：咱们的鸭子让对过儿抢了。

唐茂昌：抢了，就再想法子买去。

卢孟实：是。可而今北京有三种鸭子，从运河来的南方鸭，叫"湖鸭"，肉嫩，可个头小；潮白河的"白河蒲鸭"，个儿大肉肥，可货少；再有就是玉泉山的"油鸭"，骨头架子小油多，烤出来太油腻，点心铺用鸭油合适——

唐茂昌：（早不耐烦）鸭子，鸭子，你到底想跟我说什么？

卢孟实：我就是拿不定主意咱们到底进哪种鸭子好。

唐茂昌：哪种好进哪种，这你也问我？

卢孟实：这进鸭子的事，不问您一声我做不了主，还有，鸭毛在小市上卖不出价来，我想先把鸭毛倒给杂货铺……

［楼上五姑娘探出身，"鸭大爷，鸭老板，您怎么暗场下，人就不见了？是不是听见鸭子叫啊？"（笑）

唐茂昌：哎，五姑娘，看你说的。

卢孟实：大掌柜，到底进哪种鸭子啊？

唐茂昌：（烦躁）行了，你瞧着办！（上楼）

卢孟实：（拦住唐茂昌）是湖鸭，还是小白眼鸭？

唐茂昌：鸭子，鸭子，你有完没完？我还吃鸭子，鸭子快把我吃了！得了！得了！

卢孟实：（正中下怀，暗暗一笑，看见修鼎新）修先生，还习惯吗？

修鼎新：二掌柜，我是耳闻您一贯平等待人，才来做下人的。

卢孟实：不能让人瞧不起我们做饭庄子的，是我这辈子的心愿。

修鼎新：瞧得起又怎么样？

卢孟实：自个儿先得瞧得起，别人就不敢瞧不起。

修鼎新：我看你办不到。

卢孟实：我要试试。我请你写的对子有了吗？

修鼎新：做对子讲究情致，或怡情悦性，或富贵堂皇，或着意秦人旧舍，或暗喻世态炎凉，不知您喜欢什么？

卢孟实：你琢磨了一辈子美食，跑了半辈子饭庄子，你喜欢什么？

修鼎新：对于吃，我就喜欢一句话：天下没有不散的宴席。

卢孟实：（愣一下）这样的对子可不吉利。

修鼎新：这可是实话。

常贵：（上）几位爷，这事就交给我了。

卢孟实：常师傅，这上头？

常贵：总统府那几桌净说什么杀呀、砍呀的。

卢孟实：只要不在咱们这儿杀，爱杀谁杀谁。修先生，我上去盯着。（上楼）

修鼎新：（向门外打招呼）哟，杨爷。（下）

［成顺手里端着一个盆，被罗大头推着，上。

罗大头：去，把他这个豆泥给倒了。

成顺：师傅，这可是拿枪的那桌上要的，二掌柜直嘱咐别惹他们……

罗大头：你哪那么多说的！去，远远地倒！

［成顺无奈，下。

罗大头：李小辫，我叫你能。（下）

［楼上管弦声，几个人把唐茂昌拉出来。

众：唱一段。

姑娘：反串红娘！

唐茂昌：我哪能"反串"啊？

姑娘：不唱师傅不收你！

唐茂昌：好！五姑娘给拉个过门。

［唐茂昌小嗓唱红娘，众喝彩，唐回座。

［常贵捧着一盘大小包上。

常贵：成顺！成顺！（见福顺、小生子从烤炉出来）你们俩去吧，给每个车夫一人一包炉肉，一人一个红封包。说明白了，这是咱们大爷赏的。

［两伙计应声下。

［李小辫上，样子十分焦急，王子西随上。

李小辫：常哥，你看见一盆豆泥了吗？红小豆泥！

王子西：你放哪儿了？说话要上八宝豆泥了。

罗大头：（从烤炉边踱过来）八成忘了煮了吧？

李小辫：哪儿呀？下午就煮出来了。你看这事儿！

修鼎新：换拔丝山药。

李小辫：那怎么行？

王子西：这可是总统府那桌要的。（急）那帮人正找碴儿呢，这不是添乱吗！

李小辫：（急得满头大汗）绿豆糕！快，赶紧派人买绿豆糕！

王子西：成顺，快。

［成顺欲下，罗大头朝成顺使眼色，常贵暗下。

罗大头：四道菜，八大碗，不是头等的大厨子侍候不下来。

李小辫：（突然醒悟）罗大头，咱们都是"勤行"里的人，你可别干损事！

罗大头：（瞪眼大叫）哎，你出娄子，别找寻别人！

王子西：得了，祖宗，楼上还有座儿哪！

［成顺空手上。

成顺：没，没有绿豆糕。

罗大头：（幸灾乐祸）这下可褶子啦。

修鼎新：那些人吃不好，可是掉脑袋的事。

李小辫：（强硬地）脑袋掉了不过是个死，我的手艺栽了，是我一辈子的名声。

王子西：李师傅，换菜吧，我跟掌柜的说去。

李小辫：不换！今天我李小辫栽了，从此以后，再不掌勺。（解下围裙）告辞！各位！

［常贵奔上，手里捧着一个纸包。

常贵：（气喘吁吁）李师傅！

李小辫：绿豆糕！（感激欲跪）常哥！（急下）

常贵：（抹把汗）后边撤荤盘子，上手巾把儿，听信儿走鸭子！（下）

成顺：师傅，鸭子该出炉了。

罗大头：（狠狠地）我呀，睡觉了。（下）

卢孟实：（上）今儿晚上菜不错，几位老板赏下了。后天，余老板家走堂会，叫李师傅去掌灶。（对子西）您记上。

［李小辫边上边说："气上足了，就撤火，出锅。"

卢孟实：李师傅——

李小辫：（阴着脸）掌柜的，我李某没能耐，我到别处新鲜新鲜。（交围裙）

卢孟实：你这是?

李小辫：我李小辫从来不待"窝子买卖"。

卢孟实：福聚德不敢说是江湖买卖，可你这话怎么说?

李小辫：哼，今天，咱们初来乍到，考我我不怕，可要给我寒碜，我可不干!

卢孟实：（脸沉下来）这是什么话?

［王子西在卢孟实耳边讲了几句。

卢孟实：尽干些个下九流的事。李师傅，你先后边歇会儿。

［李小辫下。

成顺：二掌柜，鸭子该出炉了，我师傅他走了。

卢孟实：你不会上炉?

成顺：我? 我不敢?

卢孟实：上炉! 有事我顶着。去!

成顺：哎! （跑下）

王子西：孟实，你让学徒的上烤炉，这可犯忌。

卢孟实：不让他上炉，一辈子学不会。子西，叫罗大头!

王子西：他说他睡了!

卢孟实：叫他起来!

王子西：哎哟，你少惹他!

卢孟实：您叫!

王子西：哎，我叫! 罗师傅，二掌柜的请您!

［罗大头上，一脸不在乎。

卢孟实：（直截了当）豆泥是你倒的不是？

罗大头：不是。

卢孟实：大丈夫敢作敢当，别让我查出来，寒碜。

罗大头：（白了卢孟实一眼）就是我，你怎么着？

卢孟实：我卢孟实做人讲究两样，在家孝顺父母，出门对得起朋友，你罗大头不可我的心！

罗大头：可不可心那我吃的是老唐家的饭，你管不着！

卢孟实：我是二掌柜。

罗大头：我是老掌柜的爸爸请来的，你算什么。

卢孟实：楼上有掌柜的，你上那儿说去。

罗大头：你以为我不敢——

〔唐茂昌陪余老板下楼来。

唐茂昌：余老板，说话上鸭子了。

福子：您吃完了再走。

余老板：不吃了，大轴儿还有一出戏呢。

唐茂昌：待会儿我叫福子给您送园子去。

卢孟实：（迎上）余老板，您怎么走哇？

余老板：菜都不错，再给总统府那桌添俩菜，就说是我送的。

卢孟实：您真周到。

余老板：（拿出红包）这个给大家伙分分。

卢孟实：您来，就太赏脸了，还叫您破费。（向众）余老板赏下了！

〔台上台下伙计们齐声高喊："谢余老板"——

余老板：茂昌，一会你就坐在"场面"边上。

唐茂昌：（受宠若惊）哎。

余老板：听我那句"昨夜晚……"

罗大头：（炸雷般地）东家，少掌柜——

〔卢孟实、唐茂昌、余老板一惊。

唐茂昌：（怒）干什么这是？！

罗大头：卢孟实他要辞我！

唐茂昌：辞你就走。

罗大头：怎么连您也让我走?！福聚德的烤炉都是我砌的，你不看我也得看这些鸭子——

唐茂昌：还不拉住他！

余老板：（笑）你柜上有事，我先走了。怪不得他们叫你鸭老板呢。（下）

唐茂昌：（追）余老板！

罗大头：（不知好歹）掌柜的——

唐茂昌：（甩开罗大头）我的事全砸在你们身上。从今儿起，你，你，你（指卢、王、罗等）谁也不许再跟我提一个"鸭"字！福子，走！（下）

卢孟实：（目的达到，神采飞扬）常师傅，走鸭子！

常贵：是！后边，楼上走鸭子！

［幕后众："好嘞，来啦，走鸭子。"

［众伙计手托烤好的鸭子鱼贯而上。

（幕落）

第三幕

时　间：约八年后（1928 年）

地　点：福聚德店堂

此时是福聚德的鼎盛时期。雕梁画柱的大楼金碧辉煌。门前那块黑底金字的陈年老匾泛着辉光。门前停的是汽车、马车、绿呢大轿，门里进出的是达官显贵、商贾名流，福聚德已是赫赫扬扬、名噪京师。

这天是大年初六，饭庄店铺大开张。福聚德伙计们簇拥着王子西将那两块老年间的铜幌子，当当正正地挂在门前。而后，掌案的把砧板剁得铛铛响，掌勺的啪啪地敲着炒勺，账房把算盘拨拉得嘀嗒响。百年老炉中的炉火像灌上了油，烧得呼呼蹿火苗子。这就是旧时买卖家讲究的"响案板"，以求新年里买卖兴隆。

福聚德的伙计们头脸干净，新鞋新帽，面带笑容。

众人：（互道）恭喜发财！

王子西：（给红包）福顺，福顺！（把手里的鞭炮给福顺）把这挂鞭拿出去放放。开市大吉，万事亨通啊！盯着点门口，胡同口，有要紧的主顾你就先喊一声。

福顺：（已经长成个大小伙子）放心吧，二掌柜！（下）

王子西：过了正五过初六，过了初六还照旧，这年说话就过完了。

常贵：咱们大开张，对过儿全赢德可是大关张。

王子西：全赢德那掌柜的他就不是发家的样儿，伙计们多吃半个馒头，他都奔拉脸子。

常贵：那边伙计也怪可怜的，我听掌柜的说，要把对过儿全赢德买过来，还修个过街楼，这么着，咱们的买卖可就做大了。什么时候跟掌柜的言语一声，把那边的伙计多留几个。

王子西：这事孟实他早就想到了，别忘了，他爹也当过伙计。

常贵：这十年了，我都没敢问过，玉升楼掌柜的真干过这个缺德的事？

王子西：就为丢了几两银子，就用这样的大秤（指丈把长的大秤）把柜上的伙计，出门称一次，进门再称一次。

常贵：真是拿人不当人。咱们掌柜的父亲就这么窝囊死的？

王子西：要不孟实这么咬牙跺脚地干，他的心里窝着口气。

常贵：怎么咱们今天开市，没见掌柜的。

王子西：这不头年一忙，我忘了给侦缉队送礼了。孟实又打点去了。

常贵：那可是得罪不起的祖宗。

王子西：（从墙上取下一张单子）这是今天的"水牌"，上什么菜你编排一下，今儿个警备司令吴家有订座。还有瑞蚨祥孟四爷。

［常贵拿水牌下。

［唐茂昌带福子气冲冲地上。

唐茂昌：卢孟实呢？

王子西：（见脸色不对，小心地）大爷今天得空儿，孟实他有事出去了。

唐茂昌：昨天我让福子拿五百块钱，他为什么不给？

王子西：他说"东六西四"分账是合同上写的，每月初一准把月钱送到府上去，这额外的——

福子：（狗仗人势地）额外的？这儿全是我们大爷的！我们大爷花钱买"行头"置"场面"干的是正事。不像他，花钱养婊子！

王子西：哟，你可别这么说，玉雏儿而今能当半个掌柜的。

唐茂昌：（更火起来）你告诉他，这儿的买卖是老唐家的。

王子西：是，是。

唐茂昌：把钱柜打开。

王子西：（为难）大爷——

唐茂昌：开呀。

福子：开呀。

［王子西无奈地打开钱柜，福子拿钱。

唐茂昌：这两年，卢孟实在他的老家置办产业，这事你知道吗？

王子西：这我可不知道。

唐茂昌：子西，你是庄子上的老人儿了，这两年我没管买卖上的事，二爷又在天津，买卖上的事，你得下心。

王子西：（怯懦地）是，我……

［外面一阵喧哗，玉雏儿上。

玉雏儿：哟，大爷来了？

唐茂昌：（爱搭不理地）福子，走！

玉雏儿：哟，忙什么，歇歇脚，喝口茶。

福子：我们怕烫着舌头。（随唐茂昌下）

玉雏儿：大爷怎么啦？

王子西：我也正纳闷呢。说是孟实在老家置了不少的产业，你知道吗？

玉雏儿：您听谁说的？

王子西：我也不大信。

玉雏儿：孟实苦干了十来年，有点积蓄不假。可是，他辛辛苦苦把福聚德拾掇得闻名京都，就落了这么个名声，也太冤枉人了。（下）

王子西：那是，那是。

[福顺："几位爷您来了，里边请呀！"

常贵：（上）几位爷来了，孟四爷马上就到。您是六号雅座。生子，看茶。

[几个衣着差不多的男人上，样子不像正经客人。

常贵：几位爷吃饭？吃饭咱们楼上请。

某甲：（打量着店堂）听说你们这儿有一个叫什么"雏儿"的，有手堂子菜的绝活。

常贵：（接）"雏儿"？我们这儿只有个厨子头，叫李小辫，是有手绝活，叫"三不沾"，一不沾筷子，二不沾牙，三不沾——

某乙：（打断）我们几位大爷专门为"堂子菜"来的，有没有快说，少废话。

玉雏儿：（上）哟，别忙呀，我就是玉雏儿。坐呀，坐呀！常师傅，看茶！

某甲：（凑近）久闻大名了，听说在胭脂巷不出金子见不着您的面。

玉雏儿：瞧您说的。

某甲：今天伺候一下我们爷们吧。

玉雏儿：（不紧不慢地）那是应当的，不知几位，想吃点什么？

某乙：（愣了一下）你会做什么？

玉雏儿：玉雏儿生在苏州乡下，会做的都是些乡间小菜，几位听我报几样。珠联璧合，富贵有余，连生贵子，百年好合，蓝田种玉，好事发财，雪里藏珍，合浦还珠，春苗飞絮，金玉满堂，不知几位是喜酌，梅酌，会亲酌呢，还是寿酌，羌酌，进学酌？

[几个人听傻了。

某乙：（假充内行）什么酌不酌的，就来个"金玉满堂"。

[其余的人随着附和。

某甲：（留个心眼）等等，我们爷们吃过见过，四大堂，八大楼都会过，你先说说什么叫"金玉满堂"？

玉雏儿：（不慌不忙，慢启朱唇）经霜乳唾好燕窝二两，用天泉水发好，银针挑去黑丝，加嫩鸡汤、好火腿、玉柱蘑菇烂煨成玉色；吕宋青鱼翅，不用下鳞，只取上半原根，用肘子、鸡汤、鲜笋、冰糖炖两日，煨成金色，小刺参滚肉汤泡三次，鸡汁、肉汁、虾子汁烧成枣红色；再加三钱"西施舌"、七个乌鱼蛋、十枚银杏，配上笋尖丝、鲫鱼肚、香菌、木耳、野鸡片，烧几个滚儿，勾玻璃芡儿，下明油，倒挂出锅，盛在金托金盖四爪金龙钵里，叫做"金玉满堂"。

某乙：（不由吐出一口气）这得多少钱一钵呀？

玉雏儿：不多，有二两金子足够了。

某甲：这菜也他妈就皇上能吃。

玉雏儿：只怕皇上没有几位爷的口福。（抖开一个极标致的围裙，就要下厨）

某甲：（知道这个玉雏儿不好对付）我们哥儿几个今天不想吃金呀玉的，想尝尝你家常的手艺。

玉雏儿：好啊，一会儿我调一碗醋椒鸭丝汤，给几位醒酒好不好？常贵，请几位上楼吧。

〔几个男人上楼。玉雏儿拉住常贵。

常贵：几位您吃饭楼上请。后边，三位楼上请嘞！（对玉雏儿）我看这几位爷不善，您可得留点神。（下）

〔玉雏儿下。

〔罗大头上，身后跟着克五。

罗大头：你干吗老跟着我？

克五：你让我瞅瞅那些鸭子，你给弄个鸭架子吃也行。（贪婪地四处看着）

〔福顺追上。

福顺：出去，出去，谁让你进来的？

克五：干什么你们？我可告诉你们，五爷现而今是"闻香队"的！

罗大头：闻香队？怪不得老在饭庄子门口转悠呢！（众哄笑）

克五：大爷隶属侦缉队，我闻的是烟土！罗大头！你身上就有烟！

罗大头：对！烤一只鸭子两烟泡儿，帅府赏的。

克五：帅府也不行，拿出来！

罗大头：帅府成箱的，去上那儿闻去。

克五：烟太多我就闻不出来了。（讪笑）罗大头，给弄个鸭脖子吃还不行——

罗大头：这小子成心捣蛋，得了，你还该我们二少爷一顿打哪，我先替二爷出出气，成顺！拿烤杆来！（成顺持烤杆从烤炉出来）哎？（罗大头发现烤杆烫手）

成顺：我，我这给您擦呢。

罗大头：（用手一摸）放屁！这还烫手呢。

成顺：（知瞒不过去）是掌柜的让我——

罗大头：掌柜的是你祖宗？跪下，跪下。

[福顺上，用大拇指向横一划，这手势是告诉大伙掌柜的回来了。所有人立即回到自己的位置上，垂手而立。

成顺：掌柜的回来了。

[小生子从楼上下。

[卢孟实上。他人到中年，衣着华贵，面容丰满，一脸威严。身后跟着修鼎新。

卢孟实：（阴着脸）年初四谁出去看戏了，嗯？

小生子：我。

卢孟实：听的什么戏啊？

小生子：（支吾地）大，大戏。

卢孟实：票呢？

小生子：（怯怕地）我给扔了。

卢孟实：瞎话！初四"天乐"唱的是落子。下作的东西，店规怎么写的，背！

小生子：第九条，店员不许看落子——

卢孟实：人家为什么看不起"五子行"？不能自己走下流！我看你是吃饱了，家里有富裕了，给我走着！

小生子：（慌了神）掌柜的，您饶我这次吧，再也不敢了，掌柜的——（希望周围人求情，但没有人敢说话）

常贵：小生子，你往后可记住了，这事不算完，先干活去！楼上有客人，快去。

小生子：哎。

卢孟实：（头也不抬）谁让他进来的？

[修鼎新暗向克五使眼色，让他快走。

克五：（反而凑上来）说我呢？卢掌柜，甭说你这儿了，就是王爷贝勒府我也照样串胡同。我闻出来了，你后院有烟土！

卢孟实：赶出去！

克五：等等，给我只鸭子咱们了事，要不然——

修鼎新：（小声）五爷，走吧。

克五：修二，你敢情整天吃香喝辣的，你没良心！卢孟实，你等着瞧——

[被众人拉下。

卢孟实：有人在东家那儿告我，说我在老家置房子买地，不错，有这事。做饭庄子的就不能置产业？我还想置济南府，买北京城哪！成顺。

成顺：哎。

卢孟实：几儿办喜事？

成顺：二月二。

卢孟实：龙抬头，好日子，修先生！

[修鼎新拿出一个红封包递给成顺。

卢孟实：这是柜上送你的喜幛子钱。

成顺：谢谢掌柜的！

卢孟实：披红戴花，骑马坐轿子，怎么红火怎么办。让那些不开眼的人瞅瞅，福聚德的伙计也是体面的。散了！

罗大头：（憋了一肚子火）等等！成顺动我的烤杆。

卢孟实：（不动声色）怎么啦？

罗大头：这是坏了柜上的规矩！烤炉的不到七十不传徒弟，这事皇上都认可过。

卢孟实：（笑起来）眼下皇上都在天津日本租界当了寓公了，我看这套规矩也该改改了。

罗大头：别忘了你们当初怎么把我又请回来的，我大罗一撂杆不干，你福聚德就得关门。

王子西：（调停地）这是干吗？谁不知道，福聚德就仗着大罗这根烤杆撑着哪，啊？！

罗大头：（故意拿糖）今天我不烤了，你们另请高明吧！（甩手就走）

王子西：哎，楼上还有座儿呢。

卢孟实：走了，就再别回来。

罗大头：（爆发地）卢孟实！你别跟我这儿摆掌柜的，你以为你那点底儿我不知道！

〔常贵上前拉住罗大头。

罗大头：（甩开常贵）你以为我不知道你爸爸是怎么死的？

常贵：（急拦）大罗——

罗大头：攀着秤钩儿，蜷着腿，让人家当牲口称，憋闷死的。

卢孟实：（脸色由青变白，突然高声笑了起来，那笑声悲凉中带着一股昂扬，听着使人发抖）你——你给我出去。

罗大头：行了，别在我这儿人五人六的。

卢孟实：（大叫）走！

罗大头：美的你几辈子没当过掌柜的，上这儿耍威风——（把烤杆扔到孟实手里）我不干了！

〔众人要拦。

卢孟实：谁拦，谁跟他一块走！

罗大头：我看你还能美几天，美的你不知姓什么了。我不干了！

〔罗大头骂骂咧咧下。

卢孟实：成顺，你上炉！侍候下今天这些座儿，我让你掌炉。

成顺：哎！（下）

王子西：（担心地）孟实，今儿可有瑞蚨祥孟四爷订的座，这可是吃主。

卢孟实：谁候？

常贵：掌柜的，我候吧。

〔楼上某甲叫着："堂子，叫玉雏儿给我们上汤啊！"某乙："还得喂一口啊？"淫笑。

卢孟实：（皱眉）楼上什么客人？提玉雏儿干吗？

王子西：我也不知道。侦缉队那边都打点好了？

卢孟实：不买账。看来想敲咱们一笔。

修鼎新：这是全赢德的地契、账簿，你过了目盖个图章就过户了。

卢孟实：（感觉不适）留我晚上看吧。子西，对过全赢德的伙计跟柜上的，愿留的都留下，可千万别让他们没地方去，还有明天请奎祥木场子的来，赶紧筹划修过街楼。

王子西：孟实，年头这么乱，还是看看再说吧！

修鼎新：自古以来，年头越乱，人越好吃。

卢孟实：修先生说得好，我就是嫌这小胡同太憋闷，得把买卖打到前门大街上去，另外……（一阵晕）

王子西：（扶住）怎么啦？去后边躺躺。

唐茂盛：（上）喝！真有个过年的样儿！

卢孟实：（强打精神）二爷来了，泡茶。天津福聚德生意兴隆？

唐茂盛：兴隆什么。

卢孟实：那地界好哇，就在中华落子馆旁边，热闹。

唐茂盛：地界好有什么用，人不行。

卢孟实：您那位新二奶奶，可是天津卫的人尖儿，连吃"砸八地"的都怵她三分。我听说她谁都不怕，就服您，对吧？

唐茂盛：（笑）你这都听谁说的？

卢孟实：我这儿有内线。

唐茂盛：她们这些姐妹，都不是省油的灯。

卢孟实：待会儿，就这儿吃饭，我叫玉雏儿给您做俩拿手菜。

唐茂盛：今天我来，是想找你借点东西。

卢孟实：瞅您说的，这楼上楼下还不都是老唐家的。

唐茂盛：天津分号要修门脸儿，用点钱。

卢孟实：多少？

唐茂盛：我大哥在法家花园起的那间馆子支了多少，我就用多少。

卢孟实：（知来者不善）行。等过了五月节，我一准给您送到天津去。

唐茂盛：哟，这不是拿我打镲您啦。

卢孟实：你看，这影壁得描金了，后院堆房要挑顶子——

唐茂盛：福聚德日进百金，甭跟我来这套？

卢孟实：有进还有出哪，修先生，拿账来。

唐茂盛：（不看）行！这事就这么着了。另外，我还要借个人。

卢孟实：谁？

唐茂盛：天津分号缺个好堂头，我要常贵。

卢孟实：二少爷，这可不行，饭馆子让人服，全仗堂、柜、厨，您这不是撤我大梁吗？我给您换一个——（示意王子西帮他一起说）

王子西：（多一事不如少一事）二爷既然要，就——

卢孟实：不行，有批老主顾不见常贵不吃饭。

［常贵自楼上下："三位爷慢慢吃，您甭着急。"

唐茂盛：常贵！

常贵：哟，二少爷！什么时候回来的？

唐茂盛：常贵，跟我去天津分号怎么样？

常贵：我？我，（望卢孟实，卢孟实气得说不出话）上天津，我也得安顿安顿家里头。

唐茂盛：还怕跑了老婆子。

常贵：（知道身不由己）等我侍候完瑞蚨祥这堂菜，我再跟二爷走。

唐茂盛：随你便，今晚上的火车，票我已经给你买好了，（对卢孟实）银票你想着麻利开，我去瞅瞅我大哥，晚上，这儿吃饭，拿钱，带常贵。（下）

常贵：（望着卢孟实）掌柜的，这是真的？

［卢孟实欲说无言，欲哭无泪，一下子跌坐在太师椅上。

［几个男人酒足饭饱，下楼来。

某甲：你他妈别说，今儿吃了一桌子菜，就最后那碗汤有味。

某乙：你不说是谁做的？

某甲：（对王子西）掌柜的，你可真有生意眼，弄这么棵"摇钱树"种在后院。（对卢孟实）你他妈怎么直瞪我？吃醋了？哈哈……

常贵:（扶住醉醺醺的甲）这几位爷，您那边走。

［玉雏儿上。

某甲:走？大爷我明儿还来吃"回头"呢，玉雏儿，明儿见——（几个人下）

常贵:几位爷，走好您。

卢孟实:（把满腹怒气、郁闷撒向玉雏儿）玉雏儿，你过来，你个婊子——（一掌向玉雏儿打去，突然，剧烈的头痛使他站立不稳）

王子西:（上前扶住）孟实！孟实！

玉雏儿:（转身返回扶住卢孟实）怎么啦？孟实！孟实！

王子西:快扶他后边躺躺去。

［玉雏儿扶卢孟实下。

王子西:不知道打哪儿就给你横插一杠子，想得挺好的，一下子全完。

修鼎新:架不住一个人干，八个人拆。

王子西:我的脑袋又有点儿痛，我得出去遛遛。（下）

福顺:（上）常师傅，您家小五儿来了，说有急事找您。（常贵、福顺二人下）

［成顺上，烤杆上挑着一只烤得焦黄的小鸡。

成顺:修先生，修先生您瞧，熟了。这可是按着您的主意配的料，您闻闻，您点了头，明儿跟掌柜的一说，咱们福聚德又添烤鸡了。

修鼎新:（淡淡一笑）添烤鸡？算了吧。

成顺:这可是您的主意。

修鼎新:还是拿它来给我下酒吧！拿酒来。（对着鸡）烤鸡呀！生前啼声呜呜，死后无处可埋，以我之腹，做汝棺材，呜呼哀哉。

成顺:修先生，您这是？

［李小辫上。

李小辫:吃上了。

修鼎新:二位来，来，来。今天有酒有菜，今天修某我也跟你们论一回吃。李师傅，你知道我这辈子最敬重的是什么人？

李小辫:什么人？

修鼎新：就是厨子。

李小辫：修先生，您别拿我们开心了。

修鼎新：就连我的名字也跟厨子有关，修鼎新，"鼎"者，器之名也，供烹调之用。你手中的炒勺，古人称"鼎"，在你面前摆着酸、甜、苦、辣、咸五味佐料，你把它们调和在一起，做成一种从未有过的美味佳肴，你就有生成之恩、和合之妙。

李小辫：修先生，您太高抬我们了。

修鼎新：不，不，古人称"宰相"为"鼎辅"，说白了，就是掌勺的厨子。

李小辫：宰相，他是厨子？

修鼎新：大到一国，小至一室，都要有人执掌，古诗云"盐梅金鼎美调和"就是比喻宰相用朝廷这个大炒勺做菜。

李小辫：他喝多了吧？给修先生调碗醒酒汤，千万别让掌柜的知道。

修鼎新：我就是想让掌柜的知道。他也是个掌勺的，你我就是他的"佐料"。你是咸的，我是苦的，罗大头是辣的，福聚德就是他的炒勺，我倒要看他到底能做出什么菜来，可临了，恐怕什么也做不出来——

［成顺上。

李小辫：修先生！快！成顺，快扶他去后院漱漱口，打盆凉水擦擦脸。

修鼎新：我没醉——（被成顺拉下）你们让我把话说完。

［李小辫欲下，忽然听到唏嘘声。常贵面容凄楚上。

李小辫：常师傅？常哥，（想来常贵就要离开福聚德）我听说你要走了，干了几十年了，说走就走，也是舍不得。

常贵：（摇摇头）这块伤心的地方，我有什么舍不得。我是伤心这小的，他不该看不起老的。

李小辫：怎么啦？

常贵：我这一辈子，骂，不许还口，打，不许还手，咱们心里头流眼泪，脸上还得笑，我不就为这一家大小奔吗！

李小辫：常哥，到底出了什么事啊？

常贵：小五儿，他非要上瑞蚨祥当学徒。

李小辫：好事啊，生在苏杭，死在瑞蚨祥嘛。

常贵：可——

［传来福顺的应酬声，"孟四爷，您来了！里边请哎！"

常贵：（擦干泪，格外精神地迎上来）孟四爷，楼上几个客人等着您哪！今儿给您安排的是楼上六号雅座。您瞅，门上雕着六子拜弥陀，今儿个是正月初六，四爷您六六大顺，八面来风！几位爷，楼上请！小生子，告诉后边，四爷到！

［常贵引几位上楼，把他们送进单间，退出侧身站在门口。

常贵：四爷，我今儿给您安排的是全鸭席。

孟四爷：行啊，你看着办吧。

常贵：好嘞，几位爷，您慢等。（下楼他一向不踩楼阶，下到最后一阶时，腿突然一软，打个趔趄，正好被刚进门的王子西扶住）

王子西：（扶住）常贵，怎么磕磕绊绊的？（常贵下）

王子西：福顺，刚才常贵的小五儿找他爹干吗？

福顺：（靠近王，轻声地）小五儿想到瑞蚨祥当学徒，人家不要。

王子西：为什么？

福顺：说他爸爸是堂子。

王子西：哎哟！常贵可不是一般的堂子，上自总统，下至哥儿大爷，谁不知道福聚德的常贵。

常贵：（托四凉盘上）来了——（又转身向着厨房方向）我说后边粉皮拉薄，剁窄，横切一刀，多放花椒油！（上楼）

修鼎新：（望着常贵，感慨地）常贵是那份酸的……

王子西：你说什么？

［唐茂昌上，身后跟着罗大头。

罗大头：（喋喋不休）大爷，您听我说，我是老掌柜那一辈的烤炉，他当二柜的时候就瞅不上我，瞅不起我就是瞅不起您，瞅不起您就是瞅不起老掌柜——

唐茂昌：（打断）行了，这一路上你就缠着我。

罗大头：您老不到柜上来，不知柜上的事，他哪儿来那么多钱买房子，买地？他还想买前门楼子哪——

唐茂昌：好！先干你的去。

罗大头：行！（罗大头下）

唐茂昌：孟四爷来了吗？

王子西：（殷勤地）楼上六座。

［唐茂昌上楼，常贵小心地拦住他。

常贵：大爷，我常贵在您这儿干了多半辈子，我眼下要走了。

唐茂昌：到哪儿去？

常贵：二爷要把我起到天津分号去。

唐茂昌：（不关心这些）去吧，哪儿不是福聚德。

常贵：（小心地）大爷，这几十年，没跟您张过嘴，今天有件事想求求大爷。

唐茂昌：好，说。

常贵：我有个儿子叫小五儿，他想到瑞蚨祥当个学徒，我想求大爷一会儿跟孟四爷言语一声。

唐茂昌：就这事啊，成了。（上楼）

常贵：真的，大爷？

唐茂昌：成了！

常贵：谢谢大爷！（人仿佛年轻了）后边，撤荤盘子，上手巾把儿，准备走热炒。（似乎想起什么，快步走到六号雅座门外）几位爷您边吃着，喝着，我常贵给您念段喜歌给几位爷下酒。

［王子西惊异地抬头望着常贵。

常贵：（面色绯红，声音有点发颤，清了清嗓）您吃的是禄，穿的是福，八大酒楼全都在京都。福聚德，赛明珠，挂炉烤鸭天下美名殊，皮儿脆，入口酥，肥不腻，瘦不枯，千卷万卷吃不足！全鸭席，胜珍馐，六十元，有价目，食落您老自己肚，胜过起大屋。您看厅堂敞，楼上楼下好比游姑苏。还有美酒赛甘露，是请君饮过，添丁添寿添财又添福——

［雅座里响起喝彩声和稀稀落落的掌声。门帘里一客人递出一杯酒，"常贵，孟四爷赏你一杯酒，把它喝了。"

常贵：（恭敬地接过酒）常贵这辈子不喝酒，四爷赏的，我一定干了。谢

谢孟四爷！（一饮而尽，烈酒下喉，他的脸更红了，他抖擞了一下精神）谢四爷！酒过一巡了，鸭子准备上炉了。（下）

王子西：这个喜歌儿，是他添小五儿那年唱过一次，今儿可是有点反常。

[唐茂昌、孟四爷自单间出。

唐茂昌：孟四爷留步，留步，票是明晚上的，在庆乐，您可得来。

孟四爷：我准来，我再请几位"顺天时报馆"的，叫他们写文章捧捧您。

唐茂昌：那太好了。您快入席，别送了，您请。

常贵：（托着菜盘，小声提醒）大爷——

唐茂昌：（想起）孟四爷，我有点儿小事烦您。

孟四爷：您说。

唐茂昌：我这儿的堂头有个儿子想到您瑞蚨祥当学徒，麻烦您给说一声。

孟四爷：唐老板，不是我驳您的面子，这事恐怕不成。

唐茂昌：四爷，这常贵您认识。

常贵：孟四爷！

孟四爷：唐老板，这不是认不认识。店里头有老规矩"五子行"的子弟不能在店里头当伙计。

唐茂昌：怎么呢？

孟四爷：您想啊，二月二，五月五，八月十五，年三十，店里头都要搭大棚叫伙计们坐席吃八碗，到时候请的可都是你们这些大饭庄子走堂会，要是他老子在下边伺候着，他怎么跟上头坐啊。

唐茂昌：有理，有理，请，请。

唐茂昌：（对常贵）常贵，四爷那——

常贵：大爷，您甭说了，我明白，谁让我是臭跑堂的呢？我该让人瞧不起，我谢谢大爷了！

[常贵失神地摇晃了一下。

王子西：小心菜！

[唐茂盛上。

唐茂盛：大哥！

唐茂昌：茂盛，我正有要紧的事找你。走，外边说去。（二人下）

［常贵自楼上下。

常贵：（面无血色，声音嘶哑）楼上鸭子三只，高苏二斤，荷叶饼二斤，白——（突然，手往前一伸，人栽倒在桌子上）

王子西：常贵！常贵！快，快坐。

修鼎新：常头，常贵！快，叫掌柜的！

小生子：常师傅！掌柜的，您快去看看，常师傅他……

［卢孟实急上。大家围着常贵呼唤着。

卢孟实：常师傅，常贵师傅，可能是中风，人要不行。

修鼎新：他伸着五个指头是什么意思？

福顺：是不是叫他家小五儿啊？

王子西：一定有话说，问！快问！

［众人一片呼叫声。

常贵：（艰难地张开嘴，气息微微）白，白酒五两——（说完头无力地垂在桌子上没抬起来）

福顺：常师傅！

卢孟实：别哭，子西，找辆车赶紧送医院。

王子西：生子，快，叫车去。

小生子：哎！（急下）

王子西：福顺，到楼上去侍候客人。

［唐茂昌、唐茂盛上。

唐茂昌：常贵？

小生子：（上）车来了！（背常贵下。修鼎新、成顺跟下）

玉雏儿：（上）常师傅！常师傅！（追下）

唐茂盛：常贵我不要了，给我换福顺吧。

卢孟实：这会儿救人要紧！

唐茂昌：卢掌柜，你打算怎么打发常贵？

卢孟实：有病治病，人死了好好发送。

唐茂盛：你对伙计倒不错，可用的都是福聚德的钱。

卢孟实：我当掌柜的，不在伙计们身上打主意。

唐茂盛：那就在我们身上打主意。

卢孟实：（不示弱）这话什么意思？

唐茂盛：福聚德日进百金，这么多钱都到哪儿去了？别以为我们不知道！

唐茂昌：卢掌柜，你受先父之托，你可得对得起他老人家。

卢孟实：卢孟实问心无愧。

唐茂盛：你说，福聚德是你的买卖，这大楼的事都得你做主，有这事没有？

卢孟实：（平静地）有。

唐茂盛：这儿的钱、账，买卖一概不许我们过问，这话你说过没有？

卢孟实：说过。

唐茂盛：凡事不问我们的意见，你一个人拿主意，这事你干过没有？

卢孟实：不错，全是这么干的。

唐茂盛：你到底安的什么心哪？

卢孟实：我看你们兄弟俩不是经营买卖的人，我怕你们耽误了祖上留下的这份产业。

唐茂盛：说得好听，耽误不耽误，你干吗操这么大的心？

卢孟实：我愿意操心。这楼是我看着起的，福聚德的名声是我干出来的，店规是我定的，这些人都是我一手调理的。一个算盘珠子，一根草棍儿都有我的心血，我不能糟践了它们！

唐茂昌：话是这么说，可你别忘了，这份买卖姓唐！甭管到什么时候，掌柜的也是我们，这福聚德我们要收回来了。

唐茂盛：对，这买卖我们收回来啦！

［克五领着一帮人，气势汹汹地涌进店里，其中几个就是前半晌来吃饭的男人。喊："卢孟实！"

克五：五爷我又来了。

卢孟实：干什么？

克五：侦缉队！你这儿有人私藏大烟。

卢孟实：克五，你说话要有凭据。

克五：凭据？（指指鼻子）这就是。（问队长）搜吗？

队长：（指挥手下）搜！

[侦缉队的人把福聚德弄得一片狼藉。克五等拉罗大头上。

克五：跟我来！（拿着一包烟土）瞅瞅，这是什么？

卢孟实：不争气的东西！

罗大头：（大叫）四两都不到，这是克五他成心。

队长：下九流的玩艺儿，捆好喽，拉出去示众。掌柜的，借你们的大秤使使。

[克五等人把罗大头手脚对捆在一起。

卢孟实：（恍然间，父亲当年受辱的情景，仿佛重现，不由得人摇曳了一下）放下！罗大头是烤炉的厨子，不是烟贩子。我愿意做证，福聚德愿保。

队长：（斜视着卢孟实）谁能保你？

[伙计们把眼光望向唐家兄弟，可是他们不说话。停顿。

队长：谁是掌柜的？

唐兄弟：（指卢孟实）他——

队长：掌柜的，跟我们去侦缉队聊聊吧？

罗大头：（大叫）福聚德已经把我给辞了，没别人的事！

卢孟实：（对罗大头）大罗，我不辞你了。（对侦缉队长）放了他，我跟你们走。

侦缉队长：走！

卢孟实：走吧！

侦缉队长：是！

[玉雏儿上，修鼎新跟上。

玉雏儿：（扑向卢孟实）孟实！

卢孟实：刚才我委屈你了。（抬起头，看着他亲手起的大楼）这"轿子"我到了儿也没坐上。（解下腰带上那块轿型玉佩，欲摔碎。玉雏儿接过来）

罗大头：（扑上）掌柜的，我……

卢孟实：大罗，好好烤你的鸭子，正经做人！

[侦缉队带走了卢孟实。

罗大头：（跪地）掌柜的！我对不起你！

克五：（跳上太师椅）从今往后，五爷还是你们的常客。常头，常头，好好伺候着！五爷我是吃一只，带一只，那鸭架子给我送家去！

（幕落）

尾　声

[福聚德店堂。

[唐茂昌坐在太师椅上。众伙计站在两旁。

唐茂昌：卢孟实走了，这买卖我们又收回来了。子西？子西？

[王子西匆匆上，手里托着一个小包。

王子西：（知道自己晚了，随机应变）我给二位买早点去了，新出炉的热萝卜丝饼。大爷尝一块，二爷您也尝一块。

唐茂昌：往后，我跟二爷掌柜，子西——

王子西：啊，是。

唐茂昌：你还是二柜。这两年，我们受卢孟实的气——

福子：大爷，场面我都给您带来了，就这么一句"尾声"他们老吹不好。

唐茂昌：再练去，练去。这两年——

[一幕时那个警察上。

警察：（边上边喊）挂旗，挂旗！

唐茂昌：（不悦）散！散！

王子西：王巡长，又挂什么旗？

警察：换什么掌柜的，挂什么旗，您交钱吧。

王子西：（指旗端详）我说你们还有准儿没准儿？成走马灯了。

警察：跟您这儿一样，甭管张三、李四、王五、赵六，谁当掌柜的，也得烤鸭子，不论皇上、总统、长毛、大帅，谁来，也得吃鸭子——您说是这个理儿不是？

王子西：那是。

警察：这就叫江山易改，本性难移。挂旗！挂旗！（下）

王子西：（对小生子）挂上。

修鼎新：（对王子西）二掌柜，我交账！向您告辞！

［玉雏儿上。成顺正好从后边出来，碰上玉雏儿。

玉雏儿：（上）修先生！

修鼎新：玉雏儿姑娘！

玉雏儿：子西大哥！

成顺：玉雏儿姑娘，箱子给您归置好了。

玉雏儿：谢谢你们了，再劳你们搭到车上去吧。

唐茂盛：（等着看笑话）玉雏儿，卢孟实回家怎么没带上你呀？

玉雏儿：（恬静地）他家里有老婆。（朝门外）抬进来吧！

［几个脚夫抬着两块硬木漆金的对联上。

玉雏儿：先放在这儿。孟实说，他在这儿该干的都干了，就差这副对子，临走打好了，请给挂上。（下）

唐茂昌：（看）"好一座危楼，谁是主人谁是客；只三间老屋，时宜明月时宜风"。

［脚夫们把对联放好。

修鼎新：（心会神知）"好一座危楼，谁是主人谁是客；只三间老屋，时宜明月时宜风……"差个横批。"没有不散的宴席"。

唐茂昌：（感到有点不大对劲，刚要说什么）

［幕后"尾声儿"曲起。这是熟悉的京剧结束曲，一吹打起来，戏就该收场了。

大幕徐徐落下，把一切关在幕内，只剩下那副对联。

（全剧终）

1987 年 9 月三稿于北京

德龄与慈禧

第一场　码头

[幕启。

[沉闷的汽笛声。

[一艘远洋巨轮停靠在中国天津的港口。早已等候在码头的满清官员立即忙乱起来，他们在场中放一张椅子，椅子上摆着一个木牌，上写"万岁万万岁"。

[裕庚着清朝官服，快步上。他直接奔至椅子前。

裕庚：啊哈，请圣安！（行清朝大礼）皇上、皇太后圣体安康！

荣禄：皇上、皇太后安康。

裕庚：吾皇万岁，万万岁！

[这是远行在外的官员回朝后要做的第一件事："请圣安"。下人撤去椅子，两人重新见礼，从热情的程度可看出两人关系不同一般。

裕庚：裕庚参见荣禄大人，不，现在是荣中堂了。

荣禄：什么大人、中堂的，少跟我来这一套。

裕庚：李鸿章李中堂去世，兄台你荣升中堂，我没有叫错啊。

荣禄：我问你，怎么走了这么些日子？

裕庚：从法兰西到中国，船要走一个月。

荣禄：可你走了两个月。

裕庚：我……（稍有支吾）又顺便去欧洲其他国家走了走。

荣禄：去干什么？

裕庚：（掩饰地）我，我去转了转。

荣禄：你还有心情游山玩水？

裕庚：朝廷和八国联军签了和约，平息了"拳匪之乱"，我这个大清驻西洋特使也不做了，以后再出使的机会恐怕也没了，我何不趁机会到处看看。

荣禄：你知道吗，日本和俄国宣战了。

裕庚：果然打起来了。

荣禄：还是在我们的东三省。

裕庚：日本和俄国竟然在我们的国土上打仗，真是千古奇谈。这是继八国联军之后的又一出好戏。

荣禄：你这是什么口气？

裕庚：我现在无官一身轻，想说什么就说什么。

荣禄：你呀，老脾气改不了，倔头。我告诉你，那些人对你的弹劾一直没断过。

裕庚：弹劾我什么？

荣禄：说你反对杀洋人、烧教堂，还说你吃洋教、中了西洋人的邪。

裕庚：事实证明我对了，如果不是一开始就对洋人那么激烈，也不至于签订《辛丑条约》，又赔了四万万五千万两银子。

荣禄：还说，你在外国见了庆王不请安，把大清的三跪九叩都改成拉手了。

裕庚：（笑笑）还有吗？

荣禄：有，说你放纵两个女儿，竟然叫外国男人轮流用手围着她们的腰跳舞，还……（一急，说话就结巴）还还还还……

裕庚：（笑）你也还是老毛病，说话一急就结巴。

荣禄：你正经点。

裕庚：你接着说。

荣禄：说你让陌生男人，在大庭广众面前和你的女儿搂搂抱抱，又拍肩膀又亲嘴，唉，说得太难听了，我还是别重复了。

裕庚：无聊！你信吗？

荣禄：我当然不信，我当面就反驳他们，我说裕庚是我的同窗老友，几十年同朝为官，他是一个十分严谨正派的官员，他的两个女儿，（对裕庚）虽然我没见过，她们可是最规矩的闺门小姐，大门不出，二门不迈，行不露足，笑不露齿，别说和男人搂搂抱抱，就连男人的手都没碰过一下，见了男人就像见了瘟疫一样立即躲开……

〔裕庚刚想说话，传来一阵女孩子清脆响亮的笑声。荣禄不觉一愣，德龄、容龄追逐着，从船舷上跑下来。

德龄：I am right!

容龄：You are wrong!

德龄：我们问 Daddy!

〔两姐妹围住裕庚。

德龄：Daddy，妹妹说，岸边那些风车是用来装饰田野的。

容龄：就是嘛，就好像荷兰的田野一样。

德龄：我说，是用来增加风速的，好令空气流通。

容龄：Daddy，你说谁对嘛？

〔两姐妹拉扯着裕庚，裕庚任凭她们。荣禄看得睁大了眼。

裕庚：好了，这些问题我有空再回答你们，你们先来见过荣禄荣大人。

两女：荣禄 uncle!

〔两姐妹大方地走到荣禄面前，伸出一双玉臂。

荣禄：（不知所措）这……这是……

〔裕庚笑而不答。

容龄：这是西洋礼节，我们见到男宾就要伸一只手，您呢，就轻轻托住我的手，放在嘴上吻一下。

荣禄：什……什么？

德龄：来，我教您。

〔德龄教荣禄去吻容龄的手，荣禄死也不肯。

荣禄：不，不……

容龄：（拉着荣禄）您试试嘛。

荣禄：（躲开）这……这叫什么礼？

德龄：这是对女子最大的尊重。

荣禄：我的天，跟咱们天朝正相反！（对裕庚）这就是你的两位小姐？

裕庚：（介绍）德龄，容龄。小时候你见过的。

荣禄：（打量着两人的装扮）你们穿的衣服怎么这么窄？

容龄：（笑）这是旅行的便装。你看，蹲下，起立，走路，踢腿多方便。

［容龄不拘礼教的动作，吓得荣禄直闭眼。

裕庚：行了，别吓坏了荣大爷。

德龄：Daddy，我喜欢这儿。

容龄：我想回巴黎去跳舞。

荣禄：（又吓了一跳）跳……跳舞，和男人跳舞？

容龄：是啊，难道和女人跳？

荣禄：裕庚，我开始相信那些人说的话了。

裕庚：去帮你们母亲收拾行李吧。叫哥哥把车开去中堂府。

容龄：中堂府是什么地方？

裕庚：就是原来李鸿章李中堂的府邸。

容龄：中堂是个什么官？

裕庚：相当于外国的总理。

容龄：（高兴地）我们住在总理府呀！总理府有没有游泳池？有没有网球场？有没有开 party 的大厅？

［容龄拉着荣禄问，荣禄避之不及。

裕庚：（解围）好了，去吧。

容龄：荣禄 uncle，good-bye！

荣禄：（不知如何回答）啊，够白？够白？

［两女不知荣禄讲些什么，大笑着跑下。

荣禄：（这才喘过口气）我说裕庚，你这两个女儿，说话，走路，连笑的声音都和洋人一个样。

裕庚：她们是在外国长大的嘛。

荣禄：她们说的话我都听不懂。

裕庚：她们说的可是中文。

荣禄：可她们一点中国的事都不懂。

裕庚：懂得不多。

荣禄：（急）完了，完了。

裕庚：怎么了？

荣禄：为了给你说好话，我在皇太后面前把她们说得像闺阁小姐一样。

裕庚：多谢你的一番好意，反正她们也见不着太后。

荣禄：（急）哎呀，你……你你……（结巴）你不知道……

[传旨太监上。此位传旨太监在剧中多次出现，可作为时空转变换场等多种用途，不必拘泥时间，地点。

传旨太监：圣母皇太后御旨：宣裕庚夫人带裕德龄、裕容龄择日入宫晋见！

[两人都愣住了。

荣禄：还不快谢恩？

裕庚：（跪）谢皇太后，万岁，万岁，万万岁！

第二场　中堂府

[场景迅速地转换至中堂府。

[裕庚小心地拿出一份文件。

裕庚：这份东西你把它收好。

裕夫人：（小心地）知道了。

裕庚：事关重大，千万别出什么差错。

裕夫人：放心吧。明天我们就要去见太后，真是奇怪，太后怎么知道德龄、容龄的？我记得她们出世的时候，你没有把她们的名字写进"秀女册"啊。

裕庚：那是为了避免她们年满十四岁就要入宫候选宫妃。

裕夫人：想不到还是躲不过进宫这一关。

裕庚：如果太后只是想见见你们母女，倒也没什么，就怕……

裕夫人：（指手中文件）太后会不会知道了你去欧洲考察君主立宪的事？

裕庚：张之洞大人策划的这次变法进行得十分严密，除了少数几个大臣，京官里没人知道。

裕夫人：这件事如果走漏了风声，要牵扯到张之洞等许多大臣。皇太后是最反对维新的呀！

裕庚：别慌，事情还没弄清楚，不能自己先乱了方寸。

裕夫人：太后是不是想从孩子们的口里找到证据？我看，这件事还是求求荣禄，他和皇太后青梅竹马，关系不同一般，让他向太后求求情，也许能免她们姐妹进宫。

裕庚：嘘……荣禄和太后的事可不能乱说，这也是掉脑袋的事。

裕夫人：我也是急不择言，不过你还是想想办法，别让她们两姐妹进宫吧，我真担心她们会闯祸。

裕庚：唉，是福不是祸，是祸躲不过。

〔德龄与容龄的笑声传来，清亮，无拘无束。她们和哥哥勋龄在新居中游览。

容龄：Daddy，我不喜欢这座庙。

裕庚：这哪儿是庙？

容龄：就是庙嘛，我都快变成和尚了。没有社交，没有舞会，没有朋友，没有音乐，不能打网球，不能游泳……

勋龄：小姐，你以为这是巴黎？

德龄：我喜欢这里，小小的池塘，养着金鱼，长着荷花，架着小桥，盖着凉亭，多有诗情画意！

容龄：我不欣赏什么"荷花、小亭"，我要回霍契街的公寓，我要坐蒙休公园的四轮马车，我要重开曼特蓝堡的舞会。

德龄：你呀，成天想着巴黎、欧洲。

勋龄：想也没用，不如做点正经事，把我照的照片寄给《费加罗报》，再加一篇特稿……《阴魂不散的中堂府》，保险轰动巴黎。

容龄：啊，你是想借机会出名！

勋龄：有什么不可以？这有利用价值嘛。

德龄：我可不给你利用。

勋龄：把你的照片登在报纸上，题目是《鬼城堡里的莉萨》。

德龄：不行，不行！

〔一仆人上。

仆人：老爷，湖广总督张之洞大人求见。

裕庚：（与裕夫人交换眼色）快请！（对德龄等）刚才你们讲的那些话只可以在家里说，明白吗？

容龄：不明白。为什么我们在自己的国家反而连说话的自由也没有了？

裕庚：你们还不了解中国。

〔裕庚和夫人下。

容龄：Daddy 回了国好像变了另一个 Daddy。

勋龄：可能是头叩得太多了。

容龄：这些装水的大缸是做什么的？

德龄：是用来喝的。

容龄：这么脏，怎么喝？

德龄：中国的古书里这样写，储下春天的第一场春雨，或者冬日的第一场雪花，放在特别的花瓮里，埋在地底下，最少五年，然后再拿出来冲水沏茶。听说，皇太后的舌头不但品得出茶叶的年龄、产地，还分得出沏茶的水是江水、湖水、井水还是陈年雪水。

容龄：我的天！

德龄：（向往地）紫禁城是一个神秘的地方，那里住着一个专横的女皇和一个没用的皇帝。皇太后每天要用玫瑰花瓣上的露水洗脸，吃一顿饭要杀一百只鸡。

容龄：那么多鸡怎么吃？

德龄：她只吃鸡的舌头。

〔容龄大笑起来。

德龄：那个皇帝每天一早醒来，一动也不动，连衣服都是别人给他穿的。然后他就坐在那儿吸鸦片、喝香茶，望着天等天黑。

容龄：太可怕了。

勋龄：你从哪儿听来的？我不信。

德龄：信不信，都要亲眼去看看。

容龄：没什么好看的，我不去了。

勋龄：不去就是抗旨，老佛爷一生气，（学女人口气）来呀，赏她一匹白绸子。

容龄：（天真地）给我做晚礼服？

勋龄：赐你去上吊。

容龄：你又胡说！

勋龄：（跑开，故意地）你来追我呀。

［裕夫人上。

裕夫人：容龄，你在干什么？（制止地）这样龙行虎步地乱跑，会被斥为没有仪态的。我教你们请安的动作你们都学会了吗？

容龄：妈妈，哥哥欺负我。

德龄：都学会了。

裕夫人：现在我们来练习一下。上身要直，双腿自然弯曲，前后要有一只脚的距离。开始。

［德龄、容龄艰难地学请安，勋龄在一边偷笑。

德龄：妈，我这腿……

裕夫人：宫里没有"我"字，要说"奴才"。

德龄：妈咪呀……

裕夫人：在宫里不能叫妈咪，要叫"额娘"。

容龄：额娘，奴才我……这两个字太难听，我换个称呼好吗？

勋龄：你想改大清国祖宗的章法呀？拉出去，打！

容龄：妈呀，你看哥哥呀！

裕夫人：勋龄，你父亲叫你背的《上梁王书》，你会了吗？

勋龄：我……

裕夫人：等会儿，父亲要带你去见大学士绍英，商量送你去太学读书的事。

勋龄：（无奈耸耸肩，摇头晃脑地背起来）"臣闻忠无不报，信不见疑，臣常以为然，徒虚语耳。昔荆轲慕燕丹之义，白虹贯日，太子畏之；卫先生为秦画长平之事，太白食昴，昭王疑之。夫精变天地而信不谕两主，岂不哀哉！……"（边背边下）

容龄：（叫）我实在坚持不住了。

裕夫人：起来休息一会吧。

［两人刚要起身，又被喝住。

裕夫人：忘了什么？

［两人惘然。

裕夫人：想一想。

德龄：（想起）谢太后！

裕夫人：还是德龄用心点。

容龄：（小声地）她喜欢进宫嘛。

裕夫人：记住，凡是太后的命令一定要谢恩。

容龄：如果她命令要打我呢？

裕夫人：也要谢恩。

容龄：我可不可以不进宫去？

裕夫人：（无奈）王命不可违。

容龄：我实在记不住这么多古怪的规矩。

裕夫人：尤其你更要记住，不可以随便笑，不可以随便讲话，吃东西不能太快，喝水不能出声。

容龄：我才不喝他们的水。

裕夫人：不是妈妈为难你们，自从八国联军入侵中国之后，政局变得越来越复杂，慈禧太后也更加喜怒无常，她突然要见你们，不知是祸是福，你们的一举一动都可能惹来杀身之祸。

德龄：妈妈，去见皇太后是一件新鲜好玩的事，为什么你这么忧愁？

裕夫人：德龄，你从小就聪明胆大，主意多，爱出风头，这在西方人的眼里被看成突出的个性，可是在我们自己的国家，大胆创新的人往往要受到许多责难。

德龄：我不明白。

裕夫人：这次进宫，妈妈没有别的要求，你们只要不说话，不出声，乖乖地跟着我熬过这几个时辰，就逃过大难了。

[德龄有些不明白。

[传旨太监宣旨。

传旨太监：圣母皇太后御旨：宣裕庚夫人带裕德龄、裕容龄明日辰时三刻颐和园晋见，德龄、容龄特准穿西服进宫，钦此。

裕夫人：着西服进宫?！快……

[又是一阵忙乱。

[场灯转暗，换景至下一场。

第三场　颐和园长廊及仁寿殿

[换景的同时，站在演区外的传旨太监宣读例牌的每日奏折提要。

传旨太监：光绪三十二年五月初三，军机处奏：日本军进攻旅顺港击沉俄国军舰亚历山大号一艘、巡洋舰三艘，俄国远东舰队大败……

[皇后隆裕一脸疲倦，朝传旨太监挥挥手。

隆裕：（听厌）行了，你们有没有那些不打仗的奏折？

传旨太监：（马上换了一张）河南省黄河河水泛滥成灾，十万乡民无家可归，哀鸿遍野，流离失所，路有食人者……

隆裕：（手托着腰）大早上的，不是人祸就是天灾，别念了，别念了！

[长寿上。

长寿：长寿给皇后主子请安！

隆裕：免了吧。（扶腰）哎哟！

长寿：（忙扶住）主子又值了一个通宵？

隆裕：连眼都没合一下。

长寿：老佛爷起来了吗？

隆裕：刚起，李莲英正侍候着梳头呢。

长寿：（替隆裕捶着腰）记得戊戌变法那阵子，老祖宗让咱们内眷值夜更，怎么这阵子又开始了呢？

隆裕：自打从西安逃难回来，老祖宗表面上气定神闲，其实她心里没有一天踏实过。唉，这些年我就没睡过一夜整觉，几乎天天都睁着眼到天亮。

长寿：这是老祖宗信任主子，谁让主子是老祖宗的内侄女又是大清的皇后呢。

隆裕：（苦笑）这么说这还是我的福气。我宁可不要这份恩典，能让我每天睡个安稳觉，每顿坐着吃个踏实饭，我就心满意足了。一会儿，老祖宗要在仁寿殿召见裕庚的夫人和他两个姑娘，你知道了吧？

长寿：是不是刚从西洋回来的那一家子？奴才听说这一家子可怪了，说的是洋话，穿的是洋服，那两位小姐管父亲叫"鞋底"，管额娘叫"马迷"。

隆裕：（笑）那是洋文。

长寿：奴才还听说，她们一见着男人就伸出手要赏。

隆裕：那是西洋礼节，伸出手是叫人家闻闻。

长寿：哎哟，奴才听着都脸红。

隆裕：各国有各国的礼节，咱们刚进关的时候行的飞禽大礼，汉人还以为咱们要打人呢。

长寿：我真不明白，老祖宗最讨厌洋人，怎么想起来要见她们？

隆裕：老祖宗心里的事，愈来愈猜不透。

长寿：（一贯幸灾乐祸）说不定把她们叫来教训一顿。这回有戏看了。

王太监：皇后娘娘，裕大太太和两位小姐已经在外头候着了。

隆裕：传她们进来。

［裕夫人、德龄、容龄穿着西式晚礼服上。拜见皇后。

三人：参见皇后娘娘！

隆裕：你们娘儿仨远道而来，先坐下点点心吧。

［容龄听到想笑，被裕夫人用眼色制止。

裕夫人：谢皇后，刚才已经吃过点心了。

［长寿一直上上下下地打量她们。

长寿：她们就是外国生的德龄、容龄？

裕夫人：她们都生在中国，只是很小的时候就跟我们出使外国了。

长寿：怪不得她们简直就跟外国人一个样。你们的裙子这么长，走路会不会踩着？

裕夫人：穿惯了就不会。

长寿：她们头上插那么多羽毛，表示她们是什么官衔儿？

裕夫人：外国女子头上插羽毛只为了美观，不代表官阶。

长寿：为什么她们不戴珠宝，是不是你们家的环境……

［容龄又想笑。

裕夫人：（用眼神制止）外国女子的帽子不像咱们的两把头，一般不佩戴珠宝。

长寿：我想看看你们的鞋。

［德龄拉起裙角。

长寿：（大叫起来）哎哟，主子快来看，她们鞋跟不在脚中间，安在脚后跟。

容龄：所以叫高跟鞋嘛。

长寿：（吓了一跳）哎哟，敢情她们会说中国话！

隆裕：长寿是恭王的女儿，是老祖宗最宠爱的宫眷。你们初来乍到，我把宫里的规矩跟你们说说。在宫里，老祖宗的话就是法律，连皇上也得听老祖宗的。她高兴我们就得随着笑，她生气我们就得发愁，她没问的时候，不准说话，她要做的事，不准阻拦，她不想做的事，绝对不能做。我是宫里负责执法的主子，谁错了也一样罚。话说在头里，到时候别怨恨。

长寿：主子一说"嘘"，就表示你错了，你就得赶快认错。

［传来一阵类似赶鸟的"吃，吃"声，表示慈禧要到了。

隆裕：老祖宗来了，这两天她的脾气不好，为日俄开战的事心烦。裕大太

083

太，你先带两位姑娘到廊子下头坐一会，等我给你们传了，你们再上来。

〔裕夫人等退下。

〔李莲英打着"吃"声，隆裕等垂手而立，慈禧上。此时她年届七十，但保养得很好，看上去只有五十岁。她身后跟着一支队伍，捧着梳妆盒、痰盂、矮凳、茶具、遮阳伞……像一个会走的寝室。身旁跟着宫女、太监，还有瑾妃。瑾妃是珍妃的姐姐，人很胖，木讷，少言，仿佛对一切都漠不关心。

慈禧：（一脸不悦）我说过多少次了，平地不要扶，瞅你们这搀着架着的，好像我是七八十岁的老太太。

李莲英：喳！

慈禧：别这么一层一层地围着我，围得人透不过气来。

李莲英：散开，散开。

慈禧：园子里的玉兰花怎么还不开？

李莲英：回老佛爷，今年春寒。

慈禧：胡说！

李莲英：喳！

慈禧：把种花的给我打出去。

李莲英：喳！

〔李莲英看出慈禧要坐下，忙指挥着那支队伍，很快布置出一个舒适的小环境。

〔隆裕等在慈禧面前请安。

隆裕等：老祖宗吉祥！

慈禧：（看都不看）起来吧。（指瑾妃）这件袍子又穿错了。年轻轻的穿件蓝袍子，看了叫人憎厌。把今天早上做烧卖的给我叫来。

李莲英：传御膳房四喜！

〔"传四喜"的声音依次而去。

〔隆裕敬茶。

慈禧：（望了一眼）什么水？

隆裕：（小心地）回老祖宗，是前年西山梅花瓣儿上的第一场瑞雪。

慈禧：（呷了一口）是去年的，倒了。

隆裕：（恐慌）是。

慈禧：有奏折吗？

隆裕：有。

慈禧：念！

传旨太监：大学士光其启奏：外衅危迫，分割存至，宜急发愤，革旧维新，舍变法外别无他路，谨请太后以江山为重……

慈禧：（不等念完）拿过来。

李莲英：喳！（将奏折呈上）

慈禧：（几把撕碎）

［四喜上。

四喜：拜见老祖宗！

慈禧：今天早上的烧卖是你做的？

四喜：（胆怯地）是……是奴才做的。

慈禧：李二和王玉山呢？

四喜：他们被王爷府借去招呼洋人了。

慈禧：（厌烦）又是洋人。做得不错，就是皮没你师傅擀的薄。

四喜：（一时欣喜）明天老祖宗再试试。

慈禧：叫你告诉我吃什么？

隆裕：（表示警告）嘘……

四喜：奴才该死，奴才一时高兴，忘了规矩。

慈禧：自己打十个嘴巴，滚下去。

［四喜惶恐地退下。

慈禧：李莲英。

李莲英：喳！

慈禧：给他长四两月银，调进大内当差。

李莲英：喳！

慈禧：（眼尖地）廊子下头站的是什么人？我说了，不见俄国公使夫人，你们怎么还是让她跑进来了？

隆裕：（忙上前）老祖宗，那不是俄国公使夫人，是您前两天吩咐进宫的裕庚太太和两位姑娘。

慈禧：我倒忘了，传她们过来。

李莲英：老佛爷传裕大太太带两位小姐晋见！

[裕夫人、德龄、容龄手托西式长裙，迤然而进，款款走到慈禧面前。

裕夫人：拜见圣母皇太后。（欲行大礼）

慈禧：你们穿着西式洋装，不要行大清的礼了，就行西礼吧。

裕夫人：谢皇太后！

[三人按西式礼节参拜，所有人都看得入神，慈禧也直着眼睛看。

慈禧：倒也有个模样。不过你们，尤其是你们俩，要快点学会行咱们大清的礼。

裕夫人：（刚要答话）……

[德龄突然上前一步。

德龄：老祖宗，奴才也会行大清的礼。

[德龄忘了母亲和皇后嘱咐的宫里规矩，裕夫人吓了一跳，慈禧也愣了。

隆裕：嘘……德龄，老祖宗没有问你。

裕夫人：（连忙）奴才德龄不懂得宫里的规矩，老祖宗恕罪！

隆裕：（欲执法）德龄听罚……

慈禧：（摆摆手）你就行一个给我看看。

德龄：是。

[德龄行清朝请安礼，颇耐看。

慈禧：嗯，还是咱们大清的礼斯文好看。

德龄：（欣喜地）谢老祖宗！

容龄：（不甘落后）老祖宗，奴才还会三跪九叩呢。

隆裕：嘘……

慈禧：（被容龄的天真逗笑）哦？

容龄：奴才行给老祖宗看……

隆裕：（遏止）裕容龄！

慈禧：别吓唬她。

[容龄欲行大礼。

慈禧：行了，行了，一会，你那条长裙子绊你一个大跟头！（笑）

[众人都笑了，气氛缓和了许多。

慈禧：裕太太，我看你这两个女儿教得不错，不但懂得礼节，还很活泼，怎么我听说，她们连中国话都不会说呢？（望一眼长寿，长寿忙低下头）

裕夫人：谢老祖宗夸奖，这些年虽然在外国，我和裕庚一直没敢疏忽对她们的汉文教育。

德龄：奴才不但会说中文，还会说英文、法文、意大利文呢！

隆裕：嘘……

慈禧：你别老"嘘，嘘"的了，就叫她说两句咱们听听。

[隆裕不高兴。

德龄：（英）My salutations, your Majesty.

　　　（法）Mes hommages, votre Majeste.

　　　（意）I miei omaggi, Maesta.

慈禧：你叽里咕噜，说的这都是什么呀？

裕夫人：回老祖宗，德龄用英、法、意三种语言说：老祖宗吉祥如意！

慈禧：（很高兴）难为这孩子这么聪明，你小小年纪怎么会说这么多国的话？

德龄：奴才爱学习，爱看书。

慈禧：我最喜欢爱念书的孩子。总比那些傻乎乎，呆头呆脑的强。

裕夫人：老祖宗太夸奖她了。

慈禧：拣几匹好看的缎子，给她们娘儿仨做衣服。

李莲英：喳！

裕夫人等：谢老祖宗！

[一太监上。

王太监：俄国公使夫人渤蓝康求见！

慈禧：（烦）又是她，这个女人千方百计要见我，你们说见不见？

隆裕：早上军机处奏，俄国被日本打沉了四艘军舰，她来八成是为了战争的事，老祖宗别见她。

［慈禧扫了一眼瑾妃，意思是让她出个意见。

慈禧：你说呢？

瑾妃：（木然地）嗯，主子说得对。

长寿：（牙尖嘴利）她越想见老祖宗，老祖宗越不见她，不给她面子。

［德龄想说话，被裕夫人用眼光制止。被慈禧看出。

慈禧：德龄，你想说什么？

德龄：在外国，被拒绝召见是一件十分丢面子的事，再说俄国公使在中国就代表俄皇，不见不太合乎外交礼节。

慈禧：依你说呢？

德龄：不如召见她，看她说些什么。

慈禧：如果我召见俄国公使夫人，你能做翻译吗？

德龄：（大胆地）奴才不会说俄文，可一般出使外国的使节和夫人都会讲英文。我可以试一试。

裕夫人：（瞪了德龄一眼）老祖宗，德龄年幼无知，不知天高地厚，更不懂得国家大事，老祖宗不可重用。

慈禧：正因为她年轻，又不是朝臣，这件事她来做正合适。

［裕夫人无法再阻止，只暗暗着急。慈禧走下黄缎盖着的凳子，拉着德龄的手走到一侧。

慈禧：俄国和日本在咱们的满洲海战，存心不良，俄国公使夫人一直想见我，这件事我很为难，不知她想说什么。

德龄：不论她说什么，奴才都会想办法回答，不叫老祖宗为难。

慈禧：这样也好，但是你传话的时候要机灵点。

德龄：我懂了。

慈禧：（吩咐）把两年前俄国沙皇、皇后送的照片找出来摆上。

李莲英：喳！

［场灯熄灭。乐声中，慈禧等下场换装，同时场上换景。

［舞台另一侧灯光亮起，传旨太监宣旨。

太监：光绪三十二年五月初三，皇太后于颐和园仁寿殿召见俄国公使夫人渤蓝康。

[灯光复起，已是颐和园仁寿殿。

[慈禧端坐在宝座上，隆裕、长寿、瑾妃、裕夫人、德龄、容龄站在她旁边。

[渤蓝康上 Enter the wife of the Russian envoy。

渤蓝康：（虽行礼，但态度傲慢 Bowing, but maintains an arrogant attitude）My salutations to your Majesty.

德龄：参见皇太后。

慈禧：免礼。

德龄：Please don't stand on ceremony.

渤蓝康：Thank you, your Majesty. Our Emperor and Empress asked me to present a photograph of them to your Majesty. They also send their best wishes.

德龄：（接过照片）沙皇、皇后送照片给太后，并问太后好。

慈禧：（站起，接过照片）谢谢你们皇上，这两张照片我一定好好保存，你看，两年前他们两位送我的照片，我一直都放在身边，看见照片，就像看到他们二位一样。

德龄：Her Majesty says that she'll keep the photograph with care. In fact she still keeps good care of the photo your Emperor sent her last time.

慈禧：夫人在北京住得惯吗？

德龄：Are you comfortable living in Peking?

渤蓝康：Quite well. Although winter time in Peking is very cold, it is still much warmer than in my country.

德龄：她说，北京比俄国暖得多。

渤蓝康：But still, I thank this particular winter in Peking is colder than usual. I trust it is because of the Russo-Japanese War.

德龄：（眼睛一转）今年的北京有点冷，可能和心理有关系。

慈禧：刚才的饭吃得惯吗？

德龄：How was the luncheon a while ago?

渤蓝康：Oh, it was superb. I especially liked that big meat ball dish.

德龄：她说，好极了，她最喜欢吃那大肉丸子。

慈禧：告诉她那叫"狮子头"。

德龄：That dish is called "the Lion's Head."

渤蓝康：（不解 Puzzled）Oh, "the Lion's Head"?

慈禧：你喜欢吃，我叫厨房多做些，给你带回去，也让公使大人尝尝。

德龄：Her Majesty says, since you like it, she'll ask the royal kitchen to make some more, so that His Excellency the Minister Counselor can also taste some.

渤蓝康：But, the Minister Counselor is not in good mood these days due to the War. His appetite is not good either for the same reason. Does Her Majesty know about the battle field situation? The Japanese has taken the Lu Shuen Harbour, our Russian soldiers have suffered a high toll to defend your land.

［德龄在慈禧耳边说了几句。

慈禧：日俄战争，我们遵守万国公约，保持中立。

德龄：We maintain neutrality in the Japanese–Russian War, all according to the international laws.

渤蓝康：This is ridiculous. Japan and Russian are fighting on Chinese soil, and your Country still wishes to maintain neutrality!

德龄：公使夫人也觉得，日本和俄国在中国的土地上打仗，是一件很可笑的事。（问渤蓝康）I wonder if you are representing the official stand of His Majesty the Emperor of Russia.

渤蓝康：（一愣 Hesitantly）Well, this is my personal opinion.

德龄：But your Ladyship is nevertheless the wife of His Excellency the Russian Minister Counselor. You are being given an audience with Her Majesty in this very capacity.

渤蓝康：（没料到德龄这一招 Never expecting this）I...I said some of those words only half–jokingly...

德龄：There is no joke when two countries are dealing with each other. We would appreciate it if your Ladyship could take back what you have just said.

渤蓝康：（不悦 Unhappily）I...I take back.

德龄：And you should also apologize.

渤蓝康：Why?

德龄：If not, we are going to put whatever you said on record and deliver it to your government as an official document.

渤蓝康：（无奈 Seeing no way out）I take back what I've said before, and I apologize to Her Majesty.

德龄：Then, from my viewpoint, nothing has happened.

［在场的人明显感到渤蓝康的变化，但因听不懂英文，都感到有些奇怪。

慈禧：（问）刚才她说什么？

德龄：Her Majesty asks what did you say?

渤蓝康：（掩饰 Covering up）Oh, I...I like the dresses you ladies are wearing.

德龄：公使夫人说她很喜欢咱们的旗装。

慈禧：我送给你一套旗装吧。

德龄：Her Majesty will present you with a Manchu lady's dress.

渤蓝康：（行礼 Bows）Thank you, your Majesty. I will wear it to visit you the moment the war is over.

德龄：她说，等天暖和了，一定穿上来拜见太后。

慈禧：请夫人去看看园子。

德龄：Her Majesty wishes that you visit the royal garden. The peony is in full bloom right now.

渤蓝康：Thank you, your Majesty. I beg to take my leave.

德龄：公使夫人要回去了。

慈禧：请代我问候你们的皇上、皇后。

德龄：Her Majesty sends her best regards to His Majesty the Czar and Her Majesty the Empress.

［渤蓝康行礼，告退。德龄送出。The wife of the Russian envoy bows and exits. De Ling escorts her to another part of the stage.

渤蓝康：（笑 Smiling）Young lady, you are very right.

德龄: Thank you.

渤蓝康: Good-bye!

[渤蓝康下。Exit the Russian envoy's wife。德龄很得意，刚转过身，裕夫人连忙拉德龄跪下。

裕夫人：德龄年幼无知，不会传话，太后恕罪！

德龄：母亲，我并没有传错。

慈禧：我不懂俄文，也不懂英文，可我知道，渤蓝康夫人有的话你没有传，而我没说的，你又传了过去。

隆裕：（严厉）德龄，你怎么能这样给老祖宗传话？

德龄：德龄是为老祖宗好。

慈禧：刚才有几句话，你没传上来，就替我回了话，是怎么回事？她说了什么？

德龄：奴才知道老祖宗不想提战争的事，所以凡是她提到战争，我就装做不是忘了就是岔过去。后来她直接提出战事，语带威胁，我怕老祖宗不便回答，就自做主张，回了她的话。

裕夫人：老祖宗恕罪！

隆裕：（例行公事）德龄虽是初次进宫，不懂得宫里的规矩，但是犯了欺君罔上的罪。

德龄：（急）可……这是我和老祖宗一早说好了的。

隆裕：犟嘴，罪加一等。

裕夫人：（惶恐）老祖宗、皇后宽恕！

[慈禧在考虑如何处理。

[光绪上。与此同时，传旨太监宣。

传旨太监：万岁爷驾到！

[除慈禧外，所有人跪拜。

众：万岁爷吉祥！

慈禧：（对德龄等）你们来见过万岁爷。

[裕夫人、德龄、容龄向光绪行礼。

两女：参见万岁爷！

光绪：（用纯正的发音）How do you do?

［德龄、容龄十分惊诧。

德龄：
　　　We are fine , thank you, your Majesty.
容龄：

光绪：皇阿玛，刚才的召见儿皇在屏风后面都听见了，德龄的英文说得很好，传话有分寸，既没有得罪俄国公使夫人，又保全了我们的尊严。

［德龄感激地望着光绪。

慈禧：万岁爷听得懂你们说的洋话。

德龄：万岁爷也学英文？

光绪：（谦逊地）每天和同文馆的学生学一个钟头，才学了一年。

德龄：一年就能听懂刚才我们的争论了？

光绪：只能听个大概意思。

［光绪对德龄的态度令隆裕很不快。以上隆裕执法是例行公事，下面则是有意的了。

隆裕：老祖宗，德龄触犯宫规怎么处置？

光绪：（一向不满隆裕，板着脸）德龄何罪之有？

隆裕：（不示弱）触犯宫规理当处置。

光绪：宫规也是人定的，适当的就要通融。

隆裕：规矩是祖宗定的，我既然执法，就没有通融。

光绪：古板固执！

隆裕：老祖宗！

［两人僵持。

慈禧：好了，我都没说要治罪。德龄，你传得很好，虽然我不像万岁爷听得懂你究竟说了什么，但我看得出，渤蓝康前后的两种态度完全不同。你是破了我的例，虽然你之前还没有人敢这么做，却给我解决了一个心病，我不让你再离开我，我封你们姐妹做我的御前女官，从此就住在宫里陪伴我。

［众感惊讶，裕夫人更加震惊，隆裕、长寿等显然不悦。

李莲英：裕德龄、裕容龄谢恩！

［裕夫人忙拉二女谢恩。

三人：（跪下）谢老祖宗恩宠！

［慈禧起身。

李莲英：老佛爷起驾回宫！

［众人拥慈禧下，剩下裕夫人、德龄、容龄三人。

裕夫人：我知道你们不愿意留在宫里，我们去找父亲想办法……

德龄：
　　　　我们愿意！
容龄：

裕夫人：愿意？

容龄：皇太后并不可怕。

德龄：皇上心地善良，谦虚有礼。

裕夫人：（忧心地）你们知道伴君如伴虎吗？

容龄：他们不是老虎啊。

德龄：（天真地）就算是老虎，也是温顺的老虎。

裕夫人：（望着天真的女儿，无奈地摇着头）唉！

［长寿没有走，满怀敌意地盯着德龄。

德龄：你看什么？

长寿：我想看看你有几个脑袋？！

［宫中的各式挂钟一同响起，回声四起。气氛森然。

第四场　慈宁宫及游廊

［晨。德龄大声地读着报纸，报纸是外文的，德龄即时翻成中文。四喜在
为慈禧梳头。

德龄：西历 1905 年 7 月，英国《泰晤士报》，英王乔治五世和皇后在白金汉宫举行盛大晚宴，名流齐集，华灯齐放，火树银花……

慈禧："华灯"是什么？

德龄：华灯就是电灯。

慈禧：电灯有没有咱们的牛角灯亮？

德龄：亮得多了，一盏电灯比十盏牛角灯还要亮。

慈禧："华灯齐放"是什么意思？灯不是一盏一盏点亮的吗？

德龄：电灯用电来控制，一按开关，几百盏灯一齐亮起来，那景象真是辉煌啊！而且电灯特别明亮，就连地下的砖缝，房间的角落都照得清清楚楚。

［四喜梳掉慈禧的一根头发，正设法掩饰。

慈禧：如果我掉在地上一根头发，也能看得见吗？

德龄：看得见。

慈禧：咱们虽然没有电灯，可我也看得见！四喜，你梳掉我几根头发啊？

四喜：（吓坏）奴才该死！

慈禧：你死了，我的头发也长不上，叫它长上去！

四喜：这……（极为慌恐，不知所措）

德龄：老祖宗，掉了的头发怎么长得上去？

慈禧：他们只知道脑袋掉了，长不上去，哪知道头发掉了，也长不上去？！

［慈禧目露杀机，四喜已吓坏了，叩头不已。

慈禧：我最恨人做事不小心。

德龄：其实四喜做事很小心，人掉头发是正常的自然现象，旧的不脱落，新的就永远长不出来。

慈禧：为什么李莲英给我梳头，就一根头发也不掉呢？

德龄：其实也掉，不过我看见他把掉下的头发都收在袖子里了。（德龄讲这句话不是告状，而是觉得好玩）

慈禧：哦？

［李莲英上，刚好听到，他狠狠地瞪了德龄一眼，但很快换上笑容。

李莲英：老佛爷，这是内务府刚送来的洋报纸，奴才不认得这些洋文，还是德龄姑娘看吧。

德龄：谢谢。

慈禧：你用不着跟他们说谢谢，你待他们越好，他们就越想着方儿作弄你。

李莲英：（听出话音）老佛爷睡着都比我们醒着明白，谁敢作弄老佛爷？

慈禧：（不理睬）念吧！

德龄：（示意仍在自打嘴巴的四喜）老祖宗——

慈禧：下去！

四喜：谢老佛爷！

［四喜满怀对德龄的感激。下。

德龄：（读报）美国《华盛顿邮报》报道：中国维新派领袖康有为从巴达维亚到达新加坡——

慈禧：（震惊）康有为？！

［慈禧脸色骤变，周围的人都紧张起来，德龄惊诧，不明所以。

慈禧：（震怒，拍案而起）康——有——为！

李莲英：老佛爷息怒。（对德龄）怎么提起他来了？还不赶紧跪下！求老佛爷恕罪！

德龄：（不知所措）我……不是我……这是报纸上写的，还有照片呢。

慈禧：要改大清的祖制，挑唆皇上把我废了，监禁在颐和园，要不是直隶总督袁世凯，我早就叫他们给害死了。竟然叫他跑了！他现在在哪儿？又想干什么？

德龄：这些报上没写……

李莲英：谁叫你念这一段儿的？你这不是成心招老佛爷生气吗！还不赶紧求老佛爷降罪！

慈禧：你别跟着瞎吵吵。以后凡是有康有为的消息必须立即告诉我！

德龄：是。

［静场。众人大气都不敢出，不知慈禧要干什么。

慈禧：德龄。

德龄：在。

慈禧：听说你哥哥勋龄会照相。

［所有人松了一口气。

德龄：是。

慈禧：叫勋龄带上家伙，立即进宫，我要照相。

德龄：是。

慈禧：照相穿什么样的衣服好？

德龄：照片只有黑白两色，老祖宗穿些花色分明、颜色亮丽的衣服，照出相来好看，其实老祖宗现在穿的这件就很好。

慈禧：小李子，去给我拿一套首饰。

李莲英：喳！（下）

慈禧：我以前只画过像，那个洋女人把我脸上涂得黑一块、蓝一块的。

德龄：那是油画的明暗效果，画像没有照片真实。

［李莲英拿来首饰，替慈禧戴上，慈禧照着镜子，很不满意。

慈禧：我穿这身葡萄紫的袍子，配这套宝翠蓝的珊瑚首饰不成了个乡下老太太？

德龄：如果戴上那套梅花形的珍珠花，再配上那串白玉石的蝴蝶缨络，那才合衬。

慈禧：嗯，有道理。你能给我拿来吗？

德龄：（爽快地）我试试！

李莲英：奴才带姑娘去。

慈禧：（有意考察）把钥匙给她。

［李莲英只好把钥匙拿出来，交给德龄。德龄下。

慈禧：小李子，你过来。

李莲英：喳。

慈禧：让我看看你的袖子。

李莲英：（汗下）喳！

慈禧：（看）也和别人的没有什么不一样吗？

李莲英：没……没有。

慈禧：我以为你外面穿一层，里面套一层，里外不一。（慈禧望着李莲英的眼睛，一语双关）

李莲英：（吓坏）奴才不敢！

［德龄拿珠宝上。

德龄：老祖宗，是不是这一套?

慈禧：（很高兴）你从来没进过我的珠宝库，怎么一去就拿准了?

德龄：我常听老祖宗吩咐什么首饰放在什么柜子的第几层，就记住了。

慈禧：好聪明的孩子，从今天起，由你给我管理珠宝，女人总是知道女人的心意。（对李莲英）把钥匙交给德龄。

李莲英：（心里极不高兴，但不敢表示）喳!

慈禧：现在你跟我来，我要把珠宝一样一样交代给你。小李子，这几天我让你记下要更换的东西，都交代了吗?

李莲英：都记下了，只等老佛爷下谕旨。

慈禧：西洋人男女不分，乱爱乱伦，我受不了，可是他们那些新鲜的玩艺儿，咱们不妨利用一下，这叫中学为体，西学为用。告诉内务府，赶紧筹办。

李莲英：遵旨!

慈禧：咱们走。

［慈禧拉德龄下。

李莲英：（心中恼火，学着德龄口气）"我试试"，"我试试"，不定哪天就把脑袋给试掉了!（对传旨太监）传太后谕旨。

［传旨太监宣读圣旨。

传旨太监：圣母皇太后上谕：东暖阁的窗户纸改换玻璃，朝堂的牛角灯改换电灯，养心殿的金刚砖改用木地板，御膳房即起增加西点，养心殿、储秀宫安装电话，着令内务府即刻办理，不得贻误，钦此!

［宫女、太监在李莲英的指挥下，穿梭般忙碌着。场灯变化显示时间的更易。

隆裕：都给我站住。

［所有人原地站住。

隆裕：你们没头苍蝇似的跑什么哪?

［李莲英忙回话。

李莲英：回皇后娘娘，老佛爷一口气下了六道上谕，奴才们正加紧地办呢。

隆裕：这可是祖制上从来没有的事。东暖阁的窗户纸是御纸库特制的"玉版宣"，养心殿的金刚砖是明朝的遗物，朝堂的牛角灯从祖宗登基的时候挂到如今，这些东西怎么能说换就换呢？

李莲英：娘娘说的是。

隆裕：那些人登高爬低地干什么？

李莲英：回娘娘，装电话电线呢。

隆裕：装上电话，什么人都能跟皇上、太后随便说话，冒犯了天颜有失国体，谁担待得起？李莲英，这都是老祖宗的主意吗？

李莲英：（不失时机地）是老佛爷听了德龄姑娘的主意。

〔隆裕的脸沉了下来。

〔长寿上。

长寿：主子，主子，可了不得了，容龄带着个男人，围着老祖宗不知道要干什么？

〔慈禧和容龄、勋龄上，勋龄在为慈禧照相。所有人退下，只剩下隆裕、长寿在舞台的一角。

勋龄：老祖宗再往前站一点，头再歪一点，好。

〔慈禧随着容龄和勋龄的摆布，做态。

勋龄：就站在这棵树底下，脸朝上一点，再上一点，眼睛往上看。

容龄：如果手里拿面小镜子更好。

慈禧：好，就听你的。

隆裕：这是谁敢这么指使老祖宗？

长寿：主子看见了吗？容龄身边是个男人，后宫里怎么有了男人了？

隆裕：他怎么站着跟老祖宗说话？

长寿：主子快瞅，他还敢上手动老祖宗呢。

勋龄：好，头低一点，手里的镜子再高一点，好，别动！（照相）

〔闪光灯乍亮，吓了隆裕等一跳。

长寿：（大叫）有刺客！

〔数名太监冲出来护住慈禧，有的上去就抢勋龄的相机。隆裕等也冲上去。

勋龄：你们干什么？

隆裕：把他拿下！

〔太监冲上去拿勋龄，勋龄情紧之下，练起洋式拳击，太监们不知这是何方拳路，一时被他唬住。双方交手，会中国功夫的太监竟不是勋龄的对手。慈禧只在一旁看。

慈禧：住手！

隆裕：（忙上前）老祖宗受惊了！

长寿：

慈禧：受惊个屁。我这儿照得好好的相，你们捣什么乱？

隆裕：这个人要行刺老祖宗。

容龄：（急忙）不……这是奴才的哥哥勋龄。

勋龄：勋龄拜见皇后娘娘。

隆裕：又是裕庚家的？

慈禧：裕庚家的能人多呗。

隆裕：（执着地）老祖宗，不管他是谁，他犯了宫里的规矩，他竟敢站着跟老祖宗说话。

慈禧：这是我特许的。

隆裕：老祖宗近来的特许也太多了。

慈禧：那你让他跪着，把我照成个有腿没头的怪物？

隆裕：奴才不敢。

长寿：奴才听说这照相匣子会摄人的魂。

慈禧：胡说，这叫照相机，你过去看看。

［长寿过去看照相机，大叫起来。

长寿：哎哟，可了不得了！

慈禧：怎么了？

长寿：奴才不敢说。

慈禧：说！

长寿：我在那里面看见的老祖宗头朝下，脚朝上，是个倒着的老祖宗！

隆裕：嘘……

长寿：长寿知罪。

慈禧：你们真是什么都不懂，真得叫德龄好好给你们上几课。

［慈禧带容龄、勋龄、太监等下。隆裕气得说不出话来。

长寿：不是奴才在主子面前搬弄是非，再这么下去，不要说奴才，就连主子都没了位置了！

隆裕：不能由着德龄她们乱来。

长寿：（故意挑唆）可是咱们管得了吗？就说万岁爷吧，这么多年奴才也没见万岁爷笑过，可现在见了德龄就有说有笑的。那个高兴劲就别提了。主子，您如果再这么忍下去，还说不定出什么事哪！

隆裕：（怒不可耐，吩咐）给我摆驾瀛台！

[收光。

第五场　瀛台

[德龄给光绪上英文课。

德龄：（收起书本）万岁爷，今天的英文课就上到这儿，德龄告退。

光绪：等等，我问你，英文六点三刻怎么说？

德龄：（调皮地）回万岁爷，英文没有六点三刻，他们说七点差一刻——quarter to seven.

光绪：（笑）以后你跟我说话，不要叫什么"万岁爷""奴才"，你们在外国对人怎么称呼？

德龄：一般互称人名。

光绪：（为难地）可是……

德龄：我知道，皇上的名字是不能随便叫的。

光绪：人有姓名、别名、乳名，可我从懂事起就被人叫万岁爷。

德龄：我给您起个英文名字，好不好？

光绪：（很有兴趣）好啊！

德龄：万岁爷叫 William 吧，中文译作"威廉"。

光绪：你的英文名叫什么？

德龄：回万岁爷，奴才叫……

光绪：看，说着说着又来了，我不是叫威廉吗？

〔两人都笑起来。

〔隆裕和瑾妃上，见到德龄和光绪欢快的情景很不悦。

〔隆裕轻咳了一声。

德龄：（忙请安）德龄参见皇后娘娘！瑾妃主子！

隆裕：
　　　（两人不理。对光绪）给万岁爷请安！
瑾妃：

光绪：（看也不看，手一摆）跪安吧！

〔跪安的意思是让她们立即离去，隆裕觉得很没面子。故意不走。

光绪：（继续）刚才你说，你的英文名字叫什么？

德龄：奴才叫伊莉萨白……Elizabeth，您叫我 Lisa 吧。

光绪：莉萨……Lisa.

隆裕：（提醒她们还在请安）万岁爷……

光绪：我不是让你们回去吗？

〔隆裕更加不悦。

光绪：Lisa.

德龄：William.

隆裕：（紧张地）德龄，你管万岁爷叫什么？

德龄：我……

光绪：（当没听见）Lisa，你的中文好不好？

德龄：我……（望着隆裕，很为难）

光绪：刚才我说过了。

德龄：奴才还是称您万岁爷吧。

光绪：Lisa！

〔德龄望着沉着脸的隆裕，有些迟疑。

光绪：叫。

德龄：William.

〔隆裕"嗵"地跪在光绪面前。瑾妃也马上跪下。

102

隆裕：请皇上遵从祖宗家法！

光绪：（怒）八国联军烧了北京城，也没看见你们这么激动。

隆裕：（命令地）瑾主儿，你也来劝劝皇上。

瑾妃：（木无表情）皇上，主子说得对。

光绪：（凝视瑾妃）自从你妹妹珍妃死了以后，我没听见你说过第二句话！（不耐烦地）让开！

〔光绪拉过德龄。

光绪：刚才我说到哪儿？

德龄：您问我中文好不好？

光绪：对，好不好？

德龄：还认得一些字。

光绪：我问你一个字。（打开一把扇子，画的是牡丹花）

德龄：这我认得，是牡丹花。

光绪：（将扇子一翻）这个字你认得吗？

〔扇子背后写着一个"康"字，德龄大惊。

德龄：（愣了一下）……这个……不，不认得。

光绪：你再仔细看看。

德龄：我……我……（说起英文）Are you talking about your former teacher Mr. Kong?

光绪：（听懂）Yes! Yes!

德龄：Somebody said he is in Japan right now.

光绪：Oh, so he didn't get killed?

德龄：No, he is fine.

光绪：Well, tell me more about it.

德龄：Not too convenient in front of these people. Maybe we should discuss this somewhere else at another time...

光绪：Then let's take a walk...

〔光绪欣喜地拉着德龄边说边欲下。

〔隆裕再忍耐不住，终于爆发。

103

隆裕：（提高音调）万岁爷留步！

光绪：（听出有些不妥，对德龄）你在外面等我，不要走。

德龄：是。（下）

［瑾妃见情势不对，也退下。

隆裕：（板着脸）皇上今天忘了一件大事。

光绪：什么事？

隆裕：皇上没给"寸草为标"上香。（教训的口吻）太祖皇上留下三十六根草棍，取名"寸草为标"，嘱咐后代君王每日上香，清数一遍，以示国家疆土，宫中物件一样不少。

光绪：（冷笑）太祖皇上留下的三十六根草棍倒是一根不少，可是祖上留下的长满青草的土地已经成百万顷地割让给了外邦！

隆裕：请皇上尊重。

光绪：你的口吻越来越像太后了。

隆裕：我不应该仿效太后吗？

光绪：我倒忘了，总有一天，你也会成为太后的。

隆裕：万岁爷这话可不吉利。皇上、老祖宗千秋之后，臣妾才能称为太后。

光绪：你叫住我就为说这些？

隆裕：皇上既不给祖宗上香，又不在养心殿自省，反而和德龄……一个奴才，以洋名互称，连君臣的名分都不顾了，这有失家规，有违祖训，臣妾提请皇上自律。

光绪：除了祖宗家规，你知不知道世界上瓦特发明蒸汽机，牛顿发现地心吸引力，美国有华盛顿，法国有拿破仑？

隆裕：（正色）臣妾从不关心和祖宗家法无关的事情。

光绪：我看你最关心的是德龄。

隆裕：（被说中）我不明白万岁爷的话。

光绪：你心里清楚。

隆裕：那好，请问为什么皇上见了她就有说有笑，见了臣妾就像没看见一样？

光绪：因为她是个有血有肉的人。

隆裕:（被触动）皇上说得对，自从进了大清门，臣妾的血肉就干了！十五年，我没睡过一个安稳觉，没坐着吃过一顿定心饭，眼睛要随时看着老祖宗的脸色，耳朵要随时听着老祖宗的斥责。高兴不能笑，有泪不能流，不能回家省亲，不能再见父母，只有在父亲给太后站班的时候，父女俩才能彼此看上一眼。（有些哽噎）这些，我都忍了，谁让我是大清的皇后呢？我最不能忍受的是万岁爷你……你从来不理我，就算我不是你的皇后，也是你的表姐，可你对我就像对一个木偶、一件摆设，连正眼都不看我。举国上下都尊我为皇后，可你心里明白，我们……我们从成婚的那天起，就没同过房！我……我算得个什么皇后？！（几乎哭出，但为了仪表极力忍住）臣妾日思夜想，不知道怎么得罪了皇上？不明白为什么您天天让我住冷宫？这比杀了臣妾还难受！请皇上明示，到底为了什么？

光绪:（直言）因为，我不喜欢你。

［隆裕如被雷打一般。

［静场。

光绪:（率直地）我不喜欢你，不喜欢这儿的一切！没有人味，没有生息，连空气都是凝固的。你说你算什么皇后，我又算什么皇帝？从四岁起，我就像个木偶一样被人搬来搬去，我的所有意愿都是别人事先拟定好了的，连穿什么衣服、吃什么饭、怎么呼吸、怎么咳嗽，都是祖宗定好了的。我有生的权力，没有活的自由，就连娶妻选后这一点男人起码的自由都没有。你是老祖宗钦点的、指派的，大清律法御准的，是我作为皇上的一部分，你我是被人锁在一间房子里成为夫妻的。你见过庙里的泥菩萨没有？一声不响，二目无光，那就是你和我！我是个不会掩饰感情的人，今天索性把话说开了，你明白，我也坦然。

隆裕:（强忍悲哀）我明白了。但是……（想起珍妃）皇上并不是没有感情，只是对臣妾没有感情。

光绪:随便你怎么说吧。我这一世被人勉强得太多了，在你我这件事上，请你不要再勉强我。（离开）

隆裕:等等！（例行公事地）臣妾叶赫那拉氏静芬奏请皇上：自从珍妃死了之后，皇上一后两妃的位置还空着一个。

光绪:你这是什么意思？

隆裕：皇上是一国之君，立妃是朝纲大事。

光绪：（终于明白了隆裕的本意，气恼）我简直不明白，你心里整天想的是什么？！

隆裕：这么多年没见皇上笑过，现在看见皇上高兴，臣妾也开心。既然皇上有意，请开金口，臣妾可以以皇后的身份选德龄为妃，也显得我身为三宫六院的主子，贤淑大度、大方得体。

光绪：你……（不知说什么好）你根本不懂得我！从今天起，我再不和你说话！（怒下）

［隆裕呆立。

隆裕：（突然地）李莲英！

［李莲英急急忙忙地上。

李莲英：奴才在！

隆裕：李莲英，我是不是宫里执掌家法的主子？

李莲英：一人之下，万人之上。

隆裕：我是不是皇上从大清门迎进来的正宫娘娘？

李莲英：大清史册上写得明明白白。

隆裕：那就不能这么由着他们！

李莲英：喳！可老佛爷和皇上那儿，谁也管不了……

隆裕：我管不了，自然有管得了的！给我传荣禄！

［光暗。传旨太监的声音在深宫中响起。

传旨太监：九门提督军机大臣荣禄求见圣母皇太后……

第六场　东暖阁

［荣禄拜见慈禧。

荣禄：臣荣禄叩见圣母皇太后。

慈禧：你来了。别跟我这么酸文假醋的，起来吧。

荣禄：（抬眼望了慈禧一眼）谢太后。

慈禧：是谁叫你来的？

荣禄：（不敢明说）是……是我自己想来看看你。

慈禧：难为你有心。日子过得还好吗？

荣禄：托祖宗的荫庇。

慈禧：要不要再加点俸禄？

荣禄：已经足够了。

慈禧：（不无妒忌地）如今你是官拜一品、子孙满堂了。

荣禄：婚是你指的，官也是你升的。

慈禧：我为了我的心。

荣禄：（公事地）荣禄谢主隆恩。

慈禧：又来了，整天都是这些冷冰冰的废话。我是个女人，我要有人疼我爱我，有人给我搭荫遮日，有人为我抵雨挡风。

荣禄：（回避地）有满朝文武替太后分忧。

慈禧：满朝文武？都是些阳奉阴违、口是心非的家伙，你说，我能信谁？我死了丈夫，又死了儿子，老的是他该死，就是不死，他的心也不在我身上。可儿子是我身上的肉，他不该死。你看这是他小时候玩的小白兔，红眼睛、短尾巴，一拉这条绳子，它就会吐舌头……

荣禄：圣母皇太后节哀。

慈禧：这也是天数，人有多少福，就有多少罪，可有时候我真想用我的福，去折我的罪。

荣禄：你这是何苦呢。

慈禧：我早就麻木了，早让这深宫后院给憋死了。

荣禄：你是在怨我。

慈禧：我谁都不怨，就怨我不该嫁在帝王家。

荣禄：多少女人为能嫁入豪门，费尽心机。

慈禧：只见贼吃肉，没见贼挨揍。让她们在这不见天日的地方过两年，没有亲人，没有朋友，没有出入自由，丈夫也是别人的丈夫，儿子是假的，下人当你是木偶，所有人都是当面奉承背后骂你，每天听的、见的都是假的，你愿意来试试？

荣禄：我知道你的苦。

慈禧：知道你还受人指使？明说吧，你来干什么？

荣禄：我……

慈禧：别吞吞吐吐的。

荣禄：是。（拿出一份一早备好的奏折，背书般地）伏念自尧舜以来历朝帝王，未闻有以万乘之尊，适从西洋邪术之者。况我皇太后春秋已高，尤宜珍摄，以慰兆民之望，故臣等诚望我皇太后勿以夷人之妖言所惑，实为至善……

慈禧：（很气）我问你，你的府里，是不是一早就装了电灯，有了汽车？二十年前你和福晋是不是就照了相片？

荣禄：（汗颜）是……

慈禧：为什么我刚见着点新鲜事，你们就火上房这么急？

荣禄：（一急就结巴）因，因……因为你……你跟我们不同。

慈禧：因为我是囚犯、是代你们受过的罪人！

荣禄：不……不，因为你……你是一国之尊。

慈禧：是在这儿撑着天、抵着地的一国之尊，只要我在这里坐一天，你们就可以稳拿你们四万两月银的皇家俸禄。你们在外头花天酒地、为所欲为，却不准我多行一步！

荣禄：你别……别急，这也是臣等的一番好意。

慈禧：什么西洋邪术？什么听信夷人？祖宗康熙、乾隆那时候就传召过多少洋人，那时候是没有汽车、电话，要是有，他们怕不早就买了装了？最可恨的是你们竟敢说我老了！

荣禄：这不是我说的，我不过……

慈禧：你不过代表他们来向我进奏折！

荣禄：没错，没错。

慈禧：（将奏折撕成碎片）听说朝廷里有些大臣又琢磨着想变法。

荣禄：没……没有啊。

慈禧：你说实话。

荣禄：真的没……没有啊。

慈禧：如今国不成国，民不聊生，外国人骑在咱们脖子上拉屎，日本和俄国在咱们的地方上打仗，我就不信朝廷里没有动静。

荣禄：你别生气，就算有那么几个人想弄点新法，只要不成气候，就由着他们闹去，可千万别……

慈禧：别什么？

荣禄：可千万不能再来对付戊……戊戌变法的那一招了。

慈禧：你是怕我又要杀人哪？说起戊戌年那件事，其实我心里也有点后悔。

荣禄：那你为什么……

慈禧：那也是皇上把我气的。背着娘就想造反维新，夺我的权！

荣禄：看看，说着又来了，就算是有人想变法，也是想大清朝好不是。

慈禧：你以为我不想大清朝好？二百年的江山，谁也不想败在自个儿手里。我是想，怎么才能变个好法，好让咱们江山永固，国泰民安。

荣禄：（吐出一口气）吓出我一身汗。

慈禧：唉，就这么一个九门提督军机大臣。荣禄，你枉费了我一片心。

荣禄：（不知所措）我……我又说错什么了？（手忙脚乱）

［慈禧见到荣禄慌乱的样，反而笑了。

荣禄：我真是怕了你。

慈禧：怕，你还来为他们出头？

荣禄：我有什么办法？

慈禧：（爱嗔地）还是跟以前一样没主意。我倒是想跟你商量点事，过些天就是中秋了，今年日俄打仗，我也没心情过节，你叫他们少来那些俗套。我听德龄她们说得心痒，我想坐坐火轮车。

荣禄：（又吓一跳）你……你要坐……坐什么？

慈禧：你是真傻还是装傻？

荣禄：那，那风……风驰电闪的火轮车？……

慈禧：怎么了？

荣禄：你能不能……

慈禧：刚才我的话都白说了？去跟他们筹划去，整天喊什么万岁、万万岁，连这么点事都由不得我。

　　荣禄：你能不能换……换点别的？

　　慈禧：就这么定了。

　　荣禄：可我……我说了不算哪。

　　慈禧：可是我说了算哪。

　　〔荣禄无奈。

　　慈禧：（依恋地）今天别急着走，我还有话没说完呢……

　　〔慈禧、荣禄执手对望，灯光渐暗。

第七场　慈禧寝宫外

　　〔翌日清晨。

　　〔李莲英和王太监小声地议论着。

　　王太监：（朝寝室方向努努嘴）昨晚上没走。

　　李莲英：胡说。

　　王太监：这样的事我敢胡说吗？您看看录事簿，只有进去的时辰，没有出来的。

　　李莲英：（看录事簿）我没看见。

　　王太监：（急）大总管，您可不能这样！

　　李莲英：你当差多少年了？

　　王太监：去年从敬事房调来的。

　　李莲英：你听过我讲课吗？

　　〔王太监摇头。

　　李莲英：怪不得这么傻乎乎的。

　　王太监：请大总管指教。

　　李莲英：今天教你两招。

王太监：谢大总管！

李莲英：干咱们这一行最要紧是眼睛和耳朵，眼要明耳要聪。

王太监：明白！

李莲英：这么简单的道理，傻子都明白，关键在下边：既要长眼，又不能有眼；既要有耳，又不能有耳；什么该看，什么不该看，什么该听，什么不该听，什么看见当没看见，什么没看见当看见，这个分寸要掌握好。

王太监：（不解地）看见，没看见？没看见，看见？

李莲英：什么时候这个分寸掌握好了，你就能当副总管了。今早上哪位女官当值？

王太监：是德龄和长寿女官。

李莲英：（阴阴地一笑）下去伺候着。

[王太监应声下。德龄上。

李莲英：德龄姑娘早！

德龄：李大总管早！

李莲英：再过一刻钟叫醒老佛爷，帐子里的麝香新换的，新制的玫瑰花露蜜放在梳妆台上，早朝穿的朝服都准备好了，老佛爷的朝珠我已经先在脖子上戴暖了，冰不着脖子。我有点肚子疼，去看看太医。

[李莲英下。王太监上。

王太监：姑娘当值啊？

德龄：（有些莫明其妙）是啊。

王太监：我突然有点头疼，出去走动走动。

[王太监溜出去，两个宫女也悄悄地溜了出去，德龄觉得有点怪。

[长寿不知从哪儿走出来。

德龄：你来了，老祖宗差不多快起了。

长寿：（向周围看看，眼珠一转）哎哟，我忘了带手绢了！

[长寿诡秘的一笑，也走了。德龄觉得似乎有些不妥。

［四喜上。

四喜：德龄姑娘，早！

德龄：四喜，你早！

四喜：上回姑娘教我做的那种西式"布丁"，老佛爷说好吃，我想请姑娘再教我做个新花样。

德龄：四喜，你真聪明，一教就会，下回我教你做西式大菜好不好？

四喜：（高兴地）太谢谢姑娘了！

德龄：老佛爷想在大内加个西餐膳房，学会了由你掌厨。

四喜：（不停地行礼）谢谢姑娘！

德龄：（笑）你不用老给我行礼。

四喜：（感慨地）在宫里，不是挑毛病的，就是找碴儿的，从来没有像姑娘这样对待我们这些下等人的。

德龄：人不分什么上等下等，人都是平等的。

四喜：平等？

德龄：名分上有上下之分，人格没有上下之分，谁也不能看不起别人，谁也不能小看自己。

四喜：（恍悟）姑娘说得真好，我去叫她们拿笔来。写下菜谱。

德龄：这里没有人。

四喜：不可能，老佛爷还没起，哪能没有人呢？

德龄：他们一个一个的都走了，只剩下我一个。

四喜：都走了？（生疑）不对啊！是不是有什么事？

德龄：有什么事？

四喜：姑娘来的日子少，不明白宫里的事，我给您看看录事簿。

［四喜翻看放在门口的录事簿。

四喜：（恍然）姑娘，您快走！

德龄：怎么了？

四喜：是……唉，一句半句说不清，总之，您赶快离开这儿。

德龄：我们都走了，出了事怎么办？

四喜：唉，这件事我不好明说，他们这些人真坏，这是想害姑娘，姑娘看看录事簿，就明白了。

德龄：（看）荣禄来了？荣禄来了和害我有什么关系？

四喜：一时说不明白，姑娘快走，这可是掉脑袋的事！我先回去了。

〔四喜匆忙离去，德龄不明所以。往慈禧寝室走去，迎面撞到荣禄，荣禄见到德龄十分尴尬。

德龄：荣禄 uncle ！

〔荣禄尴尬，下。

〔德龄望着匆匆而去的荣禄迷惑不解。

〔慈禧上。

德龄：给老祖宗请安。

慈禧：（不防）你在这儿？刚才你看见什么了？

德龄：（全明白了，知无可回避，索性）我，我看见了荣禄大人。

慈禧：你没看错？

德龄：没有。

慈禧：你在想什么？

德龄：（随机应变）我想他……他时常提起太后。

慈禧：你怎么知道？

德龄：荣大人是家父最好的朋友，他常到我家去。

慈禧：哦，他怎么说？

德龄：他说，太后是一个美丽的、有情感的、叫人思念的女人。

慈禧：他真的这么说过？

德龄：是，不止一次。

慈禧：你听了怎么想？

德龄：我知道，荣大人和太后是青梅竹马的好朋友，我觉得很自然。

慈禧：我问你，在外国，如果君主喜欢上一个人，会怎么做？

德龄：有的放弃江山，追求幸福；有的被江山所困，一生郁郁寡欢。

〔慈禧在思忖。

德龄：还有一种，坦诚相待，就是做不成眷属，也可以成为知心朋友。

慈禧：没有人议论？

德龄：议论怕什么？爱是一种崇高的情感。母子的爱，兄弟的爱，朋友的爱，恋人的爱，世上没有比这些更纯洁的了。谁也不能讥讽爱。人，可以没有金钱，没有房屋，没有权力，但不能没爱，人没有爱就不能生存，没有爱的人，是世界上最贫穷的人。

慈禧：这么说，只有有爱的人才是真正富有的人。

德龄：爱是人生最大的享受。再好的衣服也有破损，再丰盛的宴席也会完结，再坚实的宫殿也不能永固，再美好的花朵也会枯萎。只有爱，它永存心底，永远甘甜。

慈禧：中国人说，爱，像一坛陈年好酒，把它埋在地下，越久越有味道。

德龄：可是埋得太久，就会随风化为泥土。为什么不在它最好最醇的时候，拿出来痛饮？让那种迷醉永存心底，什么时候想起来，都回味无穷。

慈禧：你是说，爱是应该公开的？

德龄：爱，是最光明的，应该放在明处，大大方方去爱，真真切切去爱，不怕任何议论，不惜任何代价，经得起任何风雨。

慈禧：我这颗心在死牢里关了几十年，今天让你放了出来。不过，我想问你，你怎么敢这样对我说？为什么这么多年，没人对我说过？

德龄：我听人讲过这样一个故事：在中国，孩子离开家，妈妈对他说："到了外面，不要管人家的闲事"；在外国，妈妈会对孩子说："挺胸抬头，坦率地回答别人的问题。"

慈禧：（受到震动）咱们是教人把头缩起来，他们是教人把头抬起来。看来，我要告诉荣禄，今后，我们也来个挺胸抬头，正大光明，痛痛快快，明明白白，像你说的做"番使"。

德龄：（纠正）不对，是做 Friends。

慈禧：（笑嗔）只有你这小丫头敢纠正我。

［慈禧十分畅快。她回味着德龄的话，慢慢坐下来，悠然地摇着宫扇。

慈禧：德龄，听说你会唱歌？

德龄：（大方地）是，我会唱好多好听的歌。

慈禧：你唱一个来听听。

德龄：老祖宗想听什么歌？

慈禧：唱个舒心的，"爱"的，让人舒服的。

德龄：我给老祖宗唱首洋人改编的民谣《茉莉花》吧。

［德龄轻唱《茉莉花》歌声唤醒慈禧内心深处的温情，场面温馨。

［光渐收，灯暗。

［上半场结束。

第八场　慈宁宫

传旨太监：军机处奏：日本舰队大败俄国远东舰队，俄旗舰被击沉，三十八艘战舰全军覆没。美利坚出面调停，俄国被迫接受日本十一条停战条约，割让俄国在中国的领地和特权与日本……

［京剧锣鼓声中，幕启。

［太监组成的乐队，光绪打着鼓点，心不在焉。

［慈禧手执羽扇，唱京戏。

慈禧：（唱）我正在城楼观山景，耳听得城外乱纷纷，旌旗招展空翻影，却原来是司马发来的兵。我也曾差人去打听，打听得司马领兵就往西行——（停）错了！鼓点打错了！

［乐队停下。

李莲英：万岁爷，错了。

慈禧：不唱了。都下去吧。

［光绪欲言又止，欲下。

慈禧：你上哪儿去呀？

光绪：回养心殿。

慈禧：（明知故问）今天是初几呀？

光绪：初一。

慈禧：那你应该回皇后宫里。每个月的初一、十五，你应该在皇后宫里。

光绪：儿子这些天心里有事，想自己静一静。

慈禧：（轻叹）这皇宫里已经静了四十年，四十年没听过婴儿的哭声了，你还想再让它静下去？

光绪：儿子对不起祖先。

慈禧：我知道，你从一开始就不喜欢我给你定的这门亲，你年轻，不懂得娘的这份心。静芬是我的亲侄女，你是我的亲外甥，她爸爸是我弟弟，你娘是我亲妹妹，这叫亲上加亲，大清朝的权柄老在咱们手心里握着。

光绪：（淡淡地）皇阿玛真是一片苦心。

[传来鸟的叫声。

慈禧：什么声音？

光绪：（心不在焉）儿子听不见。

慈禧：是鸟儿。每天太阳照到宫墙根，就飞来许多鸟儿，它们叫着围着飞檐打转，有时候夹杂着几只鸽子，响着鸽哨。再过一会，鸟儿就回家了，天会更黑下来，远远地传来几声号角，不知道是老兵营的关门号，还是晚归的号手，那声音很凄凉，幽幽地传进储秀宫……

光绪：（淡然）儿子没听见过。

慈禧：（感情延续）也是这么一个有鸽哨的黄昏，乳娘把你抱进宫，你四岁，看上去只有两岁，气体不足，怯弱不堪，我让你睡在我的宫里，跟我一张床，一夜我总得起来三四次看你，怕你冻着。

光绪：（低声地）皇阿玛辛苦了。

慈禧：（仿佛没听见）你天生容易受惊，不能听一点震响，我一回宫就马上换下那双木底鞋，生怕吵了你。我不许太监们敲更响城，撤走了所有的自鸣钟。你长大一点，我怕太监们不用心，自己教你念书，裁好一方一方的宣纸，写上字教你。五岁，你开始跟我上朝，坐在那张龙椅上，我老怕摔着你，叫他们用丝绵做了个棉围子。你坐在龙椅上，板着小脸，一派正经样儿。（沉浸在回忆中）

光绪：这些，皇阿玛还是留着说给史吏听，叫他们写进《起居注》吧。

慈禧：（不悦）我这是跟你讲《起居注》吗？我说的是我的心！我要让你

知道，你是我一手抱大的，四岁开蒙，五岁典学，六岁学骑马，八岁能双手拉弓，十六岁亲政，十七岁大婚，哪一步我没尽到母亲的责任？

光绪：儿子垂念母亲的养育之恩。可我也有我的心！

慈禧：你的心就是把我废了，好独揽大权。

光绪：儿子从来没这么想过。

慈禧：再过些天就是我的寿辰，说不定哪天就驾鹤归西。我把持着这片江山，还不是为了你？可是你把咱们母子情意全忘了。

光绪：我没忘，我全记着。（感情地）小时候，我和您都怕黄昏，天一黑我们母子就依在一起。望着那些黑乎乎的宫殿飞檐，我老觉着有鬼怪要来抓我，直往您怀里扎。您抱着我说："不怕，不怕，有皇阿玛，咱们谁都不怕！"皇阿玛对我胜过嫡亲父母。可是，我越大越觉着您不明白我的这颗心。（稍停）皇阿玛想错了，我已经心如止水，早不想做这个皇上，最近更觉得虚从内起，力不从心，可能也没有几年了。如果皇阿玛真疼我，儿子有一事相求。

[慈禧注视着光绪。

光绪：如今内忧外患，天灾人祸，民生凋敝，满目疮痍，要想顾全祖宗基业，只能求新，立新法，行新政。

慈禧：你还想维新？

光绪：儿子是没用的人，倒不如将生替死，皇阿玛如果想把握乾坤，舍维新无他路可行。儿子想请皇阿玛自己主持维新。（呈）这是张之洞等大臣上书的变法奏折，里面写着西洋各国皇室建立君主立宪的详情，请皇阿玛过目。

慈禧：我看你是贼心不死。

光绪：儿子为的是社稷江山。

慈禧：难道我是为了我自个儿？

光绪：（决绝地）那就请皇阿玛接受奏折。（跪呈）

慈禧：你这是逼着我维新哪！上回你背着我斥退旧臣，录用匪类，乱改朝纲，说什么让我颐养天年，差点要了我的命。这才过几天哪，你又来了。我这人有个怪毛病，你叫我干的我偏不干，我要干的谁也拦不住！

光绪：儿子跟皇阿玛说的是国事，我要维新也为的是祖宗的江山、大清的社稷，既然您不愿意由我来做，就由您自己做。如今国家危如累卵、朝不保夕，还争什么你我，闹什么别扭？如果我们母子争执不休，遭殃的还不是百姓和国家？

慈禧：哈，教训起我来了？你翅膀长硬了，居然拿起皇帝架子来了！我告诉你，你这个皇上是我选的，你是我喂大的，是我一手托着坐上皇位的，我让你做皇上，你才是皇上，我要是不想让你做，你立时就得退位！（夺过奏折，摔在地上）

［慈禧怒下，光绪沮丧之极，呆望着西下的夕阳，无限惆怅。

［鸟儿鸣叫声。

［德龄上。

德龄：William.

光绪：是你。

德龄：您在看什么？

光绪：（茫然）看……鸟儿，它们飞得真高。

德龄：这么高的宫墙，它们一样飞进飞出。

光绪：因为它们有翅膀。

德龄：《圣经》上说，只要有志向，人也能长上翅膀。

光绪：（苦笑）你真天真。

德龄：William，你就有翅膀。

光绪：（茫然）欲飞无羽翼，欲渡无舟楫。

德龄：（悄声）你知道吗？康有为、梁启超在日本召集力量；孙中山在美国檀香山创立"兴中会"；黄兴在湖南成立"华兴会"主张强兵卫国；蔡元培、章炳麟在上海创立了"爱国社"，提倡民权。

光绪：（兴奋起来）有这样的消息？

德龄：百日维新虽然没有成功，但是皇上发出的诏令像一串打开门锁的钥匙，人心一旦开放，是再也不能重新闭锁的。英国、法国、美国、瑞典都支持您的维新运动，推崇您的勇气，赞赏您的治国之策，中国的戊戌变法轰动了全世界呀！

光绪：（欣慰地）我死而无憾了。

德龄：为什么想到死？

光绪：其实我早已是行尸走肉。

德龄：不，不，William，你不能这样想，你是一国之君啊。

光绪：（无奈苦笑）一个既无权柄、又无自由的国君。

德龄：也许我能帮你。

光绪：谢谢你的一番好意。自从你们姐妹进宫以后，皇阿玛改变了不少，但是你还不了解二百年陈腐之地的千重百结。（指奏折）她连看都不看就摔了下来。

德龄：（看）"江楚会奏变法奏折"？

光绪：这是张之洞等大臣根据西欧十国建立君主立宪政体的经验撰写的，对我们是很好的借鉴。

德龄：西欧十国的经验？到过欧洲的只有我们一家人，难道是父亲提供的实地考察？（恍然）怪不得回国之前他一定坚持要去欧洲其他国家，原来是这样！

光绪：（叹）可惜，自古豪杰空壮志，长使英雄泪满襟。

德龄：William，你别灰心，凡事一次不行，还有第二次，况且我觉得太后也有改制求新的心思，只是面子上下不来。我们只要有耐心积极去争取，总会成功的。如果皇上信任德龄，就把奏折交给我，让我想办法再递一次。

光绪：被摔下来的奏折，皇阿玛是再也不会接受的了。

德龄：（充满勇气）我要试试！

〔光绪被德龄感染，似乎又燃起希望。

德龄：我们说点高兴的事吧。再过些天就是老祖宗的生日，我和容龄想在御花园开个舞会，老祖宗也赞成，到时候，我想您邀我跳第一支舞。

光绪：我邀你？

德龄：是啊，我和英国的王子跳过第一支华尔兹，和日本的亲王跳过第一支探戈，就是没和自己国家的君王跳过舞。

光绪：我不会呀。

德龄：我教你。

光绪：我学不会。

德龄：不可能！来！

[德龄不由分说，拉起光绪的手。

德龄：把手放在我的腰上，这只握着我的左手，不要太紧，很好，把头抬起来，看着我的肩膀上方，直视。

[光绪照着德龄的话做，学得很快。

[两人随着乐曲共舞，边跳德龄边指正，两人很快踏上舞步旋转，边舞边下。

[隆裕暗上。望着两人的舞姿，德龄的笑声，她妒火中烧。

[李莲英上，观察隆裕。

李莲英：娘娘在这儿看……鸟儿？

隆裕：是，是。（忙恢复常态）

李莲英：打扰娘娘了。太阳快下山了，风凉，老祖宗那边就要传晚膳了。

隆裕：知道了。李莲英，你觉得德龄怎么样？

李莲英：（审慎地）人机灵，心眼活，老祖宗也对她宠爱有加。主子知道，原来我管了几十年的珠宝，现在老佛爷都交给她了。

隆裕：老祖宗特别喜欢她？

李莲英：眼前是这样。

隆裕：皇上也对她另眼相看。

李莲英：（已明白隆裕的担心）瞅见她就笑。

隆裕：她这么招皇上、老祖宗赏识，说不定哪天把你我都顶替下去。

李莲英：主子的意思是……

隆裕：咱们不能这么干看着，等到真有那么一天就晚了。

李莲英：主子说得有理。

隆裕：不过，她这么当红当令，硬来不行，得想个既不失体面，又让她说不出来道不出来的主意。

李莲英：（眼珠一转）奴才倒是有个办法。

隆裕：哦？

李莲英：给她配婚。德龄一旦成了婚，就是有夫之妇，就得受三从四德的管束，那时候就不怕她没人管，娘娘的这颗心也就踏实了。

隆裕：有什么现成的人选吗？

李莲英：人嘛，倒是有一个，庆王爷的五少爷。说起来还有个笑话，庆王爷从小就教他抽大烟，说是有个嗜好，免得沾染其他的毛病。

隆裕：（一笑）先叫进来我看看。要快。

李莲英：娘娘要是想快，可以打电话。

隆裕：打电话？

李莲英：咱们是不想维新，要是想，一点不比他们差。

隆裕：说得有理。（像慈禧一样把手递给李莲英）

李莲英：（忙托住）娘娘，请……

〔李莲英扶隆裕下。

第九场　中堂府

〔裕庚焦躁不安地走来走去。

裕夫人：你坐下来安静一会儿吧。

裕庚："江楚会奏变法奏折"还是呈不到太后手里。

裕夫人：不是已经送给皇上了吗？

裕庚：听说皇上上奏折的时候，被太后摔了下来，你知道太后摔下来的奏折是再也呈不上去的！唉，这件事再不能延误了呀！我真想自己去求见太后。

裕夫人：你现在是停官待职，见不着太后。再说朝里那些大臣，一直都在弹劾你，弄不好反倒误了大事。

裕庚：难道就这么干等着？张之洞大人在等我的消息啊。

〔一仆人上场。

仆人：荣禄大人求见！

裕庚：荣禄来了？（一想）这倒是个机会，这件事就求他帮忙。快请！夫人你先回避。

〔裕夫人下，荣禄上。

裕庚：荣禄兄！你来得正好。我有件大大的好事找你。

荣禄：巧了，我也有件大大的好事找你。

裕庚：哦？那么你先说。

荣禄：你是老弟，你先说。

裕庚：事到如今，我也不瞒你了。我回国之前受张之洞大人委托，考察西欧十国的政改实情，博采众长之后，和张大人草拟了一个君主立宪的变法奏折，想请太后过目，促成筹备立宪，可惜一直难以上呈太后，就此拜托仁兄呈交太后。

荣禄：什么，什么，你你你你……（结巴得说不出话来）

裕庚：我知道弄不好是件掉脑袋的事，但是你我是朝中重臣，国难之际，我们有这个责任。

荣禄：你呀，就是不安分。刚享几天太平，你你你……你们怎么又来了！

裕庚：日本和俄国在我们的领海打仗，西方列强在我国沿海屯兵，他们没有一天不想吞并中国，天下哪里太平？

荣禄：你怎么老是看这些阴暗面。

裕庚：你拿着四万两月银，住着两大座王府，用着上千的仆从，太后青睐，众人奉承，你当然是满目阳光、天下太平。你这是坐在火山口上，不知哪天就会喷火。

荣禄：不管你怎么说，咱们兄弟一场，这件事，一、我当不知道；二、不会去告发。可是我好言劝你一句，别引火自焚。

裕庚：你真的不肯帮这个忙？

荣禄：这不是帮忙，是把你往刀口上送。

裕庚：（绝望）看来你我话不投机，你请回吧。

荣禄：你说完了，我的话还没说呢。

裕庚：你说吧。

荣禄：我说的这件才真是喜事！皇后娘娘主婚，将德龄许配给庆王爷的儿子福祥贝勒了！

裕庚：（以为听错）什么，什么？

荣禄：看你高兴得不敢相信，我再说一遍。皇后娘娘主婚，把你的女儿德龄许配给庆王爷的少爷福祥贝勒了。

裕庚：（如雷轰顶）我的天！

荣禄：别天呀地的了，再过几天你就是庆王爷的亲家，福祥的老丈人，皇后娘娘的亲戚了。

裕庚：怎么突然杀出来这么一件怪事？

荣禄：我今天一是来报喜，二是来拿德龄的八字去合婚。

裕庚：这件事德龄知道吗？

荣禄：这我不大清楚，儿女的婚事还不是你说了算。

裕庚：我说了算什么？今后是他们过一辈子。我得尊重女儿的意见，还有她母亲的意见。

荣禄：裕庚，自古以来婚姻大事父母之命、媒妁之言，你这个老爷们儿还得问老婆女儿，我真替你丢人。

裕庚：我的女儿和庆王的儿子成婚，才真是丢人！

荣禄：庆王爷是世袭八代侯爵，福祥是乾清宫五品挎刀侍卫。庆王家财万贯，有势有权，官拜一品，哪点辱没了你？

裕庚：八旗家的子弟多数是不劳而获、不知世间疾苦的废物，早晚社稷败在这些只吃不做的蛀虫手里！德龄不会嫁给这种人。

荣禄：你怎么知道？

裕庚：我自己的女儿我了解。

荣禄：明天我要去满洲和日俄交涉谈判，回来之后你必须给我个答复。

裕庚：我已经答复你了。

荣禄：你呀，从来不听我的，我好心劝你顺水推舟，你偏要逆水行船，我把话说在前头，招出祸来，我可救不了你。

裕庚：不用！送客！

荣禄：不用！（怒下）

〔裕夫人上。

裕夫人：我都听到了，让德龄嫁给庆王的儿子，这可怎么得了啊？

裕庚：正经事没办成，又加上这么一档！

裕夫人：得赶紧想个办法呀。

裕庚：宫里她们不能待了，我先上本借看病为理由，给她们姐妹请假，出了宫再做打算。

裕夫人：再过两天是皇太后的生日，我要陪外交使节的夫人进宫拜寿，一定会见到她们。

裕庚：我写一封信你交给德龄，让她们不要慌张，等我们的消息。

［灯暗，乐起。

第十场　勤政殿

［音乐持续。传旨太监宣读送呈的寿礼。

传旨太监：两广总督送老佛爷金玉如意一对；河南督府送白玉狮子一双；湖广总督送汉白玉屏风一面；直隶总督送珍奇鸟兽一笼；庆王府送江纬画富贵牡丹真迹十册……

［官女太监们在李莲英的指挥下布置养心殿。

李莲英：把各府、各省、各衙门、各总督送的寿礼摆好，一会儿请老佛爷过目。这些牡丹花是谁送的？

小太监：河南洛阳总督衙门。

李莲英：有什么随送吗？（意指银票）

小太监：没有。

李莲英：拿两壶开水给它浇死。那几扇黑不溜秋的铁屏风是谁送的？

小太监：湖北巡抚桂顺送的寿礼，还随送一根杠竹手杖。

［小太监呈上手杖。

李莲英：下去。

［小太监下。李莲英扭开手杖，发现内有银票。

李莲英：（吩咐）把那几扇铁屏风摆在最显眼的地方！

［隆裕上。

李莲英：娘娘，老佛爷接受完百官朝拜，就回来接受家拜，这儿布置得差不多了，请娘娘再看看有什么不周到的。

隆裕：嗯，最要紧别有什么不吉利的地方。

李莲英：是。

隆裕：（好像漫不经心）你知道德龄她们送什么寿礼给老祖宗？

李莲英：奴才不知道。听德龄姑娘说，秘密。

隆裕：还想卖关子。

李莲英：那件婚事怎么样了？庆王爷还等回话呢。

隆裕：德龄坚决不嫁，裕庚也上书请免，不过这件事不是他们说了算，你这把软刀子真是杀人不见血。

李莲英：还不是娘娘的提点。

［一内监急上。

内监：启禀娘娘，军机处有急报！

隆裕：拿来！

内监：……

［隆裕接过一看，脸色大变。

［李莲英一直观察着隆裕的表情。

隆裕：压下不报。

内监：可……

隆裕：（对内监）等德龄姑娘献寿礼的时候再报。

内监：（为难）这……

隆裕：你想抗旨？

内监：奴才不敢。

隆裕：下去！（对李莲英）大总管。

李莲英：奴才在。

隆裕：刚才你听见什么了？

李莲英：奴才什么也没听见。奴才伺候主子再看看有什么不周到的地方？

［李莲英恭维地扶隆裕下。

［德龄、容龄上。

容龄：姐姐，你真的要做？

［德龄点头。

容龄：你看到那些人看我们的目光了吗？

德龄：别怕。没有什么人能有你我这种机会，站在太后的龙床边，我就想，我们是站在中国历史的一角上，有朝一日，后人翻开历史看到这一页，我们不能让它是一页空白。

容龄：我明白了，我支持你！

［王太监引裕夫人上。

王太监：裕夫人，您在这儿等一会儿，两位小姐这就来。

裕夫人：谢谢。（送红包）

王太监：谢谢裕夫人！（下）

［德龄、容龄惊喜地扑向母亲。

容龄：妈妈，你怎么来了？

裕夫人：我陪各国外交使节的夫人来给太后拜寿，也来看看你们。

［裕夫人疼爱地看着两个女儿。

裕夫人：容龄，你怎么穿成这个样？

容龄：我一会儿要给老祖宗跳一个西洋舞祝寿呢！

裕夫人：这么多花样儿。这是爸爸给你们的信，让你们多加小心。

德龄：知道。

裕夫人：尤其是你，胆子大，主意又多。

容龄：姐姐的主意可多了，不过她是有目的的，她想……

德龄：（阻止）容龄，老祖宗就快回来了，你还不去准备？

容龄：（忙捂住口）不说了，不说了，我要去准备了。（下）

裕夫人：（观察）德龄，你要做什么？

德龄：没，没什么。

裕夫人：你们是不是有事瞒着我们？

德龄：妈妈，有件事我一定要做，可能你听了会很惊讶。

裕夫人：（紧张）德龄，你要做什么——

126

［乐声大作。传旨太监宣。

传旨太监：大清国当今慈禧端佑康颐昭豫庄诚寿恭钦献崇熙圣母皇太后寿诞吉日，百官叩拜已毕，回宫接受家拜！

［奏乐。慈禧身着朝服上。

［光绪带众官眷拜贺。

众：恭贺老祖宗千秋万岁，万寿无疆！

慈禧：你们吉祥！

［一排太监递给每个人一柄如意，光绪领头依次把如意献给慈禧，这里有一套舞蹈走队般的仪式，进退有序，整齐好看。慈禧接受如意很高兴。

慈禧：怎么不见德龄？

德龄：回老祖宗，容龄、德龄有特别的礼物给老祖宗祝寿！

［乐起，容龄身着仙子舞服边舞边上，出人意表。慈禧喜出望外。

［容龄随着音乐翩翩起舞，她舞到慈禧面前，把手中如意双手举起。德龄接过如意，迅速换成早已准备好的奏折，呈给慈禧。慈禧接了过来。

慈禧：（发现变色）这是什么？

［音乐骤停。

德龄：（镇定地）回老祖宗，这是湖广总督张之洞五大臣呈送的"江楚会奏变法奏折"。

［众惊。

慈禧：是他们让你呈交给我？！

德龄：是奴才自愿呈送给老祖宗。

慈禧：（厉声）你……为什么？

德龄：德龄认为这是一件最好的寿礼！

［慈禧脸色大变。

德龄：今天是老祖宗的寿诞，天下四方呈献的寿礼都是恭祝老祖宗千秋万岁、益寿延年。老祖宗长寿为的是国家昌盛，这份变法奏折汇集西洋各国废旧制、立新法、君主立宪的治国之道。德龄在老祖宗身边，深知老祖宗日夜思量

127

富国安民、政通民和的良策，这不是一份老祖宗最想得到的寿礼吗？

慈禧：你知道内眷参政是什么罪吗？

德龄：德龄知道是死罪。

慈禧：你不怕死？

德龄：老祖宗说过，民不畏死，何以死惧之。

慈禧：（哽噎）你竟敢学我的口气？

德龄：德龄是遵照老祖宗的教诲。

慈禧：我看你是依仗我的宠信，无法无天！

德龄：德龄并没有辜负您的宠信，德龄亲眼得见，官府买官鬻爵，贪污受贿，宫廷腐败，社稷岌危。德龄今天冒死呈上奏折，是希望老祖宗能以大清二百年江山为重，破旧习，行新法，励行新政，让大清转弱为强，那老祖宗才是中国四千年，尧舜禹汤文武之后，前所未有的明君！

［众人被德龄的一席话惊呆了，寂静。

慈禧：（暗指光绪）这些话是谁教你说的？

德龄：是奴才自己要说的。

慈禧：万岁爷，你都听见了？

光绪：皇阿玛，德龄说的是她的亲耳所闻，亲眼所见。时至今日，民同此心，心同此理，世有万古不易之常经，无一成不变之治法，殷请皇阿玛深虑！

隆裕：老祖宗，德龄私上奏折，欺君犯上，罪不可恕！

长寿：老祖宗的大喜日子，你竟然惹老祖宗生气，你也太大胆了！你眼里还有老祖宗吗？

隆裕：家法伺候！

光绪：等等！德龄年幼不懂朝政。

隆裕：皇上还护着她，我看她就是康有为的遗党！

光绪：你不要乱说！

慈禧：（恼怒地）都给我住口！

光绪：皇阿玛不要听他人挑唆，德龄初入宫闱，不懂内眷不得参政的祖制，冒死上奏，全出于一片忠心，如果皇阿玛一定要治罪，儿皇只有用御玺相抵！

［光绪手捧御玺下跪，因皇帝跪，所有人全部跪下。

［慈禧面容肃穆，目光威严。静场。

［内监急上。

内监:军机处急奏! 九门提督军机大臣荣禄大人在日俄前线因急症病殁了!

慈禧:(一阵眩晕，几乎站立不住)什么?!

内监:荣禄大人在满洲与日俄谈判，日俄气焰嚣张，百般辱没，大人一气之下，旧疾暴发，与世长辞了。

慈禧:要你在这会儿报给我……

内监:是娘娘叫我……

隆裕:你胡说!

［慈禧逼视隆裕。

隆裕:(尴尬)还不下去!

慈禧:等等! 荣禄临终有什么话?

内监:有遗折启奏。

慈禧:念!

［灯光变暗，另一演区灯光亮起，照着荣禄。

荣禄:军机大臣文华殿大学士荣禄跪呈遗折，恭请圣鉴事:臣临危受命，与日俄相交，尔等霸我国土，占我海域，气宇嚣张，臣有生以来，从未受此奇耻大辱，至此方知国势积弱，致弱之源在于国家不强。臣恳请皇太后改旧制，行新法，履行新政。"江楚会奏变法奏折"实为救国救民之策、富国强兵之本，希冀我太后感念臣临终肺腑之言，乃达万民夙愿，臣则虽死之日，犹生之年!

［荣禄区收光。

［慈禧不胜唏嘘。

慈禧:(哀号)荣……禄!

隆裕:(提醒)老祖宗……

慈禧:(不理)荣中堂临终所奏之言，句句出自真诚，遗折中提到的"江楚会奏变法奏折"现在何处?

德龄:（上前一步）就在老祖宗的手里。

［慈禧愣了一下。

慈禧:李莲英!

李莲英:奴才在。

慈禧:奏折收下。

［德龄、光绪等欣然。

隆裕:（咄咄逼人）老祖宗，德龄怎么处置?

［众人注视慈禧。

慈禧:裕德龄、裕容龄。

德龄:
容龄:在。

慈禧:（良久）你们……出宫去吧。

隆裕:老祖宗，德龄身犯重罪，不可姑息!

长寿:老祖宗应该处她极刑。

慈禧:（恼怒）都给我退下!

［李莲英不失时机。

李莲英:老祖宗看寿礼，动乐……

慈禧:慢!（无限哀伤，一字一顿）把喜堂改成灵堂，我要祭奠荣……禄……

［众震惊。

［光骤暗，成剪影。

第十一场　尾声

［宫院转慈禧寝宫。

［传旨太监传旨。

传旨太监：光绪三十四年十月二十，御医诊视：皇上脉息欲绝，肢冷气陷，牙关紧闭，病情危重。皇太后胃纳不佳，时有水泻。两宫病重，皇嗣尚缺，皇太后懿旨，醇亲王长子爱新觉罗·溥仪承继皇位，即日进宫……

［一处灯光亮起。宫院。德龄、容龄望空行礼。

德龄：裕德龄，

容龄：裕容龄，　　拜别皇太后、皇上、皇后娘娘及各位宫眷！

［王太监面无表情传旨。

王太监：皇后主子说，新皇上要登基她正忙着，两位郡主不必向她拜别了。宫眷们说，她们也就不送了。（转身下）

容龄：她们在忙什么？

德龄：新皇上一登基，皇后就要升为皇太后了。

容龄：皇上病得那么重，她们却忙着进阶加封，这些人真没人性。

德龄：（环视）我们该走了。

［李莲英上。

李莲英：德龄郡主留步！

德龄：（蔑视）李莲英，你是个奴才。

李莲英："奴才"这两个字就是我的封号。世间之上有天就有地，有主子就有奴才，我李莲英在奴才这一群里可算是尽忠职守，称得上不辱使命。老佛爷谕诏：裕德龄晋见！

［李莲英引领德龄走进慈禧寝宫。

［慈禧靠在榻上，不施脂粉，病入膏肓，老态毕现。

德龄：老祖宗，德龄拜别。

慈禧：（招手）你过来，别离我那么远，过来。

［德龄走近慈禧，坐在她身边。

慈禧：挨我近点，没有什么人挨得我这么近。这回你看见我的真面目了吧？花儿、粉儿都不抹了，是一个七十多岁的老太太。

德龄：老祖宗保重。

慈禧：你怎么也和他们一样，说些子废话？这回保重不了了，我要走了。

（望着空中）我看见有人来接我，是荣禄……（神秘地一笑）你要走了？

德龄：是老祖宗让我出宫的。

慈禧：你怨我？

德龄：德龄自己做的事，从来不怨别人。

慈禧：倔头，跟我年轻时候一个样儿。知道我为什么叫你出宫吗？

德龄：德龄犯了欺君罔上的大罪。

慈禧：那我为什么不杀你？

德龄：（摇头）德龄不知道。

慈禧：我这一辈子，除了太祖皇上，没有一个人反驳过我，想不到末了，让一个既无顶戴、又无花翎的小丫头片子制服了我。这也是前世……（停了一会，无奈地）无可奈何花落去，改制这一步非走不可了。我这一步，可比百日维新走得远。不过这件事得我自己做，不能叫他们逼着我做……（气促）

德龄：老祖宗批复变法奏章了？

慈禧：你出宫之后，跟你爸爸，带上戴泽、端方、绍英、徐世昌出使西洋，考察君主立宪，制定新法，改行新政。

德龄：（欣喜）老祖宗说的是真话？

慈禧：君主一言，金石为开，还有假的？

德龄：（雀跃）德龄领旨！

慈禧：（喘息着吐字艰难）别……别这么急，这……这件事先不要张扬，把一切都准备好了，再……再报军机处。

德龄：德龄明白了。

慈禧：（透出一口气）我要……要睡了。

德龄：请老祖宗就寝。

〔幽远的鸽哨声，由远而近，又由近而远，直飞出死寂的宫院。

〔慈禧渐渐睡去。帐幔慢慢垂下，遮盖住一个时代。

〔宫门大开，德龄缓缓走出宫院，前面是一片朝霞曙光。

〔传旨太监上。

传旨太监：光绪三十四年十月二十一，酉时，大清德宗皇帝爱新觉罗·载浒光绪驾崩。一天之后，大清国慈禧皇太后宾天……

[收光。

（剧终）

1998 年 1 月 20 日第一稿

1998 年 4 月 18 日第二稿

1998 年 9 月 26 日定稿于香港

甲子园

主要人物表

陈爱林：女　　三十九岁　　昵称艾伦，留英服装设计师

黄仿吾：男　　八十四岁　　建筑师

金　鑫：男　　三十九岁　　商人

李大卫：男　　三十二岁　　香港某集团项目经理

彦梅仪：女　　八十二岁　　美籍华人

金震山：男　　八十六岁　　退役老军人

金奶奶：女　　七十八岁　　本名李会芬，金震山老伴

姚半仙：男　　七十二岁　　养老院老人

王奶奶：女　　八十八岁　　退休职工

朱秀明：女　　五十五岁　　养老院护士长

聂小玲：女　　二十二岁　　养老院护士

姚儿子：男　　三十八岁　　无业

王儿子：男　　四十岁　　　职工

女公证员：女　　三十岁

工人、养老院护工、老人等

时　间：当代
地　点：北京西山一座老人院

第一幕

1

[全场灯暗，幕启。

[这是一座两层的英式小楼，是早年英国人的设计，尖顶窄窗，红砖灰石，沧桑而醒目。底层是客厅，算不得十分宽大，容纳三四十人是够的；二层的露台很宽阔，有些风格简单的桌椅，供人乘坐，摆放得很随意。小楼的室内高度比一般房子要高许多，每一根木质的屋梁石块都粗壮结实，经过多年风雨，有些已经斑驳，露出原木本色。玄色的木地板不仔细看也能发现深深浅浅的痕迹，有些地方被打上补丁，新木配在老木头上，显得有些突兀。客厅中间，是上二楼的敞口旋转楼梯，楼梯的雕花是欧洲中世纪的风格，很气派。客厅的左边，是一个老式的拉门电梯，如今已很少见到，一直可以通向顶层露台。客厅的墙壁上有壁炉，许久不用已经封死，成了摆设。台口处，有一架旧了的老式钢琴。小楼起码有上百年历史，可以想象到曾经的辉煌。它如今是一所私立养老院。旋转楼梯中间有一棵很粗的大树，树干要两人才能合抱，它直穿过小楼，高大参天，一楼只见树身，从露台向上望去可见树冠。时值夏秋相交之季，树叶还很茂盛，郁郁葱葱，风吹过，哗哗作响。

[黄仿吾从外面回来，他把手中的西装外套放在一边，解下领带又打开领口。他八十多岁年纪，体形匀称，器宇轩昂，文质彬彬，谈笑风声。满头银发，一身简洁精致的浅褐色西装，配深色领带，手里的拐杖也是西洋式样，简单经典。因为长时间在外国生活，他习惯了洋派打扮，永远穿戴整齐体面，

西裤衬衫，西装外套或者开衫毛衣，配上一头白发，仪表堂堂。此时他有些烦躁。

[彦梅仪同上，她也有八十岁年纪，个子高挑，身形颀长，面容秀气，神态优雅。她永远打扮得体，头发盘得一丝不苟，脖颈间斜系着一条花色别致的真丝围巾，上身是半长暗花的中式对开衫，下身是松腿黑色长裤，素色坡跟皮鞋，衣服穿在她身上永远那么协调。今天，他们都是素色装扮。

彦梅仪：你走得这么快，追得我直喘。

黄仿吾：可算松口气，简直透不过气来。我得煮杯蓝山咖啡，两杯？

彦梅仪：（坐下以手扇风）都快立秋了，还这么热。

[黄仿吾递过一把扇子。

彦梅仪：开开风扇。

黄仿吾：身上有汗不能吹风，你坐定了，心静自然凉。

彦梅仪：参加这种事，不能走得太快，人家还都在那肃立，你拔腿就走，这样不礼貌。

[黄仿吾煮咖啡。

黄仿吾：来的那些人真是淮生想见的吗？根本不着边儿，我已经尽量忍着了。

彦梅仪：那你就别去。

黄仿吾：因为是淮生，我必须去，连平日不出门的半仙儿都去了，他是从来不参加这种活动的。

彦梅仪：我老觉着淮生还在这间屋子里，张罗着开饭、关灯，看我种的花，他说要给你办个展览，把你设计过的建筑都做成小模型，摆在走廊上……谁想到好好的就走了，又走得这么突然，我想起来心里就难受。

黄仿吾：要说他比咱们小着十来岁呢，谁想到他倒先走了，我俩商量的好多事都来不及办。哎，我先说下，赶明儿到了我那一天，你们可别来这一套。

彦梅仪：你要什么样儿的，提前告诉我。不，告诉我不行，得写下来，说不定我走你前头呢。

黄仿吾：那不会，吴大夫说了，我这儿（指心脏）……

彦梅仪:(关切地)前天你去复查,吴大夫到底说什么了?

黄仿吾:(掩饰)说,说挺好。

彦梅仪:对别人你不说,跟我也不说。

黄仿吾:又急了,你就是爱急。他说(玩笑地)七十三,八十四,阎王不催,自己去。

彦梅仪:正经点儿。吴大夫是心脏专家,他的话你不能不当回事。

黄仿吾:照姚半仙的话,人在娘胎肚子里,这一生的事已有定数;照我们建筑师的说法,地基、蓝图定好了,房子能盖多高就是多高。人就跟房子一样,该哪天塌就哪天塌,好比这所房子,差不多一百年了,可是还能站一百年,因为从盖的那天起,建筑师就想让它屹立二百年。

彦梅仪:你别打岔,吴大夫怎么说,你是不是有事瞒着我?

黄仿吾:就算我先走,我是先去打前站,观察下地形,看看环境,瞅瞅那边房价高不高……

彦梅仪:(打断)每回说起要紧的事,你就这种态度,这种事不能打哈哈。

黄仿吾:好,说正经的,刚才你说什么来着,写下来,等到我那天该怎么办,得写下来,对,写下来。(找来纸笔)我说,你写,你的字好看。本人黄仿吾,现年八十四岁,如有一日蒙主宠召……

彦梅仪:你又不信基督。

黄仿吾:我说的主是老马,马克思。

彦梅仪:干什么都没正形。

黄仿吾:(嬉笑地)如有一日蒙主召见,第一条,不开追悼会;第二条,不搞任何仪式;第三条……

[姚半仙上。他人很瘦,头顶一顶黑色小瓜帽,身上敞襟穿着一件洗旧了的米色粗布褂子,裤脚微短,一双旧得发白的中式布鞋在脚下随便踢踏着,光脚,不穿袜子。他头发杂乱,胡子花白,斜挎着一个蓝底白花粗布挎袋。虽然不修边幅,却有股仙风道骨的样儿。他少言寡语,不爱和人交谈,这会儿进了客厅直接就要回自己房间去,被黄仿吾叫住。

黄仿吾:半仙,别又忙着回屋看你的《易经》,说说感想。

姚半仙：（连连摇头）最后一次，最后一次。

黄仿吾：我们正商量着办点正事。趁现在还活着，把咱们将来的事儿安排好，你参不参加？

姚半仙：（自语）照见五蕴皆空，度一切苦厄，不生不灭，不垢不净，不增不减，心中无所求则无挂碍，无挂碍则无恐惧……

黄仿吾：又来了，说点实际的。

姚半仙：有用吗？

黄仿吾：为了避免将来被别人摆弄，咱们事先都安排好。

姚半仙：老哥，你还是看不透，荣枯过后皆成梦，忧喜两忘便是禅。

〔姚半仙不想再说，径自下。

黄仿吾：我要写下来。我黄仿吾在此立据：第一条，不开追悼会不举行任何仪式；第二条，本人无家属无子女，就算有子女也别来，这样的子女，来不如不来，竟然，竟然……

彦梅仪：你也看见了。

黄仿吾：能看不见吗，太出格了。

彦梅仪：（长叹）真想不到，跟淮生嘴里念叨的那个可爱的小姑娘，一点都不像。

黄仿吾：老话说，人生大限是有先兆的。淮生好像知道要去了，最后那段日子，嘴里老是念叨女儿。

彦梅仪：说她六岁的时候看了一本《白雪公主》，就想要件公主服，那时候找遍北京城也没有的卖，孩子哭了一天。

黄仿吾：她是在二楼靠东那间房子出世的，林曦突然要生，这里离城太远来不及去医院，没办法，只好打电话叫产科大夫来。大夫一听知道等他赶到也来不及，就用电话指示他们一步一步怎么做，小家伙就这么出世了。孩子刚生下来，西山就下了一场春雨，是条小龙呢！

彦梅仪：淮生就这么一个女儿，又这么疼她，她倒好，出了这么大的事，她耽误了一个多月才回来，回来连句解释的话都没有。她回来问过他爸临走的事吗？

黄仿吾：有几次我想把她爸的事告诉她，她不是岔过去，就说有事要出门。

彦梅仪：淮生那么好心眼的人，怎么生了个这样的女儿，这里边会不会有什么事？你知道吗？你们俩聊得最多。

黄仿吾：淮生跟我说过，早年是做过一些过火的事，那时候年轻冲动……都是三十多年前的事了，那是中国最混乱的年月。

彦梅仪：有什么事也是亲父女，这种场合，她竟然……

2

[笑声传来。

[另一空间，陈爱林的房间光亮起。她半躺在床上，一头齐肩短发，头发挑染成了流行的红褐相间色，一对树叶形的银耳环在发际间若隐若现。上身穿了件意大利的黑色七分袖真丝衫，喇叭袖，配紧身七分裤，细高跟白色小羊皮凉鞋，手腕上戴了个玉色镯子。她已经三十九岁，但看起来比实际年龄年轻，眉眼中透着冷傲自信，白净纤瘦，长相秀气，她手里拿着画板在画素写，嘴边戏笑，眼神中带着一股隐隐的忧伤。

陈爱林：（笑读悼文）我们的好同志，女儿的好父亲，家庭和睦，父慈女孝……（讪笑）家庭和睦，还父慈女孝？

[大卫（读戴维）靠在爱林身侧，一手搭在爱林的腿上，一手摆弄着膝盖上的ipad，他比爱林年轻，长得有形有款，高鼻梁，眼神俏皮，说不上很漂亮，但是很帅。他打扮新潮，桃粉色POLO衫，墨绿色贴身牛仔裤紧绷着长腿，脖子上戴着根白银的项链，上面穿着一个指环。头发用发胶弄成一根根直立着。

[大卫一直摆弄着手中的ipad上网，边看边认真记着什么。

陈爱林：（画着）致悼词的那个女的是我爸单位的，一脸皮笑肉不笑的相。她让我看悼词，说是逐级批准、逐字逐句研究过的，我根本不看。我跟她说，最好别念。她瞪了我一眼，说追悼会是他们单位组织的，有领导来。你听我说了吗？你没去，还不听我说。

大卫：是你不叫我去的。

陈爱林：看你的这身的打扮、发型。

大卫：我可以穿西装打领带。

陈爱林：穿上也不像。都七老八十的，还有什么领导，看见你就厌烦。

大卫：你在那种场合笑，他们不厌烦？

陈爱林：我实在忍不住。父慈女孝，就在这所房子里？（回忆）我爸整天不在家，回来就带一大堆人，大嚷大叫，风一样卷进来，又风一样卷出去。我最怕刮风下雨，我躲在屋子里，缩在床上，听我妈砸那些摆设，听我爸打那棵树出气，这房子里最疼我的是外公，有一次外公不知说了一句什么话，我爸就把他从这儿（指楼梯）一直拖下来——（继续学悼词的口气）"他用自家的私房办了老人院，充分体现了他敬老爱老的高尚品质。"他敬老爱老？！（越说越气）这房子我一天也不想待，戴维，我叫你做的事，你做了吗？

大卫：你真想把这儿卖了？

陈爱林：嘘——（看看四周）小声点！不能让那些老头、老太太们听见。

大卫：这房子真是你们家的？

陈爱林：目前还是我爸爸的，但马上就是我的了。你到底认真评估没有？你是做项目经理的，这是你的专业。

〔大卫一直没有认真听爱林说，不停地摆弄手中的 ipad。

大卫：（看着手上的 ipad 烦躁地）这种地，叫我上哪儿找去？谁家的地愿意做这种东西？（指记事簿）找了这么多，不是不合适，就是人家不肯卖。

陈爱林：整天为你们公司找地，到底要找什么地？

大卫：我们老板要找一块地，做——哎，这块地好像符合条件，够大，还有树——得，又叫人占上了！王八蛋孙经理，我们叫他"子孙根"，就是老板的"老二"（指生殖器）。"子孙根"说这项目是老板亲自抓的大事，找不着我就别干了！

陈爱林：（不悦）别就顾着你自己。

大卫：再找不着，我就被解雇了。

陈爱林：戴维，只要能把这房子卖出去，你拿佣金我拿钱，不是一举两得！

大卫：问题是这房子卖不出去。

陈爱林：为什么？认真点行么？

大卫：（站起身，环视）甲子园，名字不错，不知道什么意思，三层楼，起码有九千英尺，哦，我习惯说英尺，十英尺大约是一平米。加上周围的空地，差不多两万英尺，后面有山，前边有水，风景也不错。可惜没地铁，没公交车，上不着村下不着地。开发房地产，没人买，建商业大厦，没人租，就算弄个家具城，花卉市场，交通不方便，都没人来。你们家怎么把房子盖在这种地方？

陈爱林：听我爸爸说，这是我家祖爷爷那辈修的避暑别墅。照你这么说，这么大所房子，一点用处都没有？

大卫：维持现状就挺好，这儿不是老人院嘛，现在做这一行赚钱着呢。

陈爱林：我爸办的简直是慈善机构，我看过账目，入住的老人有的不收钱，有的象征性地收一点，有的退休金就算是入住费了。看看那些老人，有的傻，有的呆，还有一个整天念经，我在英国学的是时装设计，可不是经营慈善老人院。

大卫：（看着 ipad）哎，这块地有点意思，地点，周边环境——（记在簿上）

陈爱林：（高声）大卫！老人院有人要吗？

大卫：赔钱的老人院没人要。

陈爱林：如果我让它升值呢？

大卫：（不经心地）也许吧。

陈爱林：你们这一代人哪，就是两个字——

大卫：真实。

陈爱林：自私。

大卫：（调皮地亲了爱林一口）亲爱的，谁让你看中我了呢，包容点吧。

陈爱林：（坚决地）我决定了。

大卫：如果你实在看着它有气，要一把火烧了它，先告诉我一声，这房子的砖头瓦块大梁椽子，也许能卖点钱。

陈爱林：先花点工夫，让它升值，然后连房子带老人院一块卖！你关上它，坐好了，听我说……

[收光。

3

[钟表嘀嗒嘀嗒地响。风声乍疾,吹动窗户,发出吱吱的声音。

[一束追光打在爱林身上。她缓缓站起,披上一件橙色的羊毛披肩,她睡眼惺忪,神情迷茫,内心惆怅。

陈爱林:我又醒了,天黑沉沉的,周围没有一点声音。脑子里不停地闪过那些最不愿意想的事。我爸姓陈,我妈姓林,我爸给我起名叫爱林,可见他们曾经多么相爱。后来好日子没有了,我给他们留下一张纸条走了,这一年的秋天,我又回到这里,遇见了几个和我一样睡不着的人……

[露台光亮起。

[清晨,天才蒙蒙亮,远方似乎已有了朝霞的影子,橘色的光晕微微散开。远山明媚,有几声鸟叫。

[啪啪的声音传来。黄仿吾正面对着大树,打太极般弓着两腿,两手一下一下有节奏地击打着树身。

[彦梅仪穿了条阔腿的镶边儿灰蓝色裙裤,上身是浅灰色中式小盘扣绣花短褂,头发依旧盘得一丝不苟。她手里舞着长剑,长长的红色穗子,随形而动。

黄仿吾:昨天睡得好不好?

彦梅仪:这几天睡得不好,老听见露台上有声音。

[梅仪嘴里哼着京剧锣鼓点,练的是京剧《霸王别姬》中的舞剑。

彦梅仪:我妈最喜欢听戏,一到晚上就带我坐洋包车上戏园子,看完了还得上后台给她喜欢的角儿送礼道乏,困得我在车里就睡着了,回到家都得老杨抱下车。

黄仿吾:我也来来。

彦梅仪:你不能练我这个,我教你来个山膀,起霸。(嘴里打着锣鼓点,做势)

[黄仿吾认真学,但学得不像。他俏皮地拿起身边的扫把当拐杖,做起美

国旧歌舞片中的动作。

黄仿吾：像不像 Clark Gable（克拉克·盖博）？

彦梅仪：（笑）老小孩！留神腰。还是跟你的树说话吧。

黄仿吾：我练的这一套是我爷爷教的。有一天雨过天晴，天是蓝的，西山是青的，大槐树挂着雨滴的叶子闪闪发亮，空气里有一股发甜的草青味儿。我爷爷对着大树，告诉我，大树参天，吸气，吸的是天地精气，吐气，吐的是腐气浊流。树把浊气全吸收到它的躯体里，再吐出来，授之于人。每天早上，我爷爷都跟树说话。

彦梅仪：你爷爷和这棵树说话？仿吾，你睡醒了吧？

黄仿吾：（岔开）啊，这身衣裳好看。

彦梅仪：上了岁数就得穿点上颜色儿的，不能黑呀，灰的，显得脸色不好看。这件衣裳是我在上海买的。

黄仿吾：你昨天说是你女儿买的。

彦梅仪：我说是我买的。

黄仿吾：你说的是你女儿。

彦梅仪：你又记错了，就好像你刚才说，你爷爷在这儿练"树功"。

黄仿吾：（岔开）啊，穿成这样是要出门儿？

彦梅仪：这儿离城里远，附近又没车，再说我已经不认得现在的北京了。西直门、东单、隆福寺，都找不着了。

黄仿吾：那是要照相？

彦梅仪：（急着反驳）谁说我要照相，我照相干什么？

黄仿吾：你又急了。

彦梅仪：（自觉失态）对不起，最近我有点上火。

黄仿吾：上火，练树功最好，它在这儿站了上百年，你说话，大树都能听懂。

彦梅仪：你说的那是《槐荫记》，土地让大树为董永和七仙女为媒。（扮土地）"槐荫树啊，槐荫树，我要你开口讲话。"大树就唱了，"槐荫开口把话提，把话提，叫声董永你听知，你与大姐成婚配，槐荫与你做红媒。"（稍停，含蓄地面对大树）如果这棵树会说话就好了。

［黄仿吾听得出来，彦梅仪的话弦外有音。

黄仿吾：（有意岔开）当过明星，唱得就是有味儿。

彦梅仪：老了，腰不行，那几个卧鱼儿，下不去了。

黄仿吾：小心地下滑。

彦梅仪：哎哟！

［彦梅仪的身段没做好，脚下一滑，坐在地上。

［金奶奶上，她中等个儿，身手敏捷，行动利落，一看就是个活跃分子。此时手里拿着一个扭秧歌用的红色舞扇，随手比画着。她天生一副笑脸，生性乐观，心直口快，想起什么说什么，大大咧咧，总是乐乐呵呵的，说话大嗓门，老远就能听见。看见彦梅仪坐在地上，笑起来。

金奶奶：（拍着手）得，卧鱼儿没做好，成"卧果儿"了。

彦梅仪：（笑嗔）金奶奶，您又笑话我。

［黄仿吾和金奶奶扶起彦梅仪。

金奶奶：这儿的空气真好，还能听见鸟叫。

彦梅仪：你们老两口刚来，还不觉得，这房子最好的就是有这棵树。

金奶奶：房子中间长棵树，这可真够奇的，你说是先有的树，还是先有的房？

黄仿吾：不知道是鸟儿叼来的种儿，还是天意，在这儿长出棵树来，起码有一百二十年了。

彦梅仪：一百二十年是两个甲子，是因为这棵树，才叫"甲子园"吧。

黄仿吾：甲是拆的意思，指万物剖符甲而出，子是兹的意思，指万物滋生阳气而动，甲子，是更新启动的意思。

金奶奶：六十年还更新启动，太晚了吧。

黄仿吾：不晚不晚，只要是滋生而动，待甲而出，那就是重生，什么时候都不晚。

彦梅仪：就好像他什么都知道似的。

金奶奶：我爱听黄老说话，话里有话，都是故事。

黄仿吾：金奶奶，您也得练两手。

金奶奶：您两位都是从外国回来的，有学问有派，我们土生土长，北京南城最穷的胡同里长大的，毛主席说了那么多，我就记住一句，无不打上阶级烙印。您那套我们不会，我有我的一套。

黄仿吾：您来两下。

金奶奶：您瞅着，我给您练练。

［金奶奶把舞扇往彦梅仪手里一塞，抖抖衣服，拿起架势。

金奶奶："打花巴掌的（'的'音读'逮'），正月正，大姑娘门口闹花灯！打花巴掌的，二月二……"

［金奶奶把北京歌谣编成了体操。

彦梅仪：我记得是"老太太门口闹花灯"。

金奶奶：年轻那会儿唱"老太太"，这会儿得唱"大姑娘"。把身子板这么一挺，下巴颏这么一扬，是不是大姑娘？解放军进城那些日子，妇联组织大姑娘小媳妇上街扭秧歌，我跳得那叫精神，我们老头子站在坦克车上都看见了！

黄仿吾：所以就坦克奇遇结良缘了。

金奶奶：黄老，你粘上毛儿比猴儿还精。

黄仿吾：教给我。

彦梅仪：老小孩似的，人家干什么他学什么。

金奶奶：人老了就得像小孩，得自己个儿哄自己个儿玩。

黄仿吾：教我，教给我！

金奶奶：瞅着啊，"打花巴掌的，正月正……"

［金奶奶认真教黄仿吾，黄学不像，但很认真，他扭得很好笑。

彦梅仪：（笑）这哪是打花巴掌，这是日本歌舞伎。

［黄仿吾反而舞得更来劲了。

彦梅仪：就是爱逞能，留神腰！

金奶奶：挺好，再来！

［两人再舞。

彦梅仪：哎，留神别踩了我种的韭菜。

金奶奶：留神，留神。哎，您还种韭菜哪，是青韭、黄韭、花腰，还是马莲韭？

彦梅仪：野鸡脖儿。

金奶奶：野鸡脖儿炒鸡蛋，给个皇上都不换！

彦梅仪：每到星期天，淮生就叫我们自己做一顿饭，都得是拿手的。黄老会做罗宋汤，老姚炸酱炸得好，我拿手的是摆桌子。

金奶奶：（玩笑地）您拿手的是吃吧。

彦梅仪：摆桌子可有讲究，外国人摆碗盘都拿尺子量，中国人自古美食美器，不像现在，拿俩劈柴棍儿就吃饭。

[姚半仙带罗盘上，嘴里念念叨叨。

姚半仙：势起东，龙托水，草木逢春，年令平……

彦梅仪：别老念叨那套八百年前的经了，等着你炸酱呢。

姚半仙：（认真地）半肥瘦的肉丁，慢火煸出油，先盛出来，一半黄酱一半甜面酱，少搁水大咕嘟，最后放葱，要是没肉，放点煸煳了的花椒也有肉味儿。

黄仿吾：别看半仙不食人间烟火，会过日子。

姚半仙：是过过苦日子。

金奶奶：我得看看野鸡脖儿——（寻找）哪儿呢？

彦梅仪：就在这儿，长得可欢实了。哎？昨天还在呢，怎么一晚上的工夫就没了？

黄仿吾：不能吧，再找找。

彦梅仪：哎，没有了，连土都扫没了！

[黄仿吾也在寻找。

黄仿吾：（惊叫）哎，我的香椿和花椒苗呢？

彦梅仪：怪不得我晚上听见露台上有声音，原来是搞破坏。

黄仿吾：（不悦）都清了，拔了，要是这棵树拔得动，也拔了！

金奶奶：谁呀？

彦梅仪：准是艾伦。她一回来就批评这也不是，那也不对，看什么都不顺眼。

黄仿吾：淮生出事那天，我绕世界找她，好在您孙子柱子和她那些同学帮忙，才在西班牙海边上找着她，出了这么大的事，她耽误了一个多月才回来，说是交不了论文，不能毕业。

姚半仙：（慢悠悠地）她是和个男的度佳期。

黄仿吾：这种事没看见也别瞎说。

姚半仙：（正色）当然是看见才说。

金奶奶：（讪笑）隔那么老远你能看见？

姚半仙：你——（不愿解释）幼稚。

[姚半仙不再说话，回过身摆弄自己的事。

[风吹动树叶哗哗响。

黄仿吾：那天晚上，外面下着雨，风吹得大槐树的树叶哗哗响。我刚要上床，就听见咕咚一声，淮生就倒在那钢琴前边，手里还端着给徐老师热的牛奶，我赶紧抱起他靠在我怀里，我拉着他的手，他手冰凉，嘴唇不停地动……

金奶奶：您得叫，大声叫！

黄仿吾：我就叫，老陈，淮生，你想说什么，有什么想说，你说，他最后说了一个字。

金奶奶：什么字？

黄仿吾：还——

金奶奶：还？他欠人钱？

彦梅仪：金奶奶，您乍一听，是什么意思？

金奶奶：这个时候想说的都是心里头最想，这辈子最想做又没做了的事，比如……

姚半仙：（突然地）靠近左肋有道疤。

金奶奶：（捂住左边）啊，小时候捡煤球让人打的。

姚半仙：脖根下边有颗痣，红色，蜘蛛痣。

金奶奶：（捂住领口）那是……哎，你怎么知道？

姚半仙：说我看不见！

黄仿吾：半仙，你上知天文，下知地理，你说说。

姚半仙：等我找好方位，说吧。

黄仿吾：淮生临走的时候，说了一个字。

姚半仙：淮生是老北大毕业的，那会儿的学生比现在的教授都有学问，那是一年一年念上来的。淮生那等仁义的人，临了说的话，必是内藏深意。

黄仿吾：他说——"还……"

姚半仙：或曰"还"，或曰"桓"，《周本纪》记载："其囚羑里，盖益《易》之八卦为六十四卦。"就是说，西伯昌被崇侯虎陷害，被殷帝纣囚禁在羑里整七年，在狱中，潜心研究易学八卦，发展出六十四卦，始称周易，也称"桓文"。

金奶奶：（问彦梅仪）他是和尚还是道士，说的话都听不懂。

姚半仙：或曰"患"，或曰"欢"，或曰"缓"，"换、唤、还、欢"，一个字可以包容很多，要看是哪个字。

黄仿吾：你这等于没说。

彦梅仪：你别招他了，越解越离谱。

黄仿吾：到底是什么意思啊？

姚半仙：晚上我问问。

黄仿吾：问谁呀？

姚半仙：你说呢？

黄仿吾：（惊讶）你能看见？

姚半仙：（两眼直视）只要方位对。

金奶奶：我的妈！（差点摔着，手里的扇子也掉了）

彦梅仪：金奶奶刚来，你别吓着她。

姚半仙：（自语）昨晚夜读《坛经》，人生最乐事，挑灯读《坛经》，就看见——

［姚半仙说得真切，三人专注地听，黄仿吾站在姚半仙面前，彦梅仪拉着金奶奶，对姚半仙说的话有些畏惧。

姚半仙：——就看见西北天上突然打了一道闪，我想不知道哪儿下雨了，我猛一抬头，就看见一条龙，从那边山峰上直冲下来，就到这儿。（思忖）莫非这儿是龙脉？

彦梅仪：问你院长淮生的事呢。

［姚半仙不再理睬他们，专注地边看书，边对照书观看远处山势。

姚半仙：大地行龙结地，层层剥换，一路顺生，过峡处迎送有情，环环抱拥，左右旋合，交媾之道……

金奶奶：这么大所房子，她回来继承？是不是冒充的，现在可兴诈骗。

彦梅仪：还是金奶奶见识多。

金奶奶：街道老开会严防诈骗，现在这种事可多了，打电话说是法院的，说你们家人出事要钱的，冒充幼儿园骗孩子的，（面向姚半仙）尤其是自称有特异功能的，都是诈骗蒙钱！

姚半仙：（似乎醒悟，惊案一拍）对呀！

[三人被吓了一跳。

姚半仙：这房子是建在二龙相戏的龙珠之上！

[收光。

4

[一束光打在黄仿吾身上，他斜靠着那架古老的木质钢琴，神态有些疲惫。

[放大的背景声：咚咚咚，沉闷，惊悸，既似钟表行走，又似心脏跳动。

黄仿吾：这不是钟表的声音，是我的心脏，它有时候快，有时候慢，有时候调皮捣蛋，吴大夫说它老了，旧了，说不定哪天就不走了。梅仪心里的那点意思我明白，可我不能坑了人家，我得趁着它还没停，还有劲蹦，抓紧时间办手头上的事，多少老家伙说走就走，晚上还琢磨早上去早市买二斤腰窝，煮个罗宋汤……一觉没醒过来，上"那边儿"煮去了。所以，西红柿我都不敢买青的。

[灯光亮起。

[舞台另一边，老人们纷纷坐在客厅里，各做各的事。姚半仙拿着经书从楼梯缓缓走下，坐在板凳上继续看《易经》。护理员聂小玲抱着本书站在老人们面前。她很爱美，穿着自己修改过的掐腰浅粉色短身护士服，身段玲珑，透着青春无限。

聂小玲：现在我带你们做个游戏，是网上推荐的安东尼·罗宾的人生蓝图游戏，当下最时兴的，我带你们玩。

[众老人没有反应。

聂小玲：听清楚了吧？不都耳背吧。准备好了吗？现在开始。第一个问题："你对你的人生满意吗？"

[彦梅仪在编织，黄仿吾在看报纸，姚半仙闭目念经。

聂小玲：谁先说？

[无人回应。

聂小玲：彦奶奶，你的人生快乐吗？

彦梅仪：聂小玲，你把我都叫老了。

聂小玲：（加强口气）彦——姐姐，听懂人生游戏怎么玩了吗？

彦梅仪：人生是玩游戏？

聂小玲：网上玩的人可多了，你会上网吗？

彦梅仪：（流利的英文）我上 Twitter.

聂小玲：姚老，你的人生快乐吗？

姚半仙：（眼都不睁）幼稚。

聂小玲：（嘟囔）顽固不化。金爷爷，你的人生快乐吗？

金奶奶：问你呢？

金震山：几点钟吃饭？

聂小玲：（撇嘴嘟囔）安东尼·罗宾的人生蓝图游戏，可以开启快乐人生，让你的人生更有意义。你们虽然老了，也得接受新生事物，融入网络社会，不能装聋作哑就想着吃饭——

金震山：（脾气暴躁，打断）向首长报告要有重点！你是哪连的？

聂小玲：（大声）我是这儿的护士聂小玲，金爷爷！

金震山：（正色）叫旅长！

[金震山很熟练地推动轮椅，转了一圈。

金震山：这是什么地方？我要回前线。

金奶奶：前线没人管，没得吃，没得喝，病了没人送医院。

金震山：有小山西嘛。

金奶奶：小山西、小山东、小湖北、小河南，都换了十几个了……

金震山：那些人都攻上宛平城了，就小山西踩上地雷了。（一伸手）烟！

[金奶奶递烟。

聂小玲：这儿不让抽烟，这儿是无烟区。

金震山：那叫无人区！满地都是地雷。你是什么人，我这不要宣传队！

聂小玲：我的话您可以不听，这是新来的院长说的。

金震山：院长算老几？军长说了算！军长说，北平城就在眼前了，要立功得赶紧，宛平那一战……

聂小玲：（嘟囔）这段子我都听过十几遍了。

金奶奶：他再说一百遍我都爱听。老爷子我说成，别人谁说都不成！

聂小玲：是你老爷子，不是我老爷子。

金奶奶：这是怎么说话呢？

[朱秀明上。她五十多岁，人干净利落，做事麻利，凡事较真儿，大嗓门，声音有点沙哑。语言有些过时。

朱秀明：聂小玲！不许和老人拌嘴，"十五个允许不允许"，背！

聂小玲：（不悦地）允许老人给服务员添麻烦，不允许服务员嫌麻烦；允许老人不听劝告，不允许服务员不耐心劝告；允许老人不明白，不允许服务员装糊涂……

朱秀明：停！我们的新口号是：医院式的管理，优质的服务。老人的今天，我们的明天，头上三尺有青天。

[朱秀明说着举起三根手指头，神态庄严。聂小玲在一旁怪模怪样地学着，嘴角一撇，转身走开。

朱秀明：我说，金震山爷爷……

金震山：叫旅长！

朱秀明：叫旅长就叫旅长，咱们这儿不许抽烟。

金震山：不许喝酒，不许抽烟，这儿是监狱？

朱秀明：有这么好的监狱吗？

金奶奶：孙子花钱，送咱们俩来这儿享福，你将就点。

金震山：打宛平的是三十九军二一八团三旅，报告团长，我带一个加强营打先锋，你给我轻重迫击炮各一连，重机枪一个连，拿不下宛平城，我提头来见！一营强攻，二营断后，三营左翼穿插……

［广播声："请为老人翻身、喂水……"

朱秀明：各位老人，该吃药了。

金震山：眼看着国民党二十七旅的赵拐子打眼皮底下跑了，就差一颗子弹！

朱秀明：区里要来检查，评选星级老人院，新来的院长指示咱们要大变样，咱们争取评上先进，好不好？

［老人们散去。

［陈爱林上。后面跟着一个小伙子护工搬着大箱清理的东西。

陈爱林：（边走）……清理的目的是要规范。

小伙子：是！

朱秀明：院长，阳台上的东西全清了，一会儿垃圾站就来车拉走。

陈爱林：别叫我院长，叫艾伦。

朱秀明：（说不好英文）爱——您（读 nen）！

聂小玲：（告状）他们不接受新生事物，你推荐的这套流行游戏他们都不玩。

陈爱林：你要引导嘛，这是你的工作。外面堆了不少切好的水果，怎么回事？

朱秀明：老人们说，谢谢你花钱买水果，可是他们不习惯早上起来吃水果，还是要热豆浆和油条。

陈爱林：外国新研究的科学论据，早上起来吃水果对身体最有益。

［一个小伙子护工抱着一堆暖水壶上。

小伙子：放哪儿？

陈爱林：收库房。

［一老人追逐上。

老人：暖壶，我的暖壶！

152

陈爱林：老奶奶，要多喝凉白开，你看外国人喝水都加冰块。

老人：我要我的暖壶！

朱秀明：老人都爱喝热茶。

陈爱林：给她吧。

[老人下。大卫拉行李箱上。

大卫：（急切）艾伦，你说要给我什么东西，快点，我下午的飞机。

陈爱林：我画了一张甲子园的图，你拿去给你们公司老板看看，万一他们有兴趣呢。

大卫：我都说了，不可能……

[一男护工在楼上。

护工：楼上的储藏室也清吗？

陈爱林：全得清，把那些没用的东西通通扔掉！

护工：楼上有间储藏室的门打不开。

陈爱林：带我去看看。

大卫：（不耐烦）艾伦！

陈爱林：（对大卫）你到我房间等我一会儿，一分钟。

[护工带陈爱林上楼。大卫无奈进房。

朱秀明：聂小玲，你带人清理楼梯底下。

聂小玲：（高傲地）我是护士专科学校毕业的，不是清洁工。

朱秀明：当护士什么都得干，学校没教你？

聂小玲：发药打针打点滴都会，就是没学清洁工。

朱秀明：聂小玲，端正态度，别把个人感情的气往工作上撒。

[聂小玲不情愿地打扫。

[朱秀明指挥众人清扫，楼上楼下进行大扫除。

[大厅电话响起，彦梅仪连忙从楼上房间里出来。

[朱秀明接电话。

朱秀明：医院式的管理，优质的服务，甲子园老年公寓……

彦梅仪：（大声）是找我的吧？（急切）我接，我接！

朱秀明：您小心点，别摔下来。不是找您的，（对电话）垃圾站是吧？现在过来吧。

彦梅仪：（自语）怎么还不来？

金奶奶：来啦！

　[金鑫上。金鑫是典型胡同里长大的北京人，单纯善良率直。长年的生活习惯，他衣着随便，不习惯打扮，今天穿了套浅灰色新西服，像是刻意打扮过，连他自己都觉得浑身不自在。他手里抱着一个军绿色长方形的盒子。

彦梅仪：（招呼）是找我的吧，我在这儿……

金奶奶：不是找您的，我孙子。（对金震山）柱子来了。

金震山：（嘴里一直都在唠叨）一营强攻，二营断后，三营左翼穿插……

金鑫：还穿插呢？爷爷，现在不时兴穿插，时兴穿越！

金震山：穿越敌军阵地，可以考虑。

　[金奶奶见金鑫不太对劲，上下打量。

金鑫：（寻找）陈爱林呢？

金奶奶：又新买的。

金鑫：金利来秋季时兴款，这儿有牌儿，三千九百九十九。

金奶奶：浪费钱。家里阳台门关了吗？

金鑫：关啦。

金奶奶：借壁那家子好养猫，十好几只，老过咱们这边偷食……（闻）你抹雪花膏啦？

金鑫：（掩饰）没，没有。

金奶奶：（疼爱地）穿西服，抹雪花膏，要上《非诚勿扰》？快四十的人了，也该成家了，给你买的缎子被面都存了二十年了，要不要亲属团，我给你把场子。锁柱儿——

金鑫：奶奶！告诉您好几次了，当着人，别老锁柱儿，锁柱儿的，我改名叫金鑫。四个金。

金震山：我得回前线！

　[自行推动轮椅就走。

金鑫：爷爷，瞅我给您带什么来了？

　[金鑫打开带来的盒子，拿出一把仿真枪。

金震山:（熟练地打开枪栓）没子弹。

金鑫:只要您好好在这儿住着,我准给您子弹。

金奶奶:不能给他子弹,出事。

金鑫:打不死人那种。

金奶奶:我得回去看看阳台门。（说着要走）

金鑫:奶奶!看了那么多家养老院、干休所,这个地方可是你们选的,我爷爷说这房子看着就顺眼,好像在哪儿见过,这儿有吃、有喝、病了有人管,这儿的老板是我同学陈爱林。

金奶奶:我说看着眼熟呢,想起来了,一进门就说咱家有股大蒜味儿。这样的和咱们不是一个阶级,我不住了。

金鑫:你们两人少收了五万保证金。

金奶奶:保证金?

金鑫:保证你们……

金奶奶:保证万一我们死了不欠她钱,是吧?我不住了!

金鑫:唉,奶奶!地方是你们自己选的,全说好了的,不能反悔。现在陈爱林要照着外国的养老院重新打造,吃喝拉撒都照外国的来,这要再评上个星级,打破脑袋都住不进来,我已经跟她说好了,先给我预留一个床位。

金奶奶:柱儿,明说吧,我们俩住这儿一个月多少钱?

金鑫:这些你们别管,有的住,有的吃,别跟我提钱。我从小是你们带大的,花多少钱都舍得。

金奶奶:我舍不得。

[一个公务员模样的女子上。

女公证员:请问这是甲子园老年公寓吗?我找彦梅仪女士——

[楼上彦梅仪已经站在走廊上,大声招呼。

彦梅仪:我在这儿呢,怎么这么晚才来,上来,上来!

朱秀明:您是……

女公证员:我是北京市——

彦梅仪:是找我的,上来呀!

朱秀明:您得登记。

［女公证员欲登记。

彦梅仪：一会儿我给她登，上来呀！

朱秀明：（心里明白）上去吧，等你半天了。

［女公证员上楼去。爱林带清扫的护工从楼上下来。

陈爱林：护士长！

朱秀明：（不习惯）您还是叫我朱秀明吧。

陈爱林：养老院要按照医院的规格，重新打造，你要习惯这种称呼。楼上有个储藏室为什么打不开？

朱秀明：那是淮生院长的，我们都没有钥匙。

金鑫：陈爱林，我来了！

陈爱林：柱子，你昨天不是来了吗？

金鑫：（遮掩地）我，来看看我爷爷奶奶。

朱秀明：（压低声）院长……

陈爱林：叫艾——伦。

朱秀明：（咬不正英文）爱……您，区委管老人福利的王处长，偷偷告诉我，这次评星级老人院事先不通知，防止面子工程。

陈爱林：这些搞关系走小道的东西我不懂，你去运作，必须评上星级。

［朱秀明下。

金鑫：奶奶，您记得陈爱林吗？

金奶奶：（板着脸）我们家爱吃蒜。

金鑫：（遮掩）我奶奶说爱吃这儿的饭！

金奶奶：我没说。

金鑫：奶奶！

金奶奶：（大嗓门）我提个意见，别大早上起来吃水果行不，冰凉的，我吃不下去，我们老爷子也吃不下去。

陈爱林：那也不能清早起来就吃蒜哪。

金奶奶：你说什么？

陈爱林：——我说，早上起来吃什么，您说了算。

金奶奶：（释然）这还差不多。

金震山：就差一颗子弹！

陈爱林：你爷爷这儿（指脑）不大清楚？

金鑫：没什么大事，人老了，老惦记一件事，陈爱林我把两老交你了，我爸妈长年在三线，我是他们拉扯大的，知恩图报——

［大卫上。

大卫：（不耐烦地）爱林，快点给我吧，我下午的飞机！

陈爱林：瞅你急的？

大卫：（情绪地）我承认我失败，我无能，可我李大卫对工作绝对认真，我天天都在找，找不着不是我不肯干，是我运气不好。从"子孙根"的口气就听得出来，叫我回去先把我骂个够，再叫我上财务算账，走人。我这种人就得出国，到自由民主的国家，马上就能发挥我的超越才能。赶快把这房子和这些傻乎乎的老头、老太太处理了，我跟你一块走。

［爱林不想他再说下去。

陈爱林：我来介绍，大卫李。

金鑫：你好！（伸出手）

［大卫见金鑫打扮老土，不屑地淡淡点了下头，手都不伸。

陈爱林：大卫是香港新大都集团的大陆项目投资经理。这位是我小学同学金锁柱。

金鑫：我叫金鑫，四个金。

大卫：（讥讽）九十九点九九，纯金。

陈爱林：（解围地）也是做生意的，开过不少公司。

金鑫：闲着没事做着玩。哎，有什么项目，咱们可以合作。

大卫：你们这些北京的老板我算领教了，特能说，特能侃，饭也吃了，酒也喝了，等到真做起来，连人都找不着。

［金震山摆弄着手里的枪瞄向他。

金震山：突突突……

大卫：哎，这老头儿拿枪扫我。

金震山：（大声地）叫旅长！

［大卫吓了一跳。

157

大卫:（报复地）双腿不能站立是骨质疏松，脾气暴躁因为大便不通，肛门括约肌失去弹性，典型的老年综合征——

［金震山出手就捅了大卫一枪，正打在他肚子上。

大卫:（不妨）哎哟!

金鑫:爷爷! 对不起，对不起。

大卫:有病!

金奶奶:你有病。

金震山:冲!

［金震山一家人转动轮椅追逐大卫下。

［朱秀明带着人到处洒消毒水。

朱秀明:都得洒到，尤其是墙角、楼道、洗澡房、厕所。

［广播:"请为老人翻身，喂水。"

［重复。

朱秀明:（邀功心切）广播是新加的，"爱您"，您听听，行吗? 从临终老人关怀医院录的，特别规范。

［广播:"请为老人洗手、洗脚、大小便……"

［重复。

陈爱林:播错了吧?

朱秀明:（叫）聂小玲! 那是晚上播的。心不在焉，失恋，刚吹了一个。

陈爱林:工作人员都不够专业，尤其聂小玲，她的那身打扮、态度，哪像上班。

朱秀明:刚从护士学校毕业的，分到老人院不大乐意。

陈爱林:不愿意可以走，心不在焉不如不干。你定一个工作人员奖罚章程，凡是出错、怠工、迟到早退的，一律按情节轻重扣钱。

［再次广播:"请为老人翻身、喂水。"

［金奶奶上。

金奶奶:怎么听着跟养鸡场似的，喝水、喂食儿。

朱秀明:您老慢慢就习惯了，以前咱们是家庭式的，不规范，"爱您"来了，做的这些都是因为特别"爱您"。到时间喝水吃药了，来吧。

[朱秀明送老人下。

大卫：（上）艾伦，你们这儿住的都是什么人呀？刚才那个老头儿拿枪打我。

[大卫的手机响了。

大卫：（粤语）经理！是，是我，马上回来，下午的飞机……哎，听不清，我这儿信号不好。（对陈爱林）"子孙根"打来的。

陈爱林：不是不想理他吗？

大卫：听不见……

[爱林指指上面露台。

[大卫往露台上跑去。

金鑫：（望着）男朋友还是跟班？

陈爱林：兼顾。开车、跳舞、打高尔夫都拿得出手，正在学马术。

金鑫：看着可不大靠谱儿。

陈爱林：什么叫靠谱？现在男女交朋友，不讲究稳定的恋情，感情上可以没有任何交集，短则三五天，长则半年，你说的靠谱，不现实，也负不起那责任。

金鑫：你是外国待长了，美式连续剧看多了。

陈爱林：错，我是相信爱情的，我相信那句话："总有一天，你会遇到一个彩虹般绚丽的人，让你觉得其他的都是浮云。"

金鑫：得，我不了解你的时尚爱情观，我给你弄的这一套"艾地尔"，提点意见，照外国的来，我没意见，现在都喜欢洋范儿。可你不了解老年人，他们多年的习惯不能改，不喜欢早上起来吃水果，不喜欢喝凉水，不喜欢医生护士，老人最不喜欢上医院。

陈爱林：老人不是消费者，花钱的是他们的家人，把老人往老人院送，为的是什么？为的是安心省心，全套照医院的规矩走，家属就觉得放心。

金鑫：你爸办这个老人院可不是这种想法，他不想赚老人的钱，不想弄花样，只想让他们住得舒服安心，像家里一样踏实自在。

陈爱林：（讪笑）"敬老爱老"是吧？就在这儿，外公就说了一句，这房子是你的吗？他就揪着我外公从这楼梯上拉下来。

金鑫：这些过去的事，我也知道一点，可后来，自从你妈死了以后，你爸后悔了，他是真后悔了，他……

陈爱林：后悔有什么用，我要补偿。

金鑫：他不是没等到这一天吗。

陈爱林：那就由我自己来。你来看看，进门就像进了医院，我要把床单、被褥、墙壁、壁柜都换成纯白的。养老院的新名字我都想好了。

金鑫：太平天国！

陈爱林："哈劳行宫"。

金鑫：什么意思？

陈爱林："哈劳"是英国最著名的百货公司，英国皇太后开的，以优质价高闻名世界。叫"哈劳"的意思，就是说住在这儿的老人都有像英国皇太后一样的晚年。

金鑫：皇太后式的老人院，那价钱呢？

陈爱林：当然要提升。整顿得有了模样，就大规模卖广告。广告词我都想好了——"贵族式皇家老人院"，然后再——（不说下去）

金鑫：再什么？刚才那小子说"赶紧处理"是什么意思？

［陈爱林没回答。径自下。

金鑫：（不解）她要干什么？

5

［楼上彦梅仪的房间灯光亮起。房间很整洁，看得出女主人细致讲究。女公证员拿出照相机，准备为彦梅仪照相。彦梅仪整理整理衣服，看向女公证员，露出一丝不满。

彦梅仪：上回来的不是你吧。

女公证员：（例行公事）我是公证处的，这是我的工作证。彦梅仪女士，我把程序跟您说一遍。

彦梅仪：我不是第一回做。

女公证员：那也得再说一遍。办理生存公证，本人必须到场。要到当地公证处，带上身份证，您是美籍华人，需要带上护照，照美国有关规定的要求，办理该类公证时需要当事人手持一份当地当天的报纸，拍一张照片存档。

彦梅仪：知道，每回都这么做。

女公证员：这是必要的程序，必须事先声明。今天的《人民日报》海外版，您拿着。

［彦梅仪把报纸放在胸前，对着相机微笑。女公证员端起相机照相。

女公证员：看我，头发不能遮住耳朵，手别遮住日期，好！

彦梅仪：我看看。（看相机）再照一回。

女公证员：这样就行了。

彦梅仪：我要再照一次。

［女公证员觉得没必要再照相，但彦梅仪坚持，只好再照。

女公证员：每个月都得照一张，我们公证之后，寄去美国，表示您尚且生存，这样您才能领取美国公民福利局的养老金。我们每个月来一次，按规定，每次交八十块手续费，您这地方有点远，连车费、工时费一共一百五十块。

彦梅仪：（交钱）能不能每月都是同一个人来，别老换人。我的情况别跟他们说，也别说是照相。

女公证员：跟您的家属？

彦梅仪：这里的人。

女公证员：作为一个退休公民，没有资产，无儿女供养，领取正当的国家福利金，这很正常。

彦梅仪：（急）我就这点要求，这是我的隐私。

女公证员：（收拾起照相机）您别着急，我们尊重您的隐私，替您保密。可我说我是干什么来的呀？

彦梅仪：是我表妹。

女公证员：表妹？

彦梅仪：不行？

女公证员：（有些无奈）行吧。

［女公证员下楼来。朱秀明迎上来。

朱秀明：（悄悄地）照完相了？

女公证员：（装傻）你说什么呀？

朱秀明：每个月照一次，其实我们都知道，是装不知道。

女公证员：可千万别说你们知道，她会以为我骗她。

朱秀明：明白。下个月见。

彦梅仪：（在楼上）再见！

［风吹过，树叶哗哗作响，几片树叶落下，时已入秋。

［大卫扶着行李箱等着爱林，他无聊地拍拍大树，又看看远山。

［姚半仙正用罗盘找方位。

姚半仙：龙脉依山而起，水因地势而流，地方选得好……

大卫：老头儿，你给我看看，为什么我老这么倒霉？

姚半仙：（看了大卫一眼）贪、嗔、痴、怨。

大卫：准，给点希望。

姚半仙：靠偷奸取巧，也许有一线生机，难保一世不败。

大卫：有你这么算命的吗？

姚半仙：阴阳懂吗？

大卫：又是老一套。

姚半仙：是以立天之道曰阴与阳，立地之道曰柔与刚，立人之道曰仁与义，兼三才而两之，故《易》六画而成卦。分阴分阳，叠用柔刚，《易》六位而成章。

大卫：我就知道阳是天，阴是地，阳是男，阴是女。

姚半仙：幼稚。

［姚半仙不再理他，径自看向远山。

［远山枫树遍山，隐隐透着一片微红和七彩。

姚半仙：（欣赏）山是龙脉山，地是龙珠地，少见的风水宝地。

大卫：（惊觉）风水宝地？您给说说。

姚半仙：有兴趣听？

大卫：有，有！

姚半仙：我没兴趣说。

［姚半仙下。

大卫：（四周看看思忖，猛醒）风水宝地？哎，我怎么就没想到呢……哎，老头儿，别走……（忙打电话）经理，我是大卫，我发现了一块地……

［聂小玲托药盘上。

聂小玲：（嘟囔）不是这个拉了，就是那个尿了，已经够烦的了，又来了个看什么都不顺眼的，动不动就要扣钱。

［两人撞上。

聂小玲：哎，看着点人。（惊讶）是你？

［两人对视，收光。

.

6

［夜，露台上亮起壁灯。

［爱林房间。老人们都睡了，分外宁静，风吹动树叶的声音甚为清晰。一盏古老的欧式吊灯悬在天花板上，微微斑驳的锈迹里包裹着黄润而温柔的光。

［爱林换了件水绿色长袖真丝衫，项链也相应换了。她捧着调色盘，一脸忧愁地站在画架前，有一笔没一笔地画着油画。她放下画笔，望望雾蒙蒙的天，抱臂而立，满腹惆怅。

陈爱林：西山是北京的风口，上午还是晴天，下午就会下雨。我的心也和阴晴不定的天气一样，忽明忽暗。带英文的名字不能注册，新措施遭所有老人反对，每一项变更改动都得报区委审批，关键时刻大卫又走了，命运专门和我作对，这所房子给我带来的都是倒霉运。

［金鑫提着大包小包东西撞开房门。

金鑫：快点接一把。

陈爱林：我以为你走了。

金鑫：我虽然不是那道彩虹，当会儿浮云还成吧？（放下大包小包）真热。

陈爱林：你把这身老土西装脱了吧。外面那辆大奔是你的？

金鑫：（自得地）你看还成吗？

陈爱林：在外国只有当官的人才开黑色的车，大奔的这种车型，是能当你爸爸的老头儿开的。

金鑫：你说现在时兴什么，美洲豹还是宝马，我马上换。

陈爱林：不用逗我开心，我没心情。

金鑫：那个刺毛栗子的小子一走就没心情了，挺大一人，还是博士，我真替你丢份。

陈爱林：不要拿别人的痛苦开玩笑。

金鑫：那样的，还值得当痛苦。

陈爱林：我受的伤害太多。

金鑫：都是自找。

陈爱林：（高声）金锁柱！生在这种地方，有这样的父亲，一个人被迫背井离乡闯荡流浪，卖过彩票，摆过地摊，认过干爸……

金鑫：（赔笑）得得得，我是来给你解闷的，别招您生气。

陈爱林：（埋怨）这也不行，那也不准，一点事就得报批，想办点事这么多阻碍。

金鑫：我说了你别不爱听，你的那一套不符合中国民情。

陈爱林：是他们保守。（打开饭盒）哎哟，（雀跃）素炸丸子，松仁小肚，都是我爱吃的！

金鑫：女人就是一会阴一会晴，尤其是有文化的女人。

陈爱林：像我这样嫁不出去的"剩女"。

金鑫：没事，有我这样的"剩饭"陪着。

陈爱林：（笑）只有跟你在一起我才真正地放松。

金鑫：放松的只能做朋友，紧张的才能成夫妻呢。

陈爱林：柱子，你说我老了吗？

金鑫：说实话，还真没怎么太变。

陈爱林：你别不好意思说。

金鑫：跟小时候差不多。

陈爱林：都过去三十多年了。

金鑫：那不是情人眼里出西施吗？

陈爱林：又贫！

金鑫：有照片为证。

［从钱包里拿出一小张黑白旧照片。

陈爱林：（看照片）哎哟，这是什么年月的了？

金鑫：你爸照的，就在这儿，你头发卷着卷儿，穿着一件外国小女孩穿的那种，那种……

陈爱林：公主裙！为要一件这样的裙子，我哭了一天，这是我拿皱纹纸做的。

金鑫：你瞅我，裤腿一高一低，刚抹去鼻涕，鼻子下边有一发亮的道儿。

陈爱林：这棵树，那会儿才这么粗。你怎么会有这张照片？

金鑫：（真情地）我一直带在钱包里。

［爱林知道金鑫对她一往情深。

金鑫：（想要说什么）爱林——

［黄仿吾已经在外面徘徊了一会儿，还是敲了门。

陈爱林：谁？

黄仿吾：是我，艾伦，你睡了吗？

陈爱林：啊，睡了。

［金鑫想说话，被爱林捂住嘴。

陈爱林：有事吗？

黄仿吾：有点事。

陈爱林：有事明天再说吧。

黄仿吾：我还会找你。

［黄仿吾吃了闭门羹，有些不爽地走了。

金鑫：找你有事吧，你怎么不开门？

陈爱林：黄老头找我几次了，从他的神色我就知道他想说什么，我不

165

想听。

金鑫：这样不好，我把老头叫回来，一块吃点儿。

陈爱林：要叫他你就走，人家心情刚好一点。

［金鑫取出酒，打开，自己先闻了闻。

金鑫：我存了八年的茅台，要是拿去拍卖怎么也得好几万。我爷爷是老酒虫，他整天吹没有他没喝过的酒，我问他，周杰伦的"菊花台"怎么样？他认真想了想。说，没喝过。

陈爱林：（轻笑）你说要"苹果四代"，他们给你买四袋苹果，他们那一代早和时代脱节了。

［敲门声又起。

陈爱林：（以为又是黄仿吾）黄老……我睡了，有事明天再——

大卫：艾伦！

陈爱林：（惊喜）大卫！

［打开房门，门口站的是大卫，爱林喜出望外。

陈爱林：你没走？

大卫：我又回来了。

陈爱林：不走了？

大卫：有件事和你商量。

陈爱林：（意识到）是……

［大卫点头，暗示金鑫在不便说。

［爱林已有些明白，马上兴奋起来，爱林对大卫的热情、态度，使金鑫很不是滋味。

金鑫：我走了。

陈爱林：别走，哎，我带回来一瓶香槟，法国的！

［爱林下。大卫好像没看见金鑫似的，径直往里走。

金鑫：哎，你跟她是认真的吗？

大卫：别问这么老土的问题，好吗？

金鑫：你们俩差着七八岁，她可跟你玩不起。

大卫：爱情，没有和你一样的，九十九点九九的纯金。

金鑫：你小子要是敢拿她取乐，留神你的小命！

大卫：干什么，光天化日，杀人害命？

金鑫：你试试！

［两人对峙。

［爱林拿酒上。

陈爱林：来，柱子，你开。

金鑫：（不悦地）我还有事。

陈爱林：柱子……

大卫：金总有大生意，忙着呢。

［金鑫狠狠瞪了大卫一眼，下。

［大卫猛地一把把爱林抱了起来，转了一个圈，低头欲亲。

陈爱林：（闪开）说，你怎么回来了？

大卫：到了飞机场，我突然想起来，亲爱的，今天是我们神奇般相遇的纪念日！

陈爱林：又编！

大卫：没编。那一天，也是在机场，就看见接机口出来一位高挑的气质女郎，拖着一只小巧的旅行箱，穿着一件白色风衣，那么潇洒，那么忧郁，像一朵飘来的云，那么轻，那么高贵。虽然情场上我不算处男，但自从我看见你的那一刻起，我情感的时钟就定了格，此生非她不娶。

陈爱林：她可没说非你不嫁。

大卫：（加重口气）现在，她会重新考虑。

陈爱林：……

大卫：为了你，我直接打电话给老板，举荐了甲子园和周围这片空地，他听我一形容，兴奋极了，马上拍板！

陈爱林：他知道这儿的情况吗？

大卫：全靠我游说呀，我的口才，树上的鸟儿都能说下来。

陈爱林：可你说过，这里既不能发展房地产，又不能做商业用地，完全没有商业价值。

大卫：他们看中的不是这些。反正你要出手，以后是他们的事。我会为你争取最好的价钱!

陈爱林:(兴奋)来得太突然,我有点晕。

大卫:只要我做成这笔生意,马上升任部门经理,把那个王八蛋的"子孙根"踩在脚底下。我都三十多了,父母埋怨,朋友看不起,这次我一定要做成。艾伦,就是你说的,一举两得!为了我们的未来,开香槟!

[两人兴奋起来。大卫用力摇晃香槟,欲开。

陈爱林:等等!(迟疑)这里住着老人,我虽然不是爱老敬老,可不能让他们没地方去,看见他们就想起我外公。你知道你们公司要这房子做什么项目吗?

大卫:(遮掩)啊,还不太清楚。

陈爱林:不管做什么项目,一定还得有间养老院。

大卫:我争取。

陈爱林:不行,你得保证。

大卫:好,我保证!

陈爱林:(有些犹豫)我还是觉得……

大卫:下边的事由我来做,你尽量少露面。我的公主,我的女皇,把这个机会赐给我吧。

[大卫单膝跪下,向爱林伸出手,爱林把手交到他手上,大卫站起,紧紧抱住陈爱林,热吻。

7

[黄仿吾坐在一张单人欧式沙发上,拿着酒杯独饮。以下的戏在两个空间转换。

黄仿吾:别以为就你留过洋,要说洋,我比你洋,我和辜鸿铭一样,"生在南洋,学在西洋,婚在东洋,仕在北洋"。我爷爷是英吉利铁路公司财务总监,民国时候做过京奉铁路公务处处长。最可乐的是他妹妹,我姑奶奶,是共产党,北平妇女部部长,当时爷爷势力大,姑奶奶就利用这层关系,建立中共地下党的联络站,储藏室里有电台,大树上架着天线。

[另一空间，爱林的空间。她倚在床边，酒杯放在床上。这应该曾经是她父母的床，充满回忆。

陈爱林：我抱着烫金字的时装设计师文凭，筹备创建自己的品牌，就在开业的前一天，接到北京的电话。一回来就看见这间我最不喜欢的房子……

黄仿吾：淮生说，最对不起的是孩子，如果不是他干那些疯狂的事，泯灭了人性，老岳父不会死，妻子不会天天跟他吵，爱林就不会走，爱林不走，妻子就不会走得那么早，那么惨。

陈爱林：（悠悠地）最可怜的是妈妈，她走的时候，身边一个人都没有……

黄仿吾：人走了一个礼拜，都没人知道，后来街坊觉得有味，叫来警察打开锁，人都已经……手里还紧握着电话，人到那种时候，想起来的一定是亲人。

陈爱林：（隐泣）妈……他是学心理学的，可他最不懂得人心。

黄仿吾：（站起来，感慨地）淮生后悔啊，他不吃不喝躺了好几天，后事都是锁柱儿办的，他整个人都变了，没有眼泪，可他心里特别疼，疼得钻心。他跟我说，心里像是掏空了一个洞，从外面往里灌凉风。他不知道能做点什么，来填补内心的愧疚。

陈爱林：（环视着周围）我回来了，他们都走了，只留下这座房子。我真不明白，那么一个不懂得他人情感的人，竟然把这所房子变成了养老院。我永远都不会原谅他！

黄仿吾：你不了解你的父亲，你不知道他的全部，尤其是他后来的生活和想法。我回国之后，和他在甲子园里相遇，我们常在这间房子里聊，就在他喜欢的钢琴前边，一个酒瓶，两个酒杯，他激动起来会弹一段儿。

[黄仿吾走到钢琴前，打开琴盖，钢琴曲流淌而出，如泣如诉，如同淮生在诉说。

黄仿吾：对他以前做过的事，他非常后悔，他想做点什么，你愿意听我说说吗？

陈爱林：他愿意听我说说吗？一个女孩子身在异乡，孤独，陌生，找过温暖找过爱，上过当，受过骗，为了得到身份，认人做干爸，可那个老男人竟想让我白天做他的女儿，晚上做他的情妇……

［黄仿吾放下杯子。

黄仿吾：那天晚上，他就倒在、就在这儿，脸色灰白，我紧握着他的手，他望着我的眼睛，嘴唇嚅动了半天说了一句"还……"我不明白他说的是什么意思，可我点了头，我答应他，他才安心地走了，我应承的事，一定得做到，一诺千金。

［内心忐忑不安的爱林拿起酒杯，她在为自己的决定找理由。

陈爱林：我没有答应过什么，没有承诺，没有责任，我可以这样做，我有权利这样做！

［黄仿吾站起来。

黄仿吾：我知道你没睡，你不想听我说，你心里到底想什么？

［陈爱林也站了起来。

陈爱林：我要补偿，他们欠我的，这房子欠我的！从小我就没得到过爱，我要走，离开这个倒霉的地方，去找我应该得到的一切！谁也不要想阻拦我，谁也拦不住我！

黄仿吾：你要怎么样？

陈爱林：卖掉，卖掉这甲子园，远走高飞，再不回来！

［陈爱林仰头喝光杯中酒。

［黄仿吾用力把酒杯拍在桌子上。

8

［凌晨，天还黑着，露台上的壁灯发出微弱的光，远处传来几声蛙声，显得分外宁静。

［楼道里亮着幽暗的老式壁灯，在地板上形成圆形的光晕。

［老人们轻声轻语分头来到一层起居室。黄仿吾小心地拉上窗帘，仔细观察外面没有人，关上房门。

金奶奶：（兴奋地）真要开会啊？开什么会，我可有日子没开过会了。

黄仿吾：大家坐好，现在对表，凌晨四点，会议天亮前结束。各位代表注意组织纪律，谁出去上厕所，回来得敲门，暗号：二短一长。

[金震山穿着发白的军装，戴着军帽，一脸严肃。

金震山：（大声）地图，作战地图！

黄仿吾：小点声儿。

金奶奶：（制止）别叫唤了！给你带着哪。

[金奶奶把一张发黄的军事地图，贴在墙上。

金奶奶：挂上了啊。

[金震山眯着眼端详着。

金震山：（喃喃自语）这地方我……

金奶奶：你消停会儿吧，要开会了。

黄仿吾：今天的会议很重要，是党员的举手。

[金震山庄重地举起手。

金奶奶：在大别山入的党。

金震山：（纠正）宛平城。

金奶奶：就忘不了宛平城。

黄仿吾：两个人不能成立临时党支部，事情紧急就我主持吧。今天讨论的议题是——

金奶奶：（嘴快地激动站起来）发展我入党！

黄仿吾：别打岔。

金奶奶：我都申请了五十年了。

黄仿吾：李会芬同志，个人的事再大也是小事。

金奶奶：我要求入党这不是小事。

黄仿吾：今天我们召开临时紧急会议，是要解决一件有关前途和命运的大事。

金奶奶：还挺严重的。

黄仿吾：谁再打岔，就请离席。现在我宣布——

[姚半仙轻推开门，手里带着罗盘。

姚半仙：是这儿吗？

黄仿吾：老姚，你又来晚了，找地方坐下。

姚半仙：会议什么日程？

黄仿吾：有关院长淮生的事。

姚半仙：我得找个能看得见的方位。

黄仿吾：严肃点，别搞封建迷信。

姚半仙：这是科学。

黄仿吾：好了，现在正式开会。今天开会的主要议题是——

金震山：坚守还是撤离。

黄仿吾：旅长，你说，阵地重要，还是人重要？

金震山：阵地重要，人也重要。

黄仿吾：淮生临走有嘱托，我答应了他，就不能不管！

金奶奶：你是说"爱您"吧，这孩子得管，生活作风有问题，带着个小流氓，眉来眼去的，还勾引我们柱子。

彦梅仪：不尊重他人的生活习惯，把我的韭菜都给……

黄仿吾：说重点。

金震山：要逃跑！

黄仿吾：旅长看得准。

彦梅仪：你说怎么办，我们听你的。

黄仿吾：她爸爸我们都认识，我们不能不管，我们得把淮生最后的话告诉她，我们得有所行动。同意的举手！

[所有人都严肃起来，举起手。

姚半仙：（突然神秘地）别动，来了！

众人：谁来了？

姚半仙：我看见了。

众人：看见什么了？

金奶奶：我的妈，他又来了！

[众人惊悚，彦梅仪胆小有些害怕，直向金奶奶身边靠。

姚半仙：我看见了，墙上有字。

众人：墙上有字？！

姚半仙：每一个在这里住过的人，都留下过痕迹。

金奶奶：别吓唬人，你这是通灵。

姚半仙：每个人都有灵异，是你不会用。

金奶奶：有字？哪有字？

众人：（寻看）哪有字？在哪儿……

金奶奶：（不相信）在哪儿哪，我怎么看不见？

［灯光变化，光影交错，气氛神秘，产生幻觉般意象。

黄仿吾：从建筑学角度说，光是一种把空间戏剧化的重要元素，有时候真可能出现意想不到的效果。

［姚半仙神色严肃，带着仙气般绕场行走，众人随着姚半仙变换角度。四周墙上似有字迹出现。

［有人拉开大门的声音。

金奶奶：有动静！

黄仿吾：有人来了！我宣布会议结束，代表由各自通道离开，要分散走，不能留活口，散！

金奶奶：这轮椅推不动了。

金震山：转移动作要快！

金奶奶：你就别添乱了！

黄仿吾：哎，你忘了打开手刹了，快。

彦梅仪：已经进了大门，来不及了呀。

［众人越慌乱，越走不动，人声渐近。

金奶奶：（灵机一动）打花巴掌的，正月正！

［众人明白过来，忙跟随金奶奶做晨操。

众人：——正月正，大姑娘门口闹花灯！打花巴掌的，二月二——

姚半仙：（不屑地）幼稚。

［金震山一直凝视着地图，这时突然指向地图。

金震山：（高声地）这地方我来过！

［收光。

［音乐起。

第二幕

地　　点：同第一幕

时　　间：一个月后

9

[机械平整土地的轰隆声中，幕启。

[朱秀明和聂小玲正在清扫楼梯，外面声音很大，朱秀明皱着眉头向外张望，聂小玲心不在焉，慢慢腾腾擦着楼梯扶手。

[朱秀明向外张望。

朱秀明：来了两个推土机，地盘还不小呢。

[几个平整土地的建筑民工来取他们的饭盒。

朱秀明：一共是八个，都蒸透了，拿回去赶紧趁热吃。

工人：给您添麻烦，多亏您帮忙，要不就得迎着西北风啃凉馒头。

朱秀明：再灌点热水，刚开的。你们平整这块地，是要修地铁吗？

工人：不是。

朱秀明：那是盖医院？

工人：谁跑这么远看病来。

朱秀明：建住宅小区？

工人：（支吾）啊，我们也说不好。

朱秀明：建原子弹兵工厂啊，还保密呀。

工人：说实在的，我们就是干活的，听说这块地被一个外商大集团买下来了，要——

另一工人：（打断）要干什么我们也不知道。

朱秀明：会不会平整到我们这所房子这儿来？

工人：可能——

另一工人：（打掩护）对不住，大姐，我们真是一点也不知道。走了走了，谢谢您。

[工人们下。

朱秀明：神神秘秘的，好像还挺急，连夜里都开工，好在老人耳朵都不行了。

聂小玲：说不定哪天就推到这儿了。

朱秀明：把这房子也推了？

聂小玲：我也是猜的。

朱秀明：已经够乱的了，都在传老人院就要结束了。

聂小玲：（佯装）是吗，我怎么不知道啊？

朱秀明：有家属跟我打听，说要是真不办了，尽早通知，他们好安排老人，现在北京的老人院可不好找。

聂小玲：我听说，陈爱林已经把这房子卖了！

朱秀明：（震惊）啊？她跟你说的？

聂小玲：这样的事她能跟我说，护士长，咱们是不是也想想后路啊？

朱秀明：没确实的事不能瞎说，老人们经不住事儿，一着急保不齐出人命，那责任可就大了。聂小玲，你可不能跟着瞎传。

聂小玲：我没有啊。

朱秀明：不管怎么着，咱们干一天就得负一天责任，尤其这种时候，更不能出事。老人的今天，我们的明天，头上三尺有青天。

聂小玲：（同声）头上三尺有青天！（不以为然）护士长，青天真有眼？

朱秀明：人在做，天在看，咱们干的这行是积阴德的事。

聂小玲：积了这么些阴德，你落什么好了没有。

朱秀明：（想想）五七反右、三年灾荒、"文化大革命"、上山下乡，住筒子楼、盖小厨房、粉碎"四人帮"、改革开放，全赶上了，也许福荫下辈子。

聂小玲：下辈子你看得见吗？

朱秀明：我积德不求回报。

聂小玲：我跟你就不一样，我放个屁都得听见响！

[聂小玲一扭腰，转身而下。

朱秀明：（望着她的背影，把腰一扭，差点闪着）是不一样。

[王儿子斜挎着大背包，扶着王奶奶上。王奶奶满头白发，岁数已经很大了，脑子有些糊涂，穿得却很整齐，精神不错。

王儿子：妈，走吧。

王奶奶：上哪儿呀？

王儿子：您没看见推土机平整土地，就快推到这儿了，这儿就要不办了。

王奶奶：国家科学院，说不办就不办？

王儿子：这儿不是科学院，是养老院！

王奶奶：我是科学院的职工，拿退休金的，他们不能不管。

王儿子：您现在是咱家的职工，由我管。

王奶奶：科学院还发不发我薪水？

王儿子：发呀。

王奶奶：那我就由他们管。（回身就往回走）

王儿子：妈，妈！

王奶奶：（纠正）错了，我是你大姐。

王儿子：（无奈地）唉。

朱秀明：真要走啊？

王儿子：钱和账都清了，我们走了。

朱秀明：这是王奶奶的药，还有三天的，记得给她按时吃。

王奶奶：护士长，我弟弟啊——

王儿子：不是弟弟，是儿子！

王奶奶：接我去他家住两晚上就回来，您看家。

朱秀明：好，我看家，您放心走吧。

王奶奶：那双小牛皮的便鞋是老伴儿买的，胶底儿，有扣襻，跟脚，怕我摔着。给我放好了。

朱秀明：放好了！

王奶奶：放哪儿了？

朱秀明：放枕头下边了！（小声地）天天晚上都得把那双鞋放枕头底下，要不睡不着。

老太太：把我房门锁好了，把钥匙交给我。

王儿子：行了，交给我了。

朱秀明：这一段痴呆没加重，在这儿住得挺好，也都习惯了，怎么走了？

王儿子：都说你们要结束了，正好昌平有家老人院有个空位，我得快点去，晚了就没了。你们对老人照顾得不错，可说不办就不办，这不太负责任吧。

朱秀明：虽然我们这儿是私人办的，可也是在政府注册由区委直接管的。（指墙上牌子）这不刚评上的星级，说我们不办了，你这消息是打哪儿来的？

王儿子：你们也不用瞒着了，旁边都开始平地挖地基了，等你们宣布结业，再让我妈走，我可就抓瞎了。妈，走吧。

王奶奶：护士长，你看家，我跟我弟弟回去住两天就回来。

王儿子：唉，是儿子！走吧。

　　[幕后吵闹声，聂小玲急上。

　　[黄仿吾暗上。

聂小玲：徐老不吃药，不做理疗，还有八床的，闹着要走。

朱秀明：唉！我就知道要乱，我这就上去！（两人急下）

　　[推土机的轰鸣声。

　　[陈爱林挎着小包从外面回来，她好像怕见到人，低头快步疾行。被黄仿吾叫住。

黄仿吾：等一等！

陈爱林：（不妨）是——黄老。

黄仿吾：我等了你很久，你终于回来了，你很忙？

陈爱林：（支吾）我刚回来，有些事要办。

黄仿吾：坐下，我想和你谈谈。

陈爱林：我还有事——（欲下）

黄仿吾：为什么老躲着我？

陈爱林：我没有。

黄仿吾：（坚决地）我要和你谈谈。

陈爱林：啊，我真的有事，马上得走。

黄仿吾：耽误不了你的事。你告诉我，外面这是怎么回事？

陈爱林：没，没什么。

黄仿吾：推土机就要到门口了，还说没什么？他们要干什么，你要怎么处理甲子园，怎么处理这些老人，这些你和我们商量过吗？

陈爱林：我按照医院打造规范养老院，是想让你们住得更好。

黄仿吾：这不是你父亲的初衷，你知道你父亲为什么要办这间养老院吗？

陈爱林：不知道。

黄仿吾：那我告诉你——

陈爱林：我不想知道。

黄仿吾：你怨恨你的父亲？

陈爱林：（稍停）这是我的家事，隐私。

黄仿吾：留过洋，懂得隐私了。你真是想让老人们过得更好吗？

陈爱林：养老院不是一直在营业吗，您不要神经过敏。

黄仿吾：我的神经一向很坚强。这里住的都是辛劳了一辈子的老人，各有各的坎坷磨难，都已经到了生命的最后时段，有什么事不能瞒着他们。

陈爱林：（不想纠缠）黄老，您也是留过洋的，应该懂得法律和人权。

黄仿吾：要和我讲法律，讲人权，是吗？《世界人权宣言》，是1948年——

陈爱林：10月12日在第三届联合国会议上通过。

黄仿吾：看来，你书念得的确不错。人权法主要哲学基础来自自然法，而自然法来自道德和法学，尽管两者在本质和逻辑上互不相干。人权只是一个抽象的框架，不同阶层、不同时期、不同文明、不同的人，都会有不同的人权。

陈爱林：这些我都读过，而且会背。

黄仿吾：人生经历的，远比你课程表上学的多得多。如果你也知道这个道理，就会知道没有道德就谈不上人权。

陈爱林：我有违背道德吗？

黄仿吾："道德"两字来自中国的老祖宗，道生之，德蓄之，物形之，器成之，道指人世共通的真理，德指人的德性、品行，没有道德就没有人性。

陈爱林：谢谢您的教诲，使我明白了古今中外的人权和道德，但是，我没有做违背道德的事。

黄仿吾：如果使这些老人没有地方去，就是违背道德。

陈爱林：黄老，这房子是我的，是我父亲留下的，我回来是来继承家产。

黄仿吾：我想知道，你究竟要怎么做？

陈爱林：从法律上说，我有权利做任何事。

黄仿吾：从道德上说，你不能为所欲为。

陈爱林：就算退一万步说，这里真的不办了，我也绝不会让你们无处可去。

黄仿吾：你真的是要——

陈爱林：黄老，我很尊重您，您有病，年纪又大，不要管太多，想太多，总之相信我一定会妥善安置你们。

黄仿吾：但是你——不能——（手捂住右胸）

陈爱林：不要激动，坐下来，喝一口您的蓝山咖啡。

黄仿吾：你——

〔陈爱林想扶黄仿吾坐下，黄仿吾很激动，推开爱林。

〔彦梅仪急上。

彦梅仪：（制止地）不要激怒他！

〔彦梅仪上前制止爱林。

彦梅仪：你不能这样对他。

陈爱林：我没有——

彦梅仪：你走吧。

〔陈爱林迟疑。

彦梅仪：请你离开。

〔陈爱林下。

彦梅仪：仿吾，仿吾！你没事吧？

黄仿吾：（舒出一口气）没事，死不了。

彦梅仪：谈崩了？

黄仿吾：你都看见了，她不肯和我好好谈，拒人千里——

彦梅仪：从眼神看得出来，这孩子受过伤害。

黄仿吾：你怎么看出来的？

彦梅仪：那种忧伤，只有经受过的人才能看得出来。你说话不能太重。

黄仿吾：最近人心惶惶，我真是有点急了。

彦梅仪：是啊，又走了一个，来日托的老人也少多了。那边一开始动土，就传说老人院不办了。

[推土机的轰鸣声。

彦梅仪：（张望）平整的地盘还不小，那些推土机夜里都开工。

黄仿吾：这么大一片地，要做什么？

彦梅仪：你问她了吗？

黄仿吾：不肯说。

彦梅仪：是不是发展房地产，你是建筑师，你看呢？

黄仿吾：这儿交通不方便，不会是盖民宅，我看了一下地基，也不像是要盖大楼。

彦梅仪：不管盖什么，眼看就推到咱们家门口了，如果真的不办下去，这儿就不能住了。

黄仿吾：你先别想那么多。

彦梅仪：美国我是不回去了，我生在北京，死在北京，将来埋也埋在北京。

黄仿吾：我和你想法一样，我孤身一人，不像你，那边还有女儿。

[彦梅仪突然一脸悲戚，欲言又止。

黄仿吾：梅仪，我看得出来你有心事，可你不说，从没见你女儿来过电话，就是圣诞节也没寄过一张卡，我劝你一句，儿女的事不要放在心上，英国有位心理学家说得好，世界上所有的爱都是以聚合为目的，只有一种爱是以分离为目的，就是父母与子女的爱。

彦梅仪：（摇摇头）你不明白。

黄仿吾：我没有儿女，也许说得太轻巧了，想开了就是这么个道理。

彦梅仪：（抑制地）不要再说了！

黄仿吾：你又急了。坐下。

彦梅仪：（缓缓地）我愿意一个人，自从老伴走了之后，那间大屋子，空空荡荡，总是有股子凉气。虽然在美国住了几十年，还是这儿有朋友，有回忆，熟悉的街道，熟悉的味道，连空气都是熟悉的。闷了，出去逛逛胡同，碰上个老北京，就算不认识，说两句北京话就成了熟人。

黄仿吾：故土难离，外国再好，也是故乡好。

彦梅仪：最难得的是，老了老了，有了这个地方，一所像家一样的房子，几个合得来、说得上心里话的朋友，有人听得懂你说的话，有人知道你心里想什么、要什么。

黄仿吾：（环顾甲子园坚定地）这儿就是我们的归宿！

彦梅仪：（转身环望）仿吾，我老觉着，这座房子有秘密。

黄仿吾：（笑）这是伦敦贝克街 221 号，你是福尔摩斯。

彦梅仪：别又打哈哈。告诉我，这里边有什么秘密？

黄仿吾：（望向大树深沉地）能说的，不用问，自然会说，不能说的，自有不说的道理。

彦梅仪：连我也瞒着。

［彦梅仪把手臂上一条她织好的深色围巾送给黄仿吾，亲手给他围上。

彦梅仪：天凉了。

［音乐轻起。

彦梅仪：只有你能跟我说说心里话。

［彦梅仪渴望地望着黄仿吾。

黄仿吾：（深情地）梅仪，咱们老年相遇，也是宿缘，我对任何人也没说过这么多，人生难得知己，尤其是在有限之年，我知足了。这房子的事，不是不说，是不能说，我答应过一个人……

［金奶奶上，女护士推金震山上。金奶奶见到黄仿吾和彦梅仪，脱口而出。

金奶奶：哟，来得不是时候，说知心话哪。

彦梅仪：（嗔）金奶奶！

黄仿吾：就是没大没小的不正经。

金奶奶：（意识说冒了）我这个人什么都好，就是嘴里没有把门儿的。

［彦梅仪欲走。

金奶奶：别走，别走，我嘴欠，我愿打愿罚，我给您练把式。

［金奶奶学彦梅仪舞剑，想逗梅仪笑，却差点跌倒。

彦梅仪：（拍手）这回卧鱼儿真成卧果儿了！

金奶奶：（爬起）我有正经事向党汇报。外面人心惶惶的，都说这儿要关门不办了，都要走。

金震山：撤退就是投降！

黄仿吾：说得好！

金奶奶：最近突然挺明白的，他说这个地方他来过。

金震山：保卫北平城的前线指挥部！

黄仿吾：旅长不糊涂。

金奶奶：王老已经让儿子接走了，徐老也说正找地方搬呢。

金震山：就差一颗子弹了！锁柱儿呢？

金奶奶：给你找子弹去了。

黄仿吾：您二老想走吗？

金奶奶：刚来的时候，我一天也不想住，老人都不愿意住老人院，现在还真不想走了。我这人就喜欢热闹，这儿人多，和你们几位又特合得来，半夜地下党还开会，可比我们俩在家老对着窗户外头发呆强。我们不走。

黄仿吾：不想走，就踏踏实实住。

金奶奶：我听大哥你的。

黄仿吾：咱们得商量一下……

［姚半仙心事重重，迟迟疑疑地上。

黄仿吾：来得正好，事不宜迟，情况紧急，咱们得马上商量一下。

［姚半仙眼神游离，心不在焉。

金奶奶：这些天不念叨龙脉龙眼了，心里有事。

黄仿吾：老姚，有事吗？

姚半仙：（有点迟疑）我是不是在这儿存了点钱？

黄仿吾：是，每个月从你的退休金里拿出五十块钱，是你的零花，你平日节省，又不出门，已经存了不少了。

姚半仙：真不好意思张嘴，本来我那点退休金根本不够交这儿的费用。

黄仿吾：你忘了，你住进来的时候，条件是说好了的，你没儿没女，孤寡一人，只收你的退休金，别的费用一律全免。

姚半仙：淮生的仁义我忘不了，可是……淮生走了，还算数吗？

黄仿吾：有我在一天，就算数，就算我不在了，也会把你的事交代好，直到你百年归老的那一天。

姚半仙：不会变？

黄仿吾：不变。

姚半仙：出什么事也不变？

黄仿吾：不变。

姚半仙：我想把存的钱取出来。

黄仿吾：没问题。事态变化很快，我们得抓紧时间商量一下，来。

［众人随黄仿吾下。

［姚半仙心神不定，欲下，被大卫拦住。

姚半仙：你又要干什么？

大卫：姚老，你那套龙眼、龙脉、龙子、龙孙的论道，帮了我的大忙。你得再帮我一个忙。

姚半仙：你让我干的事我不能干。

大卫：你研究《易经》，会看风水，我这点小事在你来说太容易了。

姚半仙：我从方位和罗盘上看了，没有。

大卫：不需要有，编就行。你那些龙脉龙眼的，还不都是编出来的。

姚半仙：（正色）那是用《易经》的风水卦看出来的，《易经》啊，人更三圣，世历三古，《易经》经历了上古、中古、下古三个时代，由伏羲、文王、孔子三个圣人完成，是"群经之首，大道之源"。

大卫：别跟我说这些，我不懂。

姚半仙：计算器懂吧，德国人从《易经》中得到了二进制，二进制就是计算器的基础，这是科学，科学没有编的。

大卫：不就是几句话嘛。

姚半仙：你让我说这房子不吉利，对老人有血光之灾，不宜居住，你算计什么哪。

大卫：办到这件事我不会亏待你，不就是编两句话嘛。

姚半仙：（激动）那不是编，是骗！

[姚半仙不想再纠缠，转身欲下。

大卫：（突然地）姚国栋——你有个儿子！

姚半仙：（一惊）没，没有。

大卫：你一直说你无儿无女，孤寡一人，你是隐瞒。

姚半仙：我……

大卫：你有一个儿子，今年三十八岁，家住在朝阳区——

姚半仙：你怎么知道？

大卫：我不会看相，我有现代科技Facebook，人肉搜索，别说你了，就是美国总统有几个妈，都能马上查出来。

姚半仙：你要干什么？

大卫：很简单，你的老本行，看看风水，转转罗盘，只要你说一句话，这座房子不吉利。

姚半仙：（怒）逆天道要遭天谴！

大卫：那我就把你有儿子这件事宣扬出去，你不但欺骗政府，骗取老人福利金，还欺骗了这些关照你的老朋友，你们那辈人不是最讲信用吗，以后没人再信你，你没脸做人。

[姚半仙犹豫。

大卫：只要你帮我这个忙，我送你一套房子，你儿子不是没房子……

[姚半仙心烦意乱，推开大卫下。

大卫：妈的，死硬！

[大卫望着房子思索该怎么办。聂小玲悄悄接近，从后面抱住他。

聂小玲：大卫！

大卫：吓我一跳！留神有人。

聂小玲：怕什么嘛。（扑在大卫身上撒娇）

大卫：（推开）让人看见。

[聂小玲不悦，大卫哄她拉到一旁。

聂小玲：（看看四周）风都放出去了，已经走了几个，剩下的也都心神不定，要搬走呢。

大卫：好，就是零敲碎打放风，让他们自己走，走得一个不剩，再没人住进来。

聂小玲：明说这地方让大财团买了，结束，不就得了。

大卫：有关老人福利的企业不能随便结业，得有市政府批准。

聂小玲：真要把这房子推平了，这块地到底要做什么？

大卫：这不是你关心的。

聂小玲：（任性）你不说，我不干了。

大卫：那你得保密。

［大卫对聂小玲耳语。

聂小玲：啊？！这可够缺德的。

大卫：（沉迷地）这件事对我太关键了，只要把这个项目做成了，我就能拿一大笔佣金。这个项目最不容易的就是找地，我们老板找了好几年都找不着，时来运转，让我碰上了！这是我的第一桶金，做成了，今后我就可以做专项。干成了你也有一份。

聂小玲：我要一份清闲稳拿钱的工作。

大卫：成。

聂小玲：我要转成北京户口。

大卫：成。

聂小玲：你要是不照办，我就把你的秘密公开于众。

大卫：够狠的。成，全都成。

［聂小玲喜悦，用力吻大卫，正好被金鑫看到。大卫有些不自然，聂小玲满不在乎地下。

金鑫：这不是大卫李吗？

大卫：（有点不好意思）嘻嘻，这不是金总吗？

金鑫：见面笑嘻嘻，不是好东西。刚打工地来。

大卫：没有啊。

金鑫：裤腿上还有土呢。

［大卫忙低头去掸。

金鑫：（笑）上工地也很正常，你慌什么。知道平整这块地，要做什么工程？

大卫：不知道。

金鑫：听说是香港新大都集团买下来，要做大项目，是你牵的线。

大卫：我是新大都的项目投资经理，这是我的业务，有买有卖，合法交易。

金鑫：既然合法，为什么保密？

大卫：那是公司的事，不归我管。

金鑫：会不会波及这房子？

大卫：你特别关心这房子？

金鑫：我家两个宝都住在这儿。

大卫：当然不会，政府不准轻易拆迁老人院。

金鑫：告诉你，甭想打甲子园的主意！

大卫：又不是你的。

金鑫：我和它有感情！

大卫：你是对人有感情吧，从小你就喜欢她。

金鑫：没错，我追求过她，那会儿我没钱。

大卫：现在有了钱，成了金总，艾伦还是不爱你，反省一下为什么了吗？

金鑫：打开天窗说亮话，你是不是真心爱她？

大卫：你有没有问过，她是不是真心爱我？爱林今年三十九岁，按男女黄金分割线属于大龄剩女，更惨的是，她还是博士，听说过吗，本科生是黄蓉，硕士生是李莫愁，博士就是灭绝师太。

金鑫：剩女也嫁得出去，只要有人真心爱她！

大卫：剩女分两种：一种是找老的"熟男"，因为，熟男成熟的不只是心智，还有银行里的存折；一种是找年轻"少男"，满足生理需求和实质需要，陪吃饭，陪看电影，出席闺密婚礼。看过《失恋三十三天》吗？估计你已经有年月不进电影院了。她属于第二种。至于本人，属于可以满足她两种需求的"蓝颜知己"。

金鑫：你他妈的叫厚颜无耻！

大卫：看看，北京胡同串子的特征又来了，说话不能带脏字，要骂也得说"草泥马"，别以为我们80后是泡游戏机长大的，我可是一年不落地上完大学，出口成章，不像你们70后，肚里没水儿，出口成脏。

金鑫：你别勾火儿。

大卫：她喜欢的是我，她爱情有硬伤，心里有创伤，我就是止痛疗伤的"速效救心丸"。

金鑫：你是砒霜加毒品，你这样的我见得多了，我警告你，第一赶紧离开她，第二别打这房子的主意，别找不顺序！

大卫：你那么勇敢，人民英雄纪念碑上那么多人，哪一个是你啊？这年月勇敢不当饭吃，都是生意人，合作好不好？

金鑫：怎么合作？

大卫：说服你爷爷奶奶带头搬走，多带出去一个老人，我多给一份劳务，这点小事办到了，我一定在爱林面前替你美言，起码你找她我不拦。

金鑫：（鄙视）你就是我的一把鼻涕，一口痰！

大卫：不白干。

金鑫：叫我拿人格和你交换？

大卫：动不动就人格、良心，跟你们说话真累。

金鑫：以小卖小啊，孙子。

大卫：叫对了，网上说三岁就是一代，我们俩差六岁，我是得管你叫爷爷。爷爷，我们没什么好说的，你out了，（粤语）老饼！（老东西）

〔大卫点指着金鑫，转身下。

〔金鑫气得说不出话来。

10

〔楼上，姚半仙房间，东西不多，床上盖着一块印花布的八卦图。

〔姚半仙的儿子坐在房间里。他人很胖，是那种松懈的虚胖，周身都是松散的，穿着破旧的T恤，目光涣散，走来走去好像老是坐不定。他撩起T恤衫的下摆，擦着汗。姚半仙坐在床上，默默地看着他。

姚儿子：嗬，这地方真别扭，先坐地铁转798，再转15，下车还得走二十分钟，这大热天的，可累死我了，有可乐没有，要冰镇的。

姚半仙：有水。

姚儿子：还是那么小气，大热天的，连罐饮料都没有，也不开空调。

姚半仙：我不热。

姚儿子：你是怕费电。你忘了，这儿不是咱家，你交着钱呢，要是我，二十四小时全开着，不开白不开。（饮光水）嘿，这房子可真不错，厕所都比咱们家房大，墙够厚的，冬暖夏凉，有山有水，你过得够滋润的呀！

姚半仙：你来干什么？

姚儿子：哎，你最拿手算命打卦，《易经》都能倒着背，你给我算算，我是什么命，为什么我这辈子就一点好儿都没有，彩票买了十年，连一次安慰奖都没中过，赌钱一定输，我押大准开小，等我换过来押大吧，它也跟着换了，联欢会人家能抽彩电冰箱，我连盒烟都抽不着。好事没我份，倒霉的事全找上我，生在你们老姚家，房无半间，地无一垄。你说，你们生我干吗，你们俩一时激动兴奋找乐子，把我弄出来受罪。

姚半仙：我是不应该生你。

姚儿子：别说，《三国杀》里的关二爷也不走麦城，这回我算是遇见贵人了，仙人指路，我要转运。

姚半仙：（警惕地）是他叫你来的。

姚儿子：是我自己要来的，我就不能来看看你？

姚半仙：来看我？我没你这个儿子！那年我出车祸，在医院躺了十天，你就来看了我十分钟，带着你媳妇，你们是怕我死了，留下的房子东西说不清，逼着我签字，我一手吊着点滴，一手吊着药，十天没吃一口东西。你走，我没有你这样的儿子！

姚儿子：我还想有一个有大奔、有豪宅、有存款的爹呢，可惜老天爷安排我和你有血缘关系，不是想断就断得了的。

姚半仙：是李大卫叫你来的。

姚儿子：得，我不瞒你，也瞒不了你。李总说了，只要你答应帮他这个忙，给咱们一套房子。

姚半仙：（不屑）瞎话。

姚儿子：他有要求咱有回报，这叫市场经济。你点下头，我马上就走，就说是你老家来的亲戚，决不提你是我爸爸。

姚半仙：（一字一句）如果我不从命呢？

姚儿子：那我就拉你出去，大声告诉他们，我是你亲生亲养，一点儿假都不掺的亲生儿子！

姚半仙：你受他雇用来威胁我？

姚儿子：这话不好听，照你的说法吧，替天行道！

姚半仙：你走！

姚儿子：嘿，我就不明白，这么简单容易、顺嘴就来的事，为什么你就不能做？就算不为你自己，也为我想想，问问良心，你这辈子为我想过吗？看看人家的爸爸，给赞助上重点大学，托关系出国留洋，找熟人安插工作，连媳妇都是真金白银给娶回家的。

姚半仙：那年车祸，我在生死边上走了一圈，就是从那儿开始，我研习《易经》，说我通灵，其实人人都有潜在特异功能，由于人的趋利、贪、嗔、痴、怨，淹没了灵性。我不通鬼神，不过看懂了一点人生，知道识时之义，知时而行，用时之机，待时而动，参透，让我重生。

姚儿子：真够高深的，其实你那些《易经》、黄历，就是怎么说怎么有理，说两句瞎话，换一套房子，你识数吧，没老年痴呆吧？

姚半仙：我和你没话说了，你走吧。

［姚半仙掀开两层衣服，从最里边的口袋里，掏出叠得整整齐齐的一小沓钱。

姚半仙：天天该上学了，这点钱是给天天买书买本的。

姚儿子：（听说有钱，马上上前，见到钱不多，又拉下脸）就这点呀，还不够天天喝可乐的呢。

姚半仙：不要就放下。

姚儿子：人穷志短，比没有强。（收起）你真不说？

姚半仙：我不会编瞎话！

姚儿子：我最后再问你一句。

［姚半仙不再说话。

姚儿子：我算服了你了，太出位了，没见过这么死心眼的，你说你鳏寡孤独，没有我这个儿子，这是不是编瞎话？

［姚半仙一把拉起儿子，走出房间。

［陈爱林上，边讲电话。

陈爱林：（压低声音）对，临时协议我已经签了——

［姚半仙拉着儿子下楼梯，他突然大声叫起来。

姚半仙：这个人是我儿子，他是我的儿子——

姚儿子：（不防）干什么你？乱嚷什么，疯了！

［姚儿子想挣脱逃走，姚半仙死揪住不放，姚儿子又高又胖，姚半仙拉不住，反被他拖下楼梯。

姚儿子：撒手，你撒不撒手？！

姚半仙：这个人是我儿子，我儿子……

［父子俩在楼梯上纠缠，消瘦的姚半仙被儿子直拖下楼梯。

［吵叫声令陈爱林回转头，猛然看到这情景，愣住。

［眼前一幕恍如她记忆中最深最疼的那一段旧景重现。她指着姚儿子嘶声大叫。

陈爱林：（大喝）放手！

［陈爱林不顾一切，直扑上去，两手死死抓住姚儿子，姚儿子吓了一跳，但不肯放手，他推开爱林，继续在楼梯上拉扯呼叫着的姚半仙。爱林急了，不知哪来的力气，竟把又高又胖的姚儿子推下楼梯。

姚儿子：你是干吗的？！想打呀，我可不怕你！

陈爱林：（用身子护住姚半仙）你是谁？

姚儿子：我，我谁也不是！

姚半仙：他是我……我，我儿……子！

姚儿子：你——

姚半仙：老哥哥，老姐姐们，我说了瞎话，骗了淮生，骗了你们，他……是我儿子。

姚儿子：老东西，疯了！

［姚儿子又扑上来去抓姚半仙。

陈爱林：（大叫）你放开，放手！

姚儿子：我们的事，掺和不着你！

[姚儿子扑上来抓住护住姚半仙的爱林，他人高马大，将爱林抛起甩在地上，爱林仍然死死拉住姚儿子不放，大声嘶叫。

陈爱林：你放手，来人呀——

[金鑫等听到叫喊冲上来，众人制服姚儿子。

[几个男护工架起姚儿子，姚儿子挣扎着骂骂咧咧地走了。姚半仙昏倒。

朱秀明：姚老，姚老！

金鑫：我去叫救护车！

朱秀明：血压有点高，快点扶他躺下，先吸上氧。

[众人扶姚半仙下。

[爱林仍在气愤中。她坐在楼梯上喘气，还想着刚才和记忆中的那一幕。

陈爱林：这叫什么，这算什么？！

[女公证员上。

女公证员：我是——

聂小玲：每月来一回的"表妹"，找彦梅仪的。

女公证员：她在吧？

聂小玲：她每个月最紧张就是这件事，一大早就等上了。你知道吗，我们这儿就快不办了，她也该回去了。

女公证员：可她在美国没有亲人了。

聂小玲：她不是有女儿吗？

女公证员：你们不知道啊，她女儿是记者，在伊拉克采访的时候，一个炸弹，人和房子都炸飞了……

聂小玲：（惊愕）啊？什么时候的事？

女公证员：好几年了，她不叫说……

[两人叽叽喳喳，女公证员一抬头，看见彦梅仪默默地站在楼梯口。

女公证员：（尴尬地）彦梅仪女士，我来了，我上来——

[女公证员欲上楼。

彦梅仪：（平静地）你不用上来了。

[梅仪缓步走下楼，还是那么优雅，那么悠然，她走得很慢，走到最后一阶，脚一软，身子一歪，陈爱林连忙双手扶住，梅仪凝视爱林。

[静场。

彦梅仪：在哪儿照？

女公证员：（尴尬地）还是到您房间里吧——

彦梅仪：（坦然地）不用了，就在这儿，这儿有太阳。

[彦梅仪接过报纸，拿报纸的手在微微发抖。照完相，不再看，怡然走去，女公证员忙跟上去。

[聂小玲欲下，被爱林叫住。

陈爱林：聂小玲！

聂小玲：（见爱林脸色不对）我给徐老师上药去……

陈爱林：知道什么叫过分吗？

聂小玲：（嘟囔）我怎么了？

陈爱林：拿别人的痛楚当闲话，欺负彦梅仪那样的老实人，太过分了吧！

聂小玲：我又不是故意的。

陈爱林：看见她的脸色了吗，由粉红变成惨白，一个八十多岁的老人！

聂小玲：谁知道她在那儿。

陈爱林：不懂得关心人，忽视他人情感，自私霸道，没人性，就是你们这代人！姚老已经昏过去了，如果彦梅仪再出什么问题，你负主要责任！

聂小玲：嘿，哪来的邪火，朝我来？

陈爱林：就是朝你来，你说老人院不办了，不想干了是吗，我马上解雇你！

聂小玲：哎，我招你了吗？

陈爱林：（气不打一处来）看看你的态度、口气，没道德，不负责任，娇气、任性……

聂小玲：（爆发地）得了吧你！你有道德，他们都没多少日子了，黄老都下了病危通知书了，你把房子都卖了，还在这儿装好人？用不着你解雇，推土机都到跟前了，马上都得走，虚伪！

陈爱林：走！

聂小玲：怪不得叫你灭绝师太，上灭下绝！卖了祖宗的房子，给人家做坟地，当祖坟！（话出口意识到失言）

陈爱林：（愣住）你说什么？

[聂小玲欲下。

陈爱林：站住，你把刚才的话再说一遍！

聂小玲：反正我被解雇了，我想说什么就说什么！（拉扯下护士服摔在地上）

陈爱林：（猛然醒觉）怪不得要保密，是他跟你说的？

聂小玲：（自得）怎么着吧？

陈爱林：他和你什么关系？

聂小玲：我们的关系，你没必要知道。

陈爱林：（拉住）告诉我真相。

聂小玲：我不知道，知道也不告诉你！

陈爱林：我来告诉你——

[两人对峙。

[收光。

11

[一束追光打在爱林身上。

[静谧的夜晚，似乎还有蛙在叫，细听，又没有了。

[爱林好像哭过，眼睛是红肿的，脸上有藏不住的忧愁。她心绪烦乱，双手拂面，眼泪似乎又要涌出，她呆立着，望着漆黑的远山，不知所措。

陈爱林：事情越弄越糟糕，没想到弄成这个样子，我没勇气再待下去，更不知道怎么面对，怎么收场，我只想走，快点离开这个地方。（嘶吼）都是你（指房子）——从小就没带给我一丝幸运！

[另一束光打在黄仿吾身上。

［他平静地站在旧钢琴前。点燃一根白色蜡烛，烛泪滴滴淌下，烛光忽明忽暗。

黄仿吾：只知道逃避，不懂得承担，如果你的来到，就是为了离开，将来，也许马上就会后悔。每个人都有他的故事，走过的路也是千回百转，他们留下的足迹，值得你停下回望。

陈爱林：回望是痛苦，有些东西是放不下的。

黄仿吾：回望是珍重，看清楚了就会放下。如果你真的要走，我不会拦你，也不想问为什么，我只想让你知道这房子的故事……

［音乐轻起。

［钢琴音似水流淌，一泄而出。

［灯光转换。

［黄仿吾苍老犹劲的声音，回荡在百年楼宇中，把一切带回到那些逝去的年代。

黄仿吾：一百年前……

［随着黄仿吾的叙述，房子不同的墙壁上，渐渐显现出字迹。

黄仿吾：一百年前，这里是英国铁路公司财务总监，我爷爷黄公益的别墅；

［字迹：英吉利大不列颠王国，天有上帝，我有权力。

黄仿吾：民国初年成为京奉铁路公务处，1925 年，孙中山受冯玉祥之邀，北上议事，铲除不平等条约，曾在此小住；

［孙中山字迹：几时痛饮黄龙酒，横揽江流一奠公！

黄仿吾：1932 年，张学良与赵四小姐在这里为日军侵占我东三省举办义卖筹款；

［张学良字迹：话不知从何说，泪不知从何流？

黄仿吾：1945 年，这里做过中共地下党的联络站，1949 年，这里是解放军保卫北平的前线指挥部；

［金震山字迹：拿不下宛平城，我提头来见！

194

黄仿吾：解放后，这房子归还我家。1966年，这里被洗劫一空，父亲被抓进监狱，爷爷死在这棵树下……

［黄仿吾字迹：你是人，我也是人！

黄仿吾：朋友们把我送出北京，出了国我就再没有回来。后来的事就是你父亲告诉我的了。这里曾经做过高等院校造反派的总部，你的父亲是一派的头头，后来当他知道这房子的主人都不在了，他变成了这里的主人……

［光和影频繁转换，时而压抑，时而张狂，时而豪迈，时而惘然，年代的流逝在光和影中更替。

黄仿吾：许多素不相识的人曾经在此云集，只是处在不同的时空，谁也没有机会相互打个招呼。建筑学说，有一种互相交织的空间，出现在封闭空间与开扬空间的遭遇处，人生也一样。我和你父亲是在这房子里唯一不期而遇的人。就在这儿，我听他讲述他在这座房子里经历的人生。三十多年前，为了一些疯狂的念头，他迷失了人性，失去了妻子、女儿、朋友和亲情，我感受到他发自内心的忏悔、感悟和诚意。人的一生曲折离奇，困境和坦途的建造者都是自己。我已经时日无多，随时都可能离开，我想把它托付给一个值得信托的人，我选中了你的父亲，但是他不肯接受，坚持要屋归原主。

［钢琴乐声持续，仿如淮生的悔悟。

黄仿吾：任何东西都不会永远属于什么人。我和他在这里结成至交，他接受了这房子，用它开办了养老院，想能做点什么，挽回他失去的东西。这些事应该是你父亲告诉你的，可是他来不及了。如果，你真的要走，有句话我一定要告诉你，楼上那间紧锁的储藏室里，保存着你从小到大用过的所有东西，你的父亲，时常会一个人关在里面……你的父亲是爱你的。

［滚动的闷雷。

黄仿吾：这是甲子园的房契。

［黄仿吾将房契双手交给陈爱林。

黄仿吾：把它交给你。这是我的决定，也是我们所有老一辈人的决定。

陈爱林：（隐泣着连连后退）不，不，不……

黄仿吾：它现在属于你了，想怎么办，由你决定。

［黄仿吾稳步离去，身心疲惫。

［陈爱林默默拿起了房契，静静看着，眼泪涌出。

陈爱林：很多东西你以为是属于你的，转眼之间就会得到另一个结果。那天晚上，我第一次梦见父亲，他不说话，只朝我笑，好像要说什么，又觉得不用说了，只叫了一声我的小名——欢……

［爱林端起了桌上的烛台，一步一步，走上楼。

［彦梅仪双手捧着一条纱裙，缓缓上。

彦梅仪：这裙子本来是给女儿结婚用的，已经用不着了。父母老会记着儿女的事，尤其是那些想做没做了的事，一生都不会忘。都说要学会忘记，谁能忘得了呢？送给你吧，把忘不掉的留在心里，还得过下去。

［彦梅仪把公主服挂在爱林的门边，用手抚了抚平，像了结了一件心事。

［追光投向那套玫瑰花色的精美的公主服，如幻如梦。

［雨声渐大。

陈爱林：下雨了，秋天还会下这么大的雨，推开窗，满地是树叶晃动的光影，脸上不知是雨还是泪……

12

［大卫从楼梯快步跑上二楼，他西装笔挺，兴奋非常，一脸笑容透着满满的得意，手里拿着一份合同。他跑到爱林身边，爱林没有看他。

大卫：这是正式合同，雪白的纸，清晰的字，白纸黑字，是承诺的保证，来吧，你的英文签名特别帅，签在这儿，正好用它纪念我们的相遇。

陈爱林：你记得真清楚，算得也清楚。

大卫：你是我的最爱，就是你说的那道人生最绚丽的彩虹，亲爱的——

陈爱林：（闪避）彩虹是会消失的，太阳一下去，它就无影无踪，因为它不过是一股水汽。

　　大卫：我没念过你那么多书，我就知道把握现实是最绚丽的。来吧，亲爱的。

　　陈爱林：你说实话，你们老板要用这房子做什么？

　　大卫：（含糊）我说过啊。

　　陈爱林：别忘了，你答应过我。

　　大卫：既然你那么讨厌这房子，何必在乎它的今后和将来。

　　陈爱林：（激动）我在乎的是人，一个甜言蜜语、满嘴假话的人！

　　大卫：你别听人瞎说，你听我解释……

　　陈爱林：（愤慨）做高级园林墓地，用这房子，建你们老板的祖坟！

　　大卫：你都知道了，我……

　　陈爱林：这房子我不卖了。

　　大卫：开什么玩笑？（急）正式合约马上从香港快递过来，你签了字，银行马上过数。不是小数，是一大笔钱，你的烦恼、困扰、怨恨，都将随着这一张纸成为过去。

　　陈爱林：成为过去的是你。

　　大卫：你留学英国，又是博士，怎么会相信那些老朽的一套，他们就会说什么忠信、承诺，这个世界早变了，那一套早过时了，忠诚无异于傻瓜，老实的同义词是无能。他们活在过去，我们活在现实，人得为自己活着。

　　陈爱林：世界是变了很多，也有永远不会变的，可惜你不知道。

　　大卫：这种过时的老房子真应该彻底推倒，人不能和老人住在一起，你在这儿住了这么几天，连说话的声音和语调都变老了。

　　陈爱林：我是老了，因为我心里有了往事。我总觉得这房子带走了我的一切，原来它是我心灵的一个密室，藏着我不知道的珍宝。

　　大卫：简直是前后矛盾，我不明白你中了什么邪。

　　陈爱林：中邪的是你。因为你没有过往，你回转头，什么也看不见。

　　大卫：这么多年我努力做，拼命干，我要事业，我想成功，我要成为个男人，我想在这个世界上过得好，这有错吗？

　　陈爱林：但是你不能用这样的手段！

大卫：（转为哀求）艾伦，帮帮我，帮帮我……

陈爱林：这房子我不能卖。

大卫：什么？走到这一步，你说不卖，你得有个理由吧。

陈爱林：（一字一句）理由很简单，它不是我的！

大卫：（急）放屁！别忘了，你签过临时协议，如果反悔，我可以告你诈骗。要打官司，你的对手是国际集团公司，注册资本五十亿美金，有专门打官司的律师团！

陈爱林：（扬起两手）这是这房子的房契，这是我签过的临时协议。

〔爱林将协议撕成两半，往下一抛。

陈爱林：我愿意为它负上任何代价！

〔聂小玲上。望着大卫。

大卫：（见到聂小玲）我知道是谁告诉你的，我让女人算计了一把！

〔推土机的巨大轰鸣声。

〔金鑫和金奶奶上。

金鑫：你不就是想要钱吗，要多少你说吧！

金奶奶：说吧。

大卫：陈爱林，法庭上见！

〔大卫下。

〔突然传来一声枪声。

〔众人震惊。

金奶奶：（猛然想起）哎哟，不得了，爷爷……（欲下）

〔朱秀明推金震山坐轮椅上，他手里拿着枪，枪口冒着烟。

金震山：（用手一拭发烫的枪口，得意地）就差这一颗子弹！

〔收光。

13

〔清晨，天蒙蒙亮。远山已显出轮廓，在朝霞的映衬下，大树的树叶描出一道金边，恬静而美好。几声鸟叫。

[陈爱林穿着一件白色旅行风衣，凝望着大树，禁不住扑上去双手抱住抚摸树干。她一步步从露台走下来，长久地环望熟悉又有些陌生的甲子园，深情且不舍。

　[她把手中的甲子园房契轻轻地放在钢琴上，拉起行李箱，又向四周深深地望了几眼，转身下。

　[灯光亮起。金鑫追逐而出。众人随后上。

　金鑫：（失落地）她走了。

　金奶奶：追呀！

　金鑫：飞机就要起飞了。

　金奶奶：打电话呀！

　金鑫：她要是不接呢？

　彦梅仪：发短信。

　金鑫：她要是不看呢？

　姚半仙：那就是命了。如果是爻卦，还有一搏。

　金鑫：搏？

　金震山：冲！

　众人：冲！

　金鑫：说什么呀？

　金奶奶：最流行的那三个字呗，我都会说。

　[金鑫发短信。

　黄仿吾：还得加一个字。

　[墙上出现很多字：我们爱你！

　[孩子们稚气的歌声响起。

　[咚咚的声音响起。

　黄仿吾：（自白）这不是鼓点儿，是我那老伙伴用尽最后的力量，我心里闹得慌，我想叫，没力气，出不了声，可我心里是乐呵的，从来没有过的安宁……

　[彦梅仪用胳膊推推黄仿吾。

　[黄仿吾没有动静。

彦梅仪：仿吾……

金奶奶：（大叫）黄老……

众人：黄老……

彦梅仪：别喊，（强抑着哀痛）让他静静地、静静地走……

〔众人停下来，静下来。

〔黄仿吾仙逝，脸上挂着他一贯的笑容。

〔音乐起。

<h1 style="text-align:center">14</h1>

〔大树依然挺立，风吹动树叶哗哗地响。

〔远山的枫叶已经红透，漫山遍野，落红满地。

〔陈爱林独自在场上。

陈爱林：人多数不知未来，是命运带我走到这一步。我想，爸爸最后说的，不是"欢"，是"还"。他是说，把爱还给应该爱的人。

（剧终）

2012 年 2 月 1 日—3 月 9 日第一稿于香港
2012 年 4 月 6 日—4 月 23 日第二稿
2012 年 5 月 30 日—7 月 18 日第三稿于北京

电影剧本

新龙门客栈

旁白：明朝中叶，宦官专权，残害忠良，东厂大力扩充势力。一时之间，京师阴云密布，腥风血雨！

1．京西草原猎场／日

钦差总督东厂官校办事太监（即东厂提督，又称督主）曹少钦、手下掌刑千户贾廷等骑快马，由远而近。

早已守候在围猎场周围的数百军士合围呐喊。草丛中钻出狐狸、野兔，惊慌失措，四下奔逃。

贾廷等随员纷纷拉弓搭箭，曹少钦却面色阴沉，弓箭不动。贾廷观察曹少钦的神色，忽然发出一声呼啸。

喊声四起，草场东南角，十几个赤裸的男子狂奔而出。

曹少钦眼睛霍然生辉，驱马扬鞭朝那伙赤裸男子驰去。

曹少钦拉开铁胎弓，搭上倒钩狼牙箭连珠箭发，箭射中赤裸男的头颅，脑浆迸溅。箭射穿赤裸男的胸膛，血肉翻飞。六箭射杀六个赤裸男，还活着的赤裸男吓得魂飞魄散，四散逃窜。

草丛中的野兔呆立，睁着惊恐的眼睛。

活人靶一个个中箭倒下。

曹少钦杀得兴起，双目放光，座下烈马扬蹄嘶鸣。

众军士高呼"千岁！千岁！千千岁！"

旁白：明朝景泰年间，宦官专权，设有十二监、十三库、四司八局、二十四衙门，其中以职司情报监察的东厂最嚣张跋扈。东厂首领督主曹少钦，上挟天子，下令诸侯，天性残暴，以杀戮为乐。

曹少钦手下掌刑千户贾廷，险恶多谋，深得曹少钦信任。

东厂负责侦缉追捕的头目称为档头，分为子丑寅卯十二颗，人称八虎十俊。

曹少钦排除异己，独揽大权，迫害朝廷忠良。敢于质疑对抗者，均酷刑致死。

一场惊心动魄的残酷斗争正在酝酿中。

2．东厂刑狱／夜

东厂刑狱大堂，"朝廷心腹"巨匾高悬。

高大的房梁上，数十道铁链错落悬吊，链子上残留着滴血的碎肉、残肢、断发，令人不寒而栗。

兵部尚书杨玉麟赤身裸露，遍体鳞伤，四肢被铁链拉扯成大字形地站在大堂中央。他戴着一具血锈斑斑、重达三百斤的铁枷，这是东厂酷刑的代表作"立枷"。

曹少钦与手下掌刑千户贾廷、理刑百户等东缉事厂提刑官端坐在高高的台凳上。

曹少钦：杨玉麟！你阴贼于内，兵扎西北，就是谋反。

杨玉麟：呸！要谋反的是你……

两名东厂番役转动绞盘，铁链拉紧，铁枷下压，杨玉麟双脚离地，眼睛暴突。

曹少钦：交出兵权！

杨玉麟：妄想！

铁链再拉紧，杨玉麟悬空而起，铁枷逐渐压进肩胛骨，痛极失声惨叫！

杨玉麟：曹少钦！我官拜兵部尚书，没有皇上的圣旨，你不能杀我！

曹少钦：死还要面子！来呀，给他写一张。

一番役手执笔墨，跪在曹的脚下书写圣旨，仿佛曹就是发圣旨的皇上。

杨看到他用的是皇帝颁布圣旨专用精制满绣祥云瑞鹤图案的绫锦织品。

杨玉麟：（绝望）大明啊！完了！完了！……

绞盘继续一寸寸地转动，铁链和机件摩擦发出恐怖的声音。

铁链拉断，铁枷重重地压下。

杨玉麟七窍喷血，眼珠暴出，气绝身亡。

番役：死了。

曹少钦：拉出去枭首示众。

3. 城门洞／夜

杨玉麟的尸体被四名东厂番子拖拉着，在灰石方砖上拖行。

高深幽暗的城门洞里，一行血痕在月光下延伸闪烁。

4. 通向龙门关的狭谷中河床／日

狭谷中，干涸的河床，两边是陡直的峭壁。

大漠狂风，吹动干枯的树枝，卵石覆盖的河床在阳光照射下，像龙的鳞片闪烁着。

李、王两名衙役押解着两名小孩，沿着河床向龙门关的方向走去。

两名小孩是杨玉麟的小儿子杨玉宝和大女儿杨玉英。

衙役战战兢兢，边走边向四周探看。

一丛枯草摆动。

李衙役：（惊恐地）有人！

王衙役吓得趴在地上。

一条沙蛇从枯草中爬出来。

王衙役：你别老这么一惊一乍的好不好！

李衙役：谁叫你胆小如鼠！

王衙役：你胆大如虎，一头冷汗！

李衙役：唉！祖坟上没长好草，碰上东厂这份鬼差事。杨大人犯的是死罪，圣旨下令满门抄斩，曹公公怎么把这两个小东西给放了呢？

两个孩子紧抱在一起，惊恐地盯着蠕动的沙蛇。

李衙役拉着王衙役。

李衙役：我看其中一定有诈，这鬼差事。去是死，回也是死。半路上遇到劫道的，还得死，不如……

传来一阵如泣如诉的笛声。

李衙役：有鬼！

河床尽头，一个白衣白袍骑着白马的人影，如幽灵般一闪而过。

王衙役迅速将两个孩子绑在一棵枯树干上。

杨玉英：求求你别杀我们！

王衙役：（边捆边说）我还没那么缺德。

杨玉英：那，蛇也会咬死我们的。

王衙役：那可就没办法了，谁叫你爹谋反呢？

杨玉宝：我爹不是谋反！

王衙役：对！你爹对朝廷有功，朝廷专杀有功的！

他边说边捆紧。

笛声越来越近，却不见人影。

两个衙役越来越害怕，丢下孩子逃跑。

四条蒙面黑衣大汉如同天降，像堵墙挡住衙差的去路。

两个衙役腿一软，双双把刀棍丢掉跪下。

四大汉闪列两旁，邱莫言头戴蒙纱斗笠，身着男装走出来。

两名衙役磕头如捣蒜。

衙役：求求神仙菩萨大老爷放了我们吧！

贺虎举刀欲砍，被邱莫言拦阻。

邱莫言：放了你们，也逃不出去，四面已被东厂的人团团围住。

5. **河床峭壁上／日**

高耸的崖顶，从这里可以俯瞰河谷。

曹少钦坐在罗伞下，贾廷和数名档头肃立一旁，东厂人马执戈环卫。

曹少钦举起单筒望远镜顺着河床搜索，在望远镜里，他注意到远处几个小小的人影。

开阔的河床，邱莫言等骑着八匹快马从河道中冲出。

贾廷：督主，劫人的会不会是杨玉麟的手下周淮安？

曹少钦：周淮安？拿地图来。

6. 河床中／日

邱莫言在马上展开一张地图，在"龙门关"下方的"龙门"上点了点。

7. 河床峭壁上／日

曹少钦同时指向地图上的"龙门"。

曹少钦：（对贾廷）你去龙门等他们。

令旗摇曳，牛角号呜咽齐鸣，东厂人马分路疾驰。

8. 河床中／日

东厂番子从河道上下两端杀向邱莫言等人。

邱莫言与贺虎、刘龙等率黑衣大汉，迅速把孩子围在中间，挺剑迎敌。

双方短兵相接，人马嘶叫，刀光剑影，烟尘四起，碎石纷飞。

邱莫言舞动双剑，上下翻飞，剑光凛冽，东厂番子数人负伤倒下。

贺虎、刘龙等与东厂番子交战，势均力敌，争持激烈。

邱莫言奋力冲击敌阵，杀出一个缺口，命贺虎与自己断后，让刘龙带孩子和黑衣人、衙役冲出包围圈。

邱莫言与大档头厮杀，大档头挡不住邱莫言的剑势。

邱莫言与贺虎杀出重围。

大档头带领手下追击，忽然响起收兵的牛角号声。

9. 龙门客栈外／夕阳西下

无际荒漠，远处隐约出现一座不大的城池，那是域外通往京师的关隘重镇龙门关。

距离龙门关内不远的地方，一幢两层高的干打垒木楼，在辽阔的沙漠中显得突兀，但简洁的外形与土黄色的墙身，跟荒凉的沙丘却是那么协调，隐隐使人觉得，它本身是有生命，有性格，有故事的。

木楼外墙上，钉着一块久经风霜的木牌，阴刻着苍劲的大字"龙门客栈"。

夕阳映在沙地上，仿佛发出金色的光芒，大风车在沙漠上投下阴影。

劲风吹动沙丘，发出"啾——啾——"的沙鸣。

一队商队赶到龙门客栈，一长串骆驼拖着疲乏的步履走进院中，驼铃声此起彼落，货物陆续从骆驼背上卸下。

院子中央是一口水井，这口珍贵的水井是客栈建在此处的缘由。

人们忙着打水喂饮牲畜。

疲惫的旅客拍打着身上的沙尘，走进客栈，店伙计忙着招呼。

10. 龙门客栈内／黄昏

客栈高大宽敞，放得下十张桌子，房梁上吊挂着多只大牛油灯，此刻灯火通明，桌子挤满了客人，店小二忙得不可开交。

刚到的旅客与店小二熟悉地打招呼，早到的住店客人在喝酒聊天吹牛。

驻守龙门关的军官和士兵在另一边猜枚斗酒，与几个女人调情打闹。

店堂的喧嚣热闹，生机勃勃，与室外的寒风凛冽，万物萧瑟，形成鲜明的对比。

晶莹透亮的酒从量斗中徐徐流进铜酒壶。

几个守关士兵盯着看店小二娴熟的技巧。

小二：（指铜壶）千户老爷的？

兵甲：你比我还熟悉？

兵乙：千户老爷是他们掌柜的常客！

几个士兵话外有音地笑起来。

兵甲：你们掌柜的呢？

小二：在楼上。

兵乙：是不是又有新恩客啊？

众兵：（哄笑）哈哈……

11. 龙门客栈内，金镶玉房／夜

烛光下，一只白嫩纤细的手捏着一把来自西域的精致小刀，刀子又窄又尖，刃薄锋短，有如一片柳叶，但是异常锋利。

刀尖灵巧地旋转，削着一朵"萝卜花"。

"花"鲜艳欲滴。萝卜屑不停洒落，像花瓣飘落床榻。

一虬须粗犷壮汉半卧在炕上，醉眼蒙眬，望着正在炕沿上雕花的俏娇娘——金镶玉。

金镶玉挑起媚眼，瞟了一眼壮汉。

壮汉如触电般，突然扑过来把嘴凑向金镶玉。

金镶玉巧妙地躲开壮汉，顺势轻轻偎依在门框边，身段如蛇一般玲珑柔软。

壮汉摇摇摆摆地走过来，欲火烧红了眼睛。

金镶玉轻轻捧起"花"，人"花"相映，人比"花"还要娇艳。

壮汉按捺不住猛扑过来……

壮汉忽然僵住，随即全身抽搐，双手紧扼咽喉，眼珠突出，直瞪着金镶玉，好像明白了什么。

金镶玉忽然笑起来，笑得花枝乱颤。

壮汉的手松下来，咽喉插着那把柳叶般的小刀，只露刀柄。

鲜血顺着刀柄像细水柱一般往下流。

壮汉像堵墙一样，"咚"的一声倒在金镶玉的脚下，断气了。

金镶玉像野猫般轻巧地跳过壮汉的尸体，从炕边翻出壮汉的褡裢口袋，双手插进去。

金属撞击的响声！

金镶玉如痴如醉。

金镶玉将刀子从壮汉咽喉拔出来，顺手往屁股上一抹。

金镶玉扳动机关，炕上铺的木板打开，露出大洞，金镶玉轻轻一推，壮汉的尸体掉了进去。

尸体顺着一条暗道滑下去。

12. 龙门客栈厨房／接上场

刁不遇那张带着西域风情的脸和身上服饰，说明了他的鞑靼血统。

刁不遇斜靠在案板边上睡得正酣，咚的一声把他惊醒。

刁不遇一跃而起，把吊在墙上的一面大锅一掀，露出一个洞。

壮汉的尸体直挺挺从洞里出溜下来，正好落在宽大的案板上。

刁不遇拍拍壮汉的结实身子，来了精神，狡黠的眼睛放着光。

刁不遇：（鞑靼语）又省了两天的肉钱。

风车通过传动系统带动巨大的石磨，木制零件转动咬合，发出"吱吱"的声音。

刁不遇从刀架上挑了一把利刀，试了试刀锋。

13. 客栈店堂／夜

几个士兵在楼梯旁边的桌子猜枚喝酒哄笑着。

金镶玉扭动着腰肢从楼上走下来。

士兵们被金镶玉吸引，猜枚扬起的手停在半空仿佛定格，众人的目光一同随着金镶玉移动。

士兵甲发现金镶玉臀部的血迹，捅捅士兵乙，哥俩笑得眼睛斜吊起来。

士兵甲：（顺手在金镶玉的屁股上打了一下）金掌柜，身上不方便？

众兵大笑。

金镶玉愣了一下，迅速反应。

金镶玉：不方便——你娘个屁！

远方隐约传来牛角号的声音，回营的时辰到了，兵头催促众兵离开，士兵们推搡嬉笑着走出门口。

士兵：今儿晚上我们千户老爷来不来啊？别忘了给留门儿啊！

金镶玉：（笑骂）给你留着狗洞！

士兵远去的嬉笑声。

金镶玉关紧店门，回转身朝店伙计努努嘴。

14. 客栈内磨坊／夜

金镶玉指挥刁不遇和店伙计，将一箩筐血淋淋的东西搬上磨盘。

外面传来店门被敲得啪啪响的声音。

金镶玉等警惕。

15. 客栈店堂／接上场

店门被拍得"啪啪"作响。

店小二拉开门栓，把大门拉开一条缝。

贺虎猛地推开大门，一个箭步闯了进来。

店小二等见贺虎是生面孔，又孔武有力，身背利器，不禁心生疑窦。

贺虎警惕地环视店堂。

店小二和生子悄悄绕到贺虎背后，熟练地左右配合去抓贺虎两只胳臂。

贺虎迅速反制，一下反锁就把两个小伙计按倒在地上。

贺虎顺手一扬，袖中暗器将吊在梁上的两盏牛油大灯笼打灭。

店堂内一片漆黑。

金镶玉刚想出手。

两扇店门"嘭"的一声大开，四盏牛皮灯笼涌进来。

四名黑衣大汉各手提一盏牛皮灯笼分列大门内两侧。

邱莫言头戴斗笠身披斗篷站在正中。

金镶玉知来者不善，笑脸盈盈地迎上来。

金镶玉：哎呀！有客呀！小二，生子！（金镶玉知两人被贺虎捉着却佯装不见）不懂事的东西，还不快去拉马拿行李。

邱莫言示意贺虎放了两个店伙计。

店小二和生子揉着手腕胳臂，嘟着嘴去门外拉马。

金镶玉：哟！怎么这么黑呀？（对刘龙）借火使使。

金镶玉俏皮地从头上拔下银簪，伸进牛皮灯笼挑了一簇星火，朝吊在梁上的一盏大牛油灯甩去，灯捻点燃，大牛油灯点着，店堂一侧亮起。

金镶玉示威地看看邱莫言，准备用银簪再点燃第二只大牛油灯。

电光石火间，邱莫言扬手射出袖箭，箭镞打出火花点燃第二只大牛油灯。

金镶玉心中怦然一动。

两盏大牛油灯火苗忽忽，照亮店堂。

邱莫言冷冷地观察店堂的环境。

金镶玉已感觉到邱莫言的地位和本事，讨好地对邱莫言打招呼。

金镶玉：（施展媚眼）客官远道而来吧，身上都透着寒气。

邱莫言看也不看金镶玉，径自走到一张桌子前。

金镶玉：（装作擦桌子凑近邱莫言脸小声地）洛里勒嗦，天山来的？

（黑话）

邱莫言听不懂金镶玉说的是什么，暗示刘龙回应。

刘龙：（也没听懂，灵机一动）天山蒙风雪，江山出霸才！

金镶玉：（莞尔一笑）看来真是远道而来。刁子，快把你那看家本领拿出来，贵客到了！

刁不遇朝金镶玉狡黠地眨眨眼，跑进厨房。

邱莫言：（小声问刘龙）刚才那女人说什么？

刘龙：不知道。

贺虎：可能是这边的黑话。

邱莫言：小心点儿。

16. 店堂过道／夜

金镶玉拦住正要上菜的小伙计。

金镶玉：小心点儿！这些人不黑不白，来路不明。

生子：掌柜的，我也看出来了。

金镶玉：你看出什么了？

生子：上不着天，下不着地，中间坐着的那个男人是突鲁（首领）。

金镶玉：呸！那是个女的！

众伙计：女的？

生子：你怎么看出来的？快教我一招。

金镶玉：（自鸣得意）凡是不正眼看我金镶玉的，一准儿不是男人。

生子：这招我可学不会。

〔众笑。

金镶玉：（打了生子一巴掌）脑袋掉了就不笑了。

生子：还不知道谁掉脑袋呢！

金镶玉：叫小蛮子上肉包子。

众伙计：知道啰！

众伙计吆喝着上菜。

17. 客栈店堂／接上场

邱莫言与两个孩子及贺虎、刘龙坐一桌，两个衙役和其他黑衣人坐一桌。邱莫言从包袱中取出三个面饼，分给姊弟每人一个，面饼又干又硬，邱莫言教他们把面饼用热茶泡一下再吃。贺虎、刘龙也各自取出干粮，用茶水就着吃。

店小二端上热腾腾的大包子，贺虎放下干冷的面饼，顾不上烫手抓起一个包子狼吞虎咽。

刘龙拿了两只包子分给姊弟，邱莫言把孩子手中的包子接过去，掰开看看馅，再凑近闻闻，有点迟疑。

金镶玉注意到邱莫言的神情，凑向邱莫言搭讪，以分散她的注意。

金镶玉：客官从哪儿来？

邱莫言：（冷漠地）无州。

金镶玉：去哪儿啊？

邱莫言：化名州。

金镶玉：（起疑窦）什么无州、化名州？没听说过。

邱莫言：老板耳听八方，连这都没听说过？（斜视金镶玉语带讥讽）

邱莫言咬了一口包子。

金镶玉：（不示弱，瞄了一眼两个孩子）带着孩子去做生意？

邱莫言已经不耐烦，正要发作，刘龙见状赶忙接上缓解。

刘龙：我们在这儿等人。

邱莫言忽然把口中的包子全吐在桌上，正想仔细看看，金镶玉反应很快，把身旁店小二胳臂上搭着的擦桌布抽走，顺势把吐在桌上的包子残渣包在擦桌布里，塞给店小二，店小二正要抽身离开，被邱莫言一把抢走擦桌布，金镶玉立即抓住擦桌布另一角，两人相持不下。

邱莫言：这是什么肉？

金镶玉：新鲜的十香肉。

邱莫言：什么是十香肉？

金镶玉：客官走南闯北，没听说过？（斜视邱莫言）孙二娘店里卖的就是十香肉。

邱莫言：（反问）此地是十字坡？

金镶玉：这儿是龙门客栈。

邱莫言：那你是母夜叉？

金镶玉：小女子金镶玉。

邱莫言：好敞亮的名字。

金镶玉：不客气。

邱莫言：可惜，玉在奁中叹，金钗土里埋！

金镶玉听得不太明白，但"金钗土里埋"听得清楚，她直觉认为邱莫言是在咒骂自己。当着这么多人被公开羞辱，金镶玉极为恼怒，恨不得即刻把邱莫言剁为肉糜。

邱莫言冷笑几声，戛然而止。

邱莫言：客房在哪儿？

金镶玉：（冷冷地）楼上。

邱莫言夺过擦桌布，金镶玉抢不过邱莫言，只得作罢。

邱莫言带一行人登上楼梯上楼，楼上没点灯，漆黑一片。

金镶玉用暗力向邱莫言抛出一盏油灯。

金镶玉：火！接着！

油灯直冲邱莫言的面门而来，邱莫言手一伸，灯稳稳落在手中，火苗仍稳稳地燃着。

邱莫言吐出，就着灯光细看，是一片人的指甲。

邱莫言犀利的目光逼向金镶玉，金镶玉也不示弱地昂头盯着邱莫言。

两个女人上下对视，目光充满杀机。

18. 邱莫言房内房外／夜

一盏油灯火光微弱，邱莫言见窗外月光皎洁，走到窗边推开窗扇。

窗外风停沙静，万籁无声。

月光射入房中，邱莫言摘去斗笠，松开发髻，披下一头秀亮长发。

金镶玉从屋檐倒吊窗户上，见窗扇打开，便顺势向邱莫言房中偷窥。

洒在地上的月光现出金镶玉的剪影，邱莫言惊觉窗外有异。

邱莫言猛地伏下身，袖中镖如电闪般射出。

金镶玉本能地闪避，发髻已被削去一缕。

还没看清房内情况，险些先挨一镖，金镶玉恨得咬牙切齿，扬手一抖，一把柳叶小刀飞向邱莫言。

邱莫言急闪，小刀剁在门板上，离脖颈只差半寸，邱莫言倒吸一口凉气。

邱莫言拔剑护身冲向窗户，窗外空荡荡，四下空无一人，寂静无声。

邱莫言掩身房门后细听，没有动静，轻轻打开房门，仍无异样。

邱莫言轻步走出房间，在走廊观察，隔壁房间传来男人的打呼噜鼻鼾声。

邱莫言把剑收回鞘中，一边双手将长发扎好，一边小心翼翼走下楼梯，站在店堂中间观察。

此时正值黎明前最黑暗的一刻，客栈里寂静无声，伸手不见五指。

远处隐约有光线闪动。

19. 客栈厨房／接上场

邱莫言跟着那一线光来到客栈后方，光线来自厨房。

厨房门虚掩，邱莫言走进厨房，灶火的余烬仍间中爆出跳动的绿色火苗。

邱莫言从炉膛中拔出一根仍有残火的木柴吹了吹，柴腾出火焰，亮了一些。

邱莫言举着火把查探四周，发现厨房角落后面有一隐蔽小门。

门锁着，锁头不是常见的中原出产款式，是一把西域的锁。

邱莫言仔细观察锁头，从剑柄的机关抽出一根金属细棍，从锁孔伸进，拨弄几下，锁打开了，邱莫言推门进去。

门内似乎是贮存室，墙上挂着一串串大蒜，墙边放着几缸黄酱，墙角堆着几袋面粉和粟、黍、稷、菽等五谷杂粮，还有盐罐，以及装着西域出产的各式香料。

邱莫言被什么东西迎头碰了一下，将火把举高定睛看去，两条赤身开膛的男尸倒挂梁上，血已滴干，就像已屠宰清膛的牲畜挂在肉档的吊杆上一般。

邱莫言身经百战，再惨烈的血腥场面也见过，但乍见这罕有的恐怖景象，不禁后退两步，她左手持火把，右手顺势拔剑。

火越来越小，余烬带来的光越来越弱，邱莫言一边挺剑戒备，一边向后退出贮存室。

忽然，光从邱莫言的背后亮起来，邱莫言毛骨悚然，一时僵在原地。

火光闪烁不定，邱莫言的身影映在地面，像一幅摇曳的剪纸。

邱莫言挥剑迅速转身，剑指处，对面是——刁不遇。

刁不遇手持两盏油灯，两手交替抛接，像耍杂技，火光上下翻飞忽明忽暗。他冲着邱莫言笑，笑容诡异，不是友善的笑，也不是戏弄或仇恨，难以形容。

邱莫言惊魂未定，准备冲出贮存室，忽然一大块东西迎面扑来。

邱莫言吓一跳，忙挥剑砍去，削下一块血淋淋的肉，肉"啪"地掉在地上。

邱莫言砍中一只已屠宰好的整猪，不过此时只剩半扇肉吊在钩上摇晃。

一双手把摇晃着的猪肉稳住，刁不遇从猪肉后探出脑袋，似笑非笑的表情。他把半扇猪肉轻松地从钩上取下，丢在一旁。

刁不遇向邱莫言伸出双手，用变魔术的方法翻转展示两手空空。接着用眼神示意邱莫言注意，然后忽然左手向空中一挥，一把切肉利刀出现在他的左手；随即右手向空中一抓，一把剔骨尖刀握在手中。

刁不遇自鸣得意地向邱莫言轻轻鞠躬，忽然向后闪身，一口已燎好毛的整猪吊在半空，刁不遇用脚一钩，一张肉案移到身旁。

刁不遇又用肢体动作示意邱莫言注意他的双刀和猪身。

邱莫言明白刁不遇的得意和炫耀，垂下剑，像看杂耍似的盯着他的举动。

刁不遇感觉到邱莫言对他的注视。杀牲宰畜，剔骨切肉，特别是处理好"十香肉"，是他每天在月黑风高的这个时辰，必定要做的例行工作。今天，可以在一个意外闯进来的生面孔前，展现自己特殊的祖传秘技，是他生活中的娱乐，使他很开心。而且他一点不担心邱莫言知道他的本领和秘密，因为过去他常遇到武艺高人胆大的旅客，不管他原来是武士还是杀手，在撞破秘密之后，都成了店里风味名产"十香肉"。刁不遇深信邱莫言也必是如此下场，这也是每一个被"龙门客栈"老板金镶玉盯上的人的归宿，没有例外，所以毫无顾忌。

刁不遇继续"表演"，他先故弄玄虚地围绕着猪身上下打量，然后双刀上下翻飞，刹那间，猪已开膛破肚，一大堆内脏摊在木案上。

刁不遇轻松地来一个亮相，再舞动双刀，左一剐，右一划，转眼间，内脏已分门别类放在几个盘钵之中。

刁不遇得意地向邱莫言摊手讨好，不料她只是冷冷地看着自己。

刁不遇来了劲儿，更卖力地表演自己的功夫，他翻起了风车式的筋斗，快得看不出人影。

待刁不遇停下，又一个亮相，双手一抖，一张完整的猪皮展开，吊着的猪已然皮肉分家。

刁不遇骄傲地昂起头，示威似的抖了抖猪皮，邱莫言仍不为所动。

刁不遇见邱莫言镇定自若，没出现预计的惊吓效果，失望中有点急了。

两把刀像风车般在猪身上飞舞，瞬间，剥皮猪已分解成几大块放在案上；刁不遇再在案子上左右穿梭，手起刀落，刀刀神准。

猪肉由几大块飞快地变成一片片五花肉，一块块排骨；大骨头堆在一边，白白的油脂放在另一边，两对前肘后腿分列两边……每一种类都分得清清楚楚，码放得整整齐齐，而刁不遇的身上依然干干净净。

刁不遇忘我地陶醉在削骨剔肉的快感中，不由自主地哼着不知什么调。

邱莫言觉得刁不遇有种说不出的邪劲儿，不禁毛骨悚然，心想：这是什么邪门歪道的怪功夫？

邱莫言不想再与刁不遇纠缠，趁他不注意，倒退着悄悄溜出厨房，出门转身撞上贺虎，贺虎刚要问，邱莫言忙把手指放在嘴唇上，示意贺虎勿出声。

厨房里传来刁不遇用鞑靼语唱的小曲。

邱莫言：（问贺虎）他唱什么？

贺虎：我剐你的眼，叫你看不见；

我剥你的皮，叫你没衣穿；

我削你的肉，叫你站不住；

我要你的命，你活不过明天……

邱莫言不寒而栗。

20. 大漠／清晨

荒漠，沙丘，朝阳照着沙子，卵石开始冒出升腾的热气。

远处，一匹骆驼驮着一个着黑氅的男子在沙漠中向西奔驰。

21. 客栈门外，风车附近／晨

客栈院中，商队经过一晚休息，已经重新出发，骆驼背上驮负沉重的货物，一步一步地走上古道，驼铃声远去，客栈又恢复了平静。

邱莫言伫立，极目远眺。

一只小手拉动邱莫言的衣襟，是小玉英。

杨玉英：邱姊姊，你在看周叔叔吧？好几年没见到他了，记得小时候，周叔叔说教我骑马，我说，我要一匹绿色的马。

邱莫言笑着摸摸杨玉英的头。

杨玉英：（摸邱莫言挂在腰间的笛）周叔叔也有一只笛，和你这只一样。

远处，小弟杨玉宝在和两个衙役玩放风筝。

杨玉宝：姊姊！姊姊！你快看！我的风筝要飞过龙门了！

杨玉英：邱姊姊，咱们什么时候出龙门关？

邱莫言：等周叔叔一到，咱们就走。

杨玉英跑去找弟弟了。

贺虎和刘龙在水井旁边洗脸。

刘龙：（望望邱莫言）邱姑娘又在思念意中人了。

贺虎：你们这位邱姑娘和那个周教头是这个？（用两只大拇指对着一钩）

刘龙：不是这个（模仿贺虎钩大拇指），是有这个意思。

刁不遇挑着两只木桶来井边打水。玉英玉宝好奇，趴在井台往井里看。

刁不遇把水桶往井里一砸，水花四溅，来个"满天星"，两个孩子笑起来。

邱莫言听见笑声，见刁不遇正把两个孩子放在石磨上转，心里一紧，失声大叫。

邱莫言：玉宝！玉英！

所有人都吓了一跳。

邱莫言：（平静下来，招呼俩孩子）该回去了。

邱莫言拉着两个有点不知所措的孩子，往客栈里走，迎面撞上金镶玉。

金镶玉一脸傲然不羁地站在大门正中，没有让路的意思。昨晚被邱莫言削断的一缕青发，俏皮地搭在鬓边。

邱莫言与金镶玉面对面，相持对峙。

邱莫言暗暗用劲运六脉神功，一股气直逼金镶玉，金镶玉身不由己连连后退，像被劲风吹着，一直退到墙角。

邱莫言拉着两个孩子长驱直入，朝惊魂未定的金镶玉轻蔑一笑，上楼去了，金镶玉又惊又气。

22. 客栈门前／中午

日当正午，骄阳似火，客栈庭院中所有对象的影子都消失了。

金镶玉靠在客栈门旁，无聊地雕着一朵萝卜花。

沙漠尽头出现一个黑点。

黑点渐渐变大，是一匹骆驼，上面骑着一个披黑氅的男人飘逸而来。

骆驼直奔客栈而来，已看得清骑手姿态帅气洒脱，金镶玉看得入了神。

明明已近客栈，忽然骆驼转了道，朝西边拐去。

金镶玉渴望的眼睛黯淡下来，手里的小刀对着萝卜花乱削。

23. 客栈庭院风车旁／接上场

赤焰无风，硕大的风车叶一动不动，像世界都静止了。

金镶玉无聊地哼着小曲儿，徒劳地在转动风车，像是在发泄什么。

披着黑氅的男人赫然出现在金镶玉的面前。

金镶玉触电般地呆住了，为来人的突然，也为他的风采。

周淮安：好大的风车！

金镶玉：（风骚地）没见过？

周淮安：（望着金镶玉）没见过。

金镶玉：（风情万种）听总听说过吧？

周淮安：百闻不如一见。

金镶玉：（迷人地一笑）小二，来客了，打洗脸水。

金镶玉：（上下打量周淮安）住几天？

周淮安：找个人。

金镶玉：（心里猜到，故意地）男的？女的？

周淮安猛然间看见邱莫言站在不远的地方，如玉树临风。

周淮安眼睛仍望着邱莫言。

周淮安撇下金镶玉，径直大步走到邱莫言面前。

两人热切地相望。

周淮安：都来了？

邱莫言：（点点头）在楼上。

周淮安牵起邱莫言的手，两人向楼梯走去。

金镶玉妒忌的眼睛冒火。

店小二端来一盆冒着热气的洗脸水。

店小二：水来了，客呢？

店小二望望周淮安走远的背影，又望望气鼓鼓、杏眼圆瞪的金老板。

店小二：又来了个女的？

金镶玉：（气哽）谁说是女的？

店小二：哎，您不是说，凡是不正眼看你的都是女的吗？

金镶玉：呸！我教他不看也得看。

金镶玉随手抢过木盆扔在石磨上。

热水溅起烫得店小二直叫唤。

24. 楼上邱莫言的客房／接上场

两个孩子紧紧搂住周淮安，像见到亲人。

周淮安也紧紧抱着两个杨氏遗孤，感慨万千。

两名衙役看出周淮安是个首领，急忙下跪。

邱莫言：他们是押解的衙差。

周淮安：（扶起衙役）都是兄弟，不必如此。

邱莫言：这位是我请来帮手的贺虎，人称贺兰山之虎。刘龙，你认识。

贺虎：（恭敬作揖　爽朗地）周淮安周大人！五军营把总，八十万禁军教头，久仰了！

周淮安：岂敢。

邱莫言：关外情况怎么样？

周淮安：各路义军已经陆续到齐，我们要尽快赶去。

邱莫言：东厂不会就此罢休的。

周淮安：曹少钦放了孩子，一定有诈，我们要尽快离开这里。

门外有轻微响动。

周淮安猛地拉开门。

刁不遇端捧着一盆包子站在门外，笑嘻嘻地望着周淮安。

刁不遇：掌柜的叫我给您送饭来了。（鞑靼语）

周淮安：（打量刁不遇）放下。（关门）

两个孩子伸手去抓包子，被邱莫言拦住。

周淮安：黑店？

邱莫言点点头。

敲门声。

金镶玉换了一身薄如蝉翼的西域风情性感纱衫站在门外。

金镶玉：（对周淮安）这位当家的，请出来一下。

25. 客栈客房外走廊／接上场

金镶玉：（眼角含情）住几天？

周淮安：怕不给钱？

金镶玉：店钱不怕你不给，只是这些天官府查得严。

周淮安：强龙还压得过地头蛇吗？（老熟人似的）你不照应着点儿？

金镶玉：（很受这套）那要看是谁了。（忽然地）洛里勒嗦，天山来的？

周淮安：（熟练轻松地）天山有宝塔，草原虎下山。

金镶玉：（立即亲热许多）这道上少见你这样的人物。（摸了摸周淮安身上的绫袍子）

周淮安：一回生，二回熟，往后常来常往。

周淮安把一锭金锞子放在金镶玉的胸衣里，金镶玉笑逐颜开。

金镶玉：多住几天。

周淮安：带着两个小的不方便。

金镶玉：（手里把玩着金锞子）绑的票？

周淮安：（只笑不答）出关方便吗？

金镶玉：看你怎么个出法了。明走呢，关里的守军上下，衙门捕快我都熟悉；暗走嘛……（把金锞子一抛）晚上你到我房里来一趟。

周淮安：（笑望着金镶玉）晚上？我要是走了呢？

金镶玉娇憨地抬头看了看天，烈日当空。

金镶玉：我等你。

金镶玉顺势在周淮安的胳膊上掐了一把，打了个"榧子"。

邱莫言将一切看在眼里。

26. 大漠／下午

太阳仿佛被一层雾气罩住，天地间迅速暗下来。金色的沙丘变成黑褐色的土包，像一个个坟丘。沼气在冷热空气的交替挤压下，从沙丘下吐出气泡，像一只只眼睛，十分恐怖。生长在沙窝中的沙柳和梭梭树丛此刻舒张着枝叶，尽情地享受余晖下的一丝清凉。忽然，一股邪风吹过，所有植物好像感受到什么，垂下伸张的枝叶抱成一团。风力迅速增强，卷着沙石扑向龙门客栈。

27. 客栈店堂／接上场

金镶玉指挥伙计关窗、下幌子、关大门。她边高呼发令，边灵活地攀上跳下，带领众伙计与忽然来袭的风沙搏斗。

28. 客栈楼上　周淮安房／接上场

楼上，周淮安、邱莫言一行正在整装准备离开，狂风袭来，他们赶忙关窗。外面狂风大作，影响了行动计划，众人面面相觑。

29. 客栈店堂／接上场

忽然店门被拍得山响。

店小二：（向门外大声喊）关板了！

敲门的力气更大了，门板被敲得震起来。

金镶玉：（边骂边走向大门）哪个狗娘养的真会挑时候！敲什么敲，敲你娘的丧门星……

大门已经用粗大的杠子顶住，金镶玉指挥伙计刚把杠子移开一点，门就被猛地撞开，差点撞到金镶玉和店伙计。

二档头带着十几个东厂番子冲进客栈，他们虽然都装扮成民间商旅的普通衣着，但彪悍整齐的身形出卖了他们。在那个年代，只有保卫皇权的锦衣卫和东厂等顶级队伍才有这等阵容。

金镶玉刚要发作，看见这罕见的阵势也愣住了，但她以为只是大镖局护送贵重货物。

楼上的周淮安等人见状，知道是东厂的人，急忙退回客房。

掌刑千户贾廷由大档头护卫进入店堂，数名番子随后指挥挑夫把一些箱笼篓筐搬进屋。

二档头凶神恶煞地对着首当其冲的金镶玉斥责。

二档头：聋了你们，为什么不开门？

狂风扑进客栈店堂，卷起桌上的账本，筷子筒、酒瓶被吹倒，到处乱滚。

金镶玉一边忙着收拾账本，一边对着伙计指桑骂槐地破口大骂。

金镶玉：哎哟！你们这些挨千刀的笨蛋，还不快关大门！

几个店伙计合力关上大门顶上门杠，店里一片狼藉。

东厂番子迅速在店堂四下察看，把吹落地上的碗筷踩得粉碎，刁不遇等忙着捡东西和番子冲突。

金镶玉捡起散落角落的账本，嘴里碎碎地嘟囔不停咒骂。

金镶玉：这些瞎了眼的混账王八蛋！瞧老娘怎么收拾你们！

贾廷端坐在店堂正中，他已经察觉店里掌柜的是这个娇媚的女人。

贾廷：（和颜悦色）掌柜的。

金镶玉：（没好气地）干什么，没瞧见这儿忙着呢。

贾廷：（不急不躁）有上等客房吗？

金镶玉：满了。

大档头：叫他们让让。

金镶玉：人家凭什么让啊？

贾廷：店钱我付。

金镶玉：噢，人家要是不愿意呢。

二档头瞪起眼：什么愿意不愿意，你赶紧去办。

金镶玉一屁股坐在桌子上，把腿一盘。

金镶玉：我这个人呢，愿意就一百个成，不愿意，一百个也不成！

二档头抬手要动粗，金镶玉眼睛都不眨。

贾廷喝住。

贾廷：我们是行商的，钱，不在乎，要紧的是住得合适。

金镶玉：我也是行商的，钱，我可在乎。你们把我的店弄得七国这么乱，你说怎办吧？

贾廷：你折算一下多少钱，我加倍赔给你。

金镶玉瞄了瞄满地的大箱小箱，见财起意。

金镶玉：上房嘛，倒是还有一间……

楼上周淮安和邱莫言神色一变。

30. 楼上，金镶玉的卧室／接上场

金镶玉将贾廷带进她自己的寝室，房中陈设很有情调，只是有点怪，房间的一头有木架床，还有一个砖砌的炕。

金镶玉：这间怎样？

贾廷：嗯，还可以。

金镶玉：客官，这可是我自己的闺房。

贾廷：我们最多停留两天，店钱我会加倍付给你。

大档头：（朝楼下叫）把东西都搬上来！

挑夫把大小行李抬上二楼，搬进房间。

金镶玉故意脚下绊了一跤，撞在一挑夫身上，前面的挑夫摔倒，担子前倾翻倒，一个包袱摔在地上散开，银锭子撒落一地。

金镶玉：哟！对不起，我来捡。

大档头：（不悦）不用你，下去！

31. 客栈店堂／接上场

风势渐弱，镇守龙门关的千户带着几名骑兵卫士来到客栈。

千户大人镇守边关，是这一带的土皇上，只要有空，总要到龙门客栈喝酒吃饭找小玉。

店小二将千户迎进店，殷勤地用掸子帮千户拂去身上灰尘。千户是客栈巴结的熟客，白吃白喝，却是金老板和客栈的保护神。

小二：千户老爷来了！

千户：掌柜的呢？

小二：在里面忙着呢，这两天客人特别多。

千户：（思忖一下）哦？

金镶玉从楼上下来，千户一见金镶玉，立即眉开眼笑。

千户：玉子！

金镶玉：（娇媚）你还来啊。

千户：（上前拥抱，低声）我不是想你吗？

金镶玉：（推开）去，这儿有客人。

大档头和二档头在招呼挑夫搬行李。

千户：干什么的？

金镶玉：说是做生意的。

千户：以前来过吗？

金镶玉：从来没见过。

千户：（向大档头）喂！你过来，说你呢。

大档头不习惯被呼喝，压着火勉强地走过来。

千户：哪儿来的？

大档头：沧州城。

千户：有路条吗？

大档头：（不屑地瞟了千户一眼）没带。

千户：（火了）没带？你知道这是什么地方吗？这是龙门关！赶紧把路条拿出来，拿不出来跟我走！

金镶玉在一旁嗑着瓜子，幸灾乐祸地看热闹。

225

金镶玉：（狐假虎威地）你听见没有！瞅你这样就不像好人，贼眉鼠眼的。

二档头没受过这种气，气得眼睛几乎要喷出火来，贾廷从楼上下来。

贾廷：（平静地）这位差官大人，路条这有。

贾廷把一锭银子塞到千户手里。

千户接过银子，掂一掂，脸色立即缓和下来。

千户：不是我不讲情面，昨天上头有令，没有京师督王府的关防，什么人也不准出关！

贾廷：好，好，千户老爷不愧是关防重将执法严明。（指楼上）楼上还住着些新来的客人，你不上去看看？

千户：当然要去！玉子，带路。

金镶玉引领千户上楼。

几个挑夫抹着汗走过来。

挑夫头：大官人，您这些行李可真够重的，多赏点脚钱吧！

贾廷：（朝大档头）去好好打发一下。

32. 客栈楼上客房／接上场

千户挨门查看住客的路条。

千户推开周淮安的房门，两个衙役迎出来，将一份公文交给千户。

千户：（看了看）原来是两位仁兄，办案？

衙役用嘴努了努，杨玉英、杨玉宝戴枷坐在房角。

周淮安等人躲在门后，以防不测。

千户：哦！您执公，有空来衙门坐。

金镶玉跟在千户身后嗑瓜子，不动声色。

33. 沙丘／黄昏

夕阳西下，太阳像一只咸蛋黄般沉落地平线，戈壁暗下来。

几只老鹰在天空盘旋，落在几个挑夫的尸体上，扑打着硕大的翅膀。

34. 客栈厨房／接上场

金镶玉旋风般卷进厨房，店伙计正在灶前案后忙着剁肉切菜。

金镶玉兴奋莫名，嘴里不住地叨念"热闹了！热闹了！"

金镶玉用力拉起灶口的风箱，风催火旺，灶膛里的火苗从柴口倒蹿出来，把金镶玉的一张俏脸映得通红，一对凤眼闪烁生光，美艳异常。

正在炒菜的刀不遇看呆了，一勺油全倒在火眼上，"砰"的一下，火苗蹿起几尺高。

35. 客栈楼上周淮安的房间／接上场

周淮安、邱莫言等人全都猫在房间里。

贺虎：哎！让人家关门打狗了！邱姑娘，我这次来，全是看你的面子，要是就这么憋闷死了，可坏了我贺虎一世的英名。

刘龙：一会趁他们吃饭，我们冲出去！

周淮安：冲出去也过不了龙门关，东厂的实力没摸清，店里也杀机重重，况且我们人少，还带着两个孩子。

贺虎：周大哥，你就别那么多文韬武略了，我贺虎是山里跑惯了的，让我这么憋着，不如明刀明枪杀一场！

周淮安：这个时候别分什么你我，我们面对的是两重难关，要想出办法对付才行。

邱莫言：老在房里憋着也不行啊！

周淮安：我们去会会他们！

36. 店堂／接上场

傍晚是客栈最热闹的时候，住店的客人都回来吃晚饭，还有些赶骆驼的，做小买卖的，路过歇脚吃饭。伙计来回小跑着招呼客人，刁不遇在厨房煎炒烹炸。

金镶玉忙着算账收钱。店堂里说的笑的，喝酒的，猜拳的，热气腾腾。

贾廷在近门一角包了三桌，边吃边注视着周围的动静。

周淮安从楼上走下来。身后跟着邱莫言、贺虎等几个。

周淮安：给我们开两桌。

贾廷见周淮安气派不凡，此刻已心里有底。

小二把周淮安等安排坐在店堂另一角。

小二：几位吃什么？

贺虎：有啥好吃的都拿上来，记住不要"十香肉"。

隔壁一桌两个男人在行"五毒令"，声大气粗，"蜈蚣、蟾蜍"地叫着。

贾廷走到周淮安面前，上下端详。

贾廷：哎呀，这位客官好相貌，天庭饱满，地阁方圆，印堂发亮。您要有一步好运。

周淮安虽不认识贾廷，但从气质口音判断，心中已知八九。

周淮安：是吗？

贾廷：（示意周淮安伸出手掌）气势泛红，时运通顶，好手相。

金镶玉正端上酒具，也凑过来。

金镶玉：听说长相还能看出夫妻运呢。

贾廷心里明白她话中有话。

贾廷：你看。

他把周淮安的手侧过来。金镶玉凑上来看，邱莫言横着身子，不肯让开。

贾廷：掌边有指纹，掌面带桃花，老弟，你艳福不浅呀。今年贵庚？

周淮安：虚度三十。

贾廷：（掐指一算）哎呀，您前两年有一步官运呢，请问您在哪儿发财？

周淮安：给人打点零活儿，谁家的杂草太高了，我就去拔了；哪儿的地不平，我就去踩一踩；哪儿的树长疯了，我就去砍两刀。

贾廷：可惜！可惜！怪不得这条掌纹是歪的呢！

周淮安：小弟没有当官儿的福气，我看仁兄倒有做官的相。

贾廷：何以见得？

周淮安：在这荒山野岭的地方，哪有穿官靴的呢？

贾廷把脚一缩。

周淮安：最近京城出了件大事，你一定知道吧？

贾廷：什么事？

周淮安：兵部尚书杨玉麟杨大人被人给杀了。

贾廷一惊，他的手下全紧张起来，大档头二档头都握住刀剑柄。

金镶玉眼尖，全看在眼里。

周淮安：不但杀害了杨大人，还要裹草悬尸，满门抄斩。

贾廷：真有这种事儿？

周淮安：知道是谁干的吗？

贾廷：不知道。

周淮安：（突然扬声大笑，而后咬牙切齿）就是那帮伤天害理、吃人不吐骨头、长头没长尾巴的混账！

周淮安一拳砸在桌子上，大档头二档头霍地站了起来，贾廷也不禁把手伸向腰间的刀。

店堂里的人全望着周淮安，形势剑拔弩张。

金镶玉感觉到这两帮人强烈的敌对情绪，生怕真打起来搅了她的生意，赶忙用力推了一把刁不遇。

刁不遇等伙计托着大盘小碗吆喝着上菜，桌上摆满菜肴。

金镶玉特地捧着几壶下了蒙汗药的好酒给周淮安和贾廷两拨人的桌子摆上，随手给周淮安和贾廷倒满了酒杯。

金镶玉：今日贵客盈门，小女子谢谢各位客官的关照，出门在外不容易，互相照应一家人，特备了薄酒招待大家，不醉无归！

贾廷：（对周淮安举起酒杯）这位兄台虎胆熊威，语出不凡，请教尊姓大名？

周淮安：（大笑）浮萍漂泊本无根，落拓江湖君莫问。

贾廷：那你我干了这杯无名酒！

周淮安：为了这无名无姓的年月，干！

刁不遇捧着一大盘烤羊羔，羊嘴里还叼着一朵红色的萝卜花。

金镶玉一使眼色，刁不遇将烤羊羔放到周淮安的桌子上。

贾廷示意二档头找碴。

二档头：我们先到的！

金镶玉：你们那只个大，得多烤会儿。

二档头：那也得有个先来后到啊！

东厂番子跟着大呼小叫。

周淮安：（拱手向贾廷）您先请。

贾廷：不能不能，您先请。

周淮安托起硕大的羊羔盘一抛，盘子凌空飞起，打着转儿不偏不斜正落在贾廷桌子正中，东厂人都倒吸了一口气。

贾廷：好身手！俗话说，认英雄，重英雄。来，你我干一杯。

周淮安与贾廷举杯，一饮而尽。各桌的东厂番子也走到贺虎等人面前敬酒干杯。

大档头特意走到邱莫言面前，举起酒杯。

大档头：相逢千杯少，咱们干一杯？

邱莫言：（推开酒杯）今日抱歉，不喝了！

大档头：小兄弟，似曾相见啊？

邱莫言：（板着脸）小弟健忘。

大档头：我可一辈子忘不了。

邱莫言：那就走着瞧吧。

二档头走到两个衙役面前举杯，这俩害怕得拿着酒杯的手直抖。

二档头：（低声威胁）真不怕掉脑袋？

李衙役：反正在哪儿死也是这样，我们哥俩豁出去了。

二档头：答应给我们做内应，保你们一条小命。

王衙役：两方交战，各为其主，损阴缺德的事儿我们不做。

二档头暗力把酒杯狠狠地碰撞衙役手中的酒杯。

刁不遇把另外一大盘烤全羊摆在周淮安的桌子上。

金镶玉笑脸盈盈，声音脆亮：烤全羊是小店的看家好菜，各位请！（转身向周淮安）官人请！

邱莫言看见金镶玉就有气，没好气地上手就撕，烫得直叫。

金镶玉立即把加了蒙汗药的酒倒在邱莫言烫伤的手指上。

金镶玉：（笑嘻嘻地）快吸一吸，吸干净就不疼了，我的秘方！

邱莫言疼得顾不上想，赶紧吸吮手指上的酒，金镶玉看见邱莫言听话地把酒吸干净更开心了。

　　金镶玉：客官不会吃呀，我这儿有家伙。

　　金镶玉双手一抖，两把羊角快刀从袖底飞出。越过众人带着"嗖嗖"的声音，一边一把正剁在两只羊头上，羊嘴中的花掉落盘中。

　　众人愕然，啪的一声巨响，所有人吓一跳，金镶玉警觉地把手按在刀上。

　　原来是猜拳行令的一个男人醉倒了，一头倒在地上。

37. 客栈过道／接上场

　　十几个伙计端着酒菜，鱼贯而来。

　　金镶玉继续在酒壶里下药，客人们也继续连吃带喝，不亦乐乎。

　　一些不住店的客人喝得醉醺醺的，互相搀扶着回家。

38. 楼上客房／晚

　　狂风过后的天空格外清澈，杨家姊弟从窗户里望着晴空，数着星星。

　　杨玉宝：姊，是不是天上有多少星，地下就有多少个人。

　　杨玉英：是。

　　杨玉宝：为什么星星有的亮，有的不亮？

　　杨玉英：妈说过，亮的星就是好人，不亮的星是坏人。

　　杨玉宝：你说店里这些人谁是好人，谁是坏人？

　　杨玉英：周叔是好人，救咱们的那些也是好人。

　　杨玉宝：我看那个贺大胡子就不是好人，还有那个女妖精也不是好人。

　　刁不遇突然从窗台上露了出来，两个孩子吓了一跳。

　　刁不遇像变戏法一样，从身上拿出馒头、咸菜、鸡蛋，还有两只小香瓜。两个孩子不敢吃，刁不遇自己咬了一口，他们才开心地吃起来。

　　刁不遇又要宝，两个孩子笑了。

　　楼下金镶玉一声大叫，刁不遇一个跟头翻了出去。

39. 店堂／接上场

　　其他客人都已散去，周淮安、贾廷两拨人喝了药酒，醉得东倒西歪。

金镶玉像只野獐子，拍拍周淮安的脸，敲打敲打贾廷的脑袋，又恶狠狠地把邱莫言的头发拔下几根，再把凶她的二档头的脸画花。大笑。

40. 客房／深夜

客栈里所有客人和伙计，醉的醉，睡的睡，死一般沉寂。

佯醉的周淮安一跃而起，轻轻出了门。

周淮安拨开邱莫言的房门，邱莫言的药力还没完全消退，周淮安从怀中取出解药给邱莫言嗅，邱莫言猛醒。

周淮安示意邱莫言下楼。

41. 贾廷的房间／接上场

周淮安摸进贾廷的房间，床是空的，他不在房里。

这间房是金镶玉的寝室，周淮安搜索贾廷的行李。

42. 周淮安的房间／接上场

贾廷从窗外跳进周淮安的房间，发现睡着的两个孩子，举刀便砍向孩子。

刀被架住，周淮安及时赶到，贾廷与周淮安在漆黑不见五指中过招。

两人都武功高强，两强相遇，招招绝杀，险象环生。

43. 二楼过道／接上场

贾廷无法接近杨家姊弟，渐处下风，正想退出周淮安的房间，正遇上邱莫言赶到，贾廷被周邱两人夹击，十分被动，冷不防被周淮安击伤左脚。贾廷无心恋战，他假装要冲出门，实际虚晃一刀，反身冲向窗户，飞跃而出。

周淮安想随之跳下追击，被邱莫言拦住。

邱莫言：刚才看了他们住的房间，都是空的，但是客栈周围都有动静。

周淮安：他们是东厂，目标就是杨家姊弟和我们，一网打尽。

邱莫言：为什么不动手呢？

周淮安：可能还在等增援，所以只围不攻。

邱莫言：今晚走不了，等天亮就更走不了，怎么办？

周淮安：明的不通，只有暗的了。

44. 店堂／接上场

贾廷从二楼窗户跳到院子中，脚痛难行，气喘吁吁，十分狼狈。

见无人追来，便想返回店里，于是用刀拨开一扇门，想摸进店堂，不料刚跨过门槛，一道白光迎面劈下，贾廷连忙闪避，与对手又是一场搏斗。

贾廷虽有伤在身，但力高一筹，将对手逼在墙角，刀剑相持，月光下看到来人竟是金镶玉。

贾廷：你，半夜三更你在这儿干什么？

金镶玉：（模仿）那三更半夜你在这儿干什么？

贾廷：我的事你最好少管。

金镶玉：人在我店里住着，出了人命，你负责？

贾廷：你店里出的人命还少吗？

金镶玉：（一惊）你到底是什么人？

贾廷：贼有贼路，官有官路，今天要借你的路走走。

金镶玉：怎么个借法？

贾廷：看见那两个孩子了吗？他们被绑票了。

金镶玉：绑票干我什么事儿？

贾廷：三百两干不干？

金镶玉：（见钱心动）要命？

贾廷：用不着你动手，我只要你拖住那个领头儿的一夜。

月亮周边出现一个光亮的圆环，皎月的光芒映出高空的云彩快速地移动。

黑漆漆的龙门客栈像一只怪兽，默默地蛰伏在黑夜的荒漠之中。

45. 客栈门前／清晨

清晨的第一线曙光照在龙门客栈的大门上，店小二打开店门，店伙计开始清扫座院，从井里打水送厨房，铡草喂牲口。

周淮安与贾廷迎面相遇。

贾廷：早，早。

周淮安：早，晚上睡得可好？

贾廷：从来没睡得这么香。

周淮安：脚怎么了？

贾廷：不碍事，要不是公务在身，倒想和仁兄交个朋友。

周淮安：若天下不动干戈，盛世清平，愿结金兰之好。

两人彬彬有礼，四目相视。

贾廷：今天就走？

周淮安：不忙，还有点事没办完，您出去走走？

贾廷：（答非所问）啊，天真好！

贾廷出门而去。

一只手搭在周淮安的肩膀上，是金镶玉。

金镶玉：昨儿晚上你没来。

周淮安：你等我了？

金镶玉：今儿晚上我还等你。

金镶玉把手中刚雕好的萝卜花，放在耳朵上。

周淮安就着她的手，咬下一个花瓣。

贺虎经过看到，一脸不高兴。

46. 贺虎客房／接上场

贺虎怒气冲冲地冲进客房。

贺虎：浪荡公子碰上狐狸精了！

刘龙：你的酒还没醒吧！已经够乱的了。

贺虎：他和那个贱货调情！这些当官的公子哥靠不住！

邱莫言站在门外听到贺虎、刘龙的议论，脸色骤变。

47. 邱莫言房间／接上场

邱莫言黑着脸进了周淮安的房间，周淮安正在收拾行装，没有注意邱莫言的不悦。

周淮安：我们现在就走！

邱莫言：你舍得吗？

周淮安：你说什么？（观察）你怎么了？

邱莫言：想不到你见色心动，认敌为友，真是画龙画虎难画骨，知人知面不知心。

邱莫言将笛子扔给周淮安：还给你！

周淮安：莫言，你误会了。此处人心险恶，我不得不——

邱莫言摔门出去。

48. 店堂／接上场

邱莫言一行带着孩子从楼上下来，准备冲出龙门客栈。

周淮安迎向他们，邱莫言冷冷的没有理会他，只有两个孩子过来拉住他的手。

49. 客栈门口／接上场

一行人走出店门口，看见店小二正在关大门，其他店员搬出木板把窗户封上。

贺虎：大清早的关门不做生意了？

小二：要起黑风暴了！

贺虎：黑风暴？

小二：（指向远处）看！

一望无际的戈壁地平线出现一道黑线，黑线的上方翻滚着乌云。

朝阳照在远方高高的龙门关城楼上，发出金色的光芒，但城楼背后的乌云越滚越大，像只双头怪兽，一头直冲云霄，另一头张开大嘴，仿佛要把龙门城整个吞噬。

黑线迅速变得越来越粗，直奔龙门客栈而来。

刁不遇：（高叫）黑风暴来了！把井口盖上！牲口都拴好了！

店伙计在院里分别忙着盖封井口，把牲口都赶进圈里蒙上眼拴牢，把屋顶拉上粗麻绳加固……

金镶玉跑出来看了看天色，一把拉住周淮安。

金镶玉:这黑风暴可厉害了! 风刮起来分不清东南西北,连尸首也找不着!

50. 龙门客栈旁一个沙丘／接上场

贾廷命令大档头把昨晚在客栈外包围埋伏的番子赶快撤回店里避风。

大档头即刻驱马向客栈后方驰去。

贾廷吩咐二档头。

贾廷:你快去禀告督王,今天有风暴,周淮安他们走不了,明日天亮前,大军务必赶到龙门。

二档头策马加鞭飞奔而去,披风被疾风吹起,像是要鼓翼飞上天。

风暴前峰已经吹到,强气流卷起的草球一团团在荒滩上狂奔,有的被吹得飞起来向龙门客栈扑去。

51. 客栈内店堂／下午

黑风暴不减,荒漠飞沙走石,天昏地暗。

吹起的沙粒打在客栈的门窗和外墙屋顶上,门窗顶着劲风发出呻吟。

客栈内吃过简单的午饭,店伙计们收拾碗筷擦桌子。

两拨客人都在店堂休息,邱莫言陪着两个孩子用筷子点水练字,贺虎、刘龙围了个圆圈玩蹴鞠。

贾廷的手下围成几摊掷骰子赌钱,暗中监视着大门和通道。

一个蹴鞠,正砸在贾廷的牌桌上。大档头要火,被贾廷拦住。

周淮安一个宝马腾身,把球踢向"风流眼"。

周淮安在抢球中,一脚踢中贾廷腿部上次的旧伤,贾廷强忍。

周淮安迅即大力把蹴鞠踢进二楼贾廷住的房间。

52. 金镶玉闺房／接上场

周淮安借捡球溜进贾廷的房间,其实这间是金镶玉的闺房。

周淮安怀疑此房中有机关暗道,乘机迅速查明。

周淮安先捡起蹴鞠抛下店堂,下面旋即又喧闹起来。

53. 店堂／接上场

周淮安迅速观察房间，看出布置有点怪，周淮安发现有古怪，终于摸清了机关。

周淮安刚要出房门，传来贾廷上楼的声音。

周淮安按动机关，炕边出现一个洞。

贾廷推门进房，里面无人。

54. 厨房／接上场

刁不遇：（鞑靼语）我挖你眼，叫你看不见；我剥你皮，叫你没衣穿……

他上一刀下一刀，背花一刀，掏裆一刀，一头猪已变成了骨头架。

忽然"咚"一声响，刁不遇愣了一下：白天也有货到？

刁不遇放下刀，小心揭起挂在墙上的大铁锅，原来这个锅是暗道的出口。周淮安从暗道里滑出来，一下子躺在大案板上。

刁不遇见是周淮安，十分高兴。

刁不遇见周淮安还在动，举刀就砍。

周淮安拼命架住，一个挺腰翻了起来。

刁不遇：（吓了一跳）怎么是活的？！

周淮安跳下案板，夺门欲出。

金镶玉笑着挡住门。周淮安急中生智，一把搂住金镶玉。

刁不遇先是不解，恍然有悟，一脸妒忌。摔门而去。

金镶玉：你这是干什么哪？

周淮安：领略一下宝号的风光。

金镶玉：如何呢？

周淮安：曲径通幽。

金镶玉：（吊起凤眼）人呢？

周淮安：美不胜收。

金镶玉：是你前世的福分。

周淮安：帮我们出去。

金镶玉：那可是另外一码事。

周淮安：三百两。

金镶玉：不行。

周淮安：你要多少？

金镶玉：一夜风流。

周淮安：我有个条件，洞房花烛。

金镶玉：真事儿？

周淮安：男子汉大丈夫，知道的是成秦晋之好，不知道的还以为我强逼民女呢！

55. 荒野／接上场

邱莫言一个人望着大漠出神，周淮安走到她背后。

邱莫言蓦然回首，扬声大笑。

邱莫言：想不到我邱莫言在这荒漠野岭，居然吃上你周淮安的喜酒了。痛快，哈哈哈！

周淮安：你笑什么？

邱莫言：我笑，当初我父母被东厂杀死，你不该在死人堆里救了我。我笑，相濡以沫江湖十年，原来你跟我开了个天大的玩笑。

周淮安：暗道就在金镶玉的房间，现在四周围得密不透风，东厂大军随时杀到，唯有这个地方能出去。

邱莫言：别说了！

邱莫言突然脱去素袍，扔掉斗笠，抖落一头青丝，还其女儿装。

邱莫言：周淮安，你忘了莫言是女人！

周淮安：现在来不及和你解释，今天晚上我搞定金镶玉，你对付贾廷，我们冲出去！

邱莫言一把甩开周淮安的手。短剑横劈，红柳的枯枝被砍得粉碎。

周淮安：唉！怎么要女人的心，比要男人的脑袋还难！

56. 客栈店堂／夜

唢呐声声，龙门客栈张灯结彩。

周淮安新郎装扮从楼上走下来。

贾廷：（低声吩咐手下）听我摔杯为号，一起动手。

贾廷：（迎上去）恭喜，恭喜！那天看手相，我就说了，老弟，你艳福不浅呢。

周淮安：仁兄神机妙算。

贾廷：你看为了你，我把房子都腾出来做你的洞房了。红绡帐里卧鸳鸯！

东厂番子：（齐刷刷地站成一排）贺大官人！

周淮安：（有感而发）有一事一直想请教，为什么你的人总可以这么齐心？

贾廷取了一把筷子，用力向筷子筒投去。一把筷子齐刷刷插进筷子筒。

周淮安恍然有悟。

喜乐起。刁不遇头上插着五彩雁翎，不情愿地做唱礼人。

刁不遇：金钱满地！

核桃、莲子、花生满地滚！

刁不遇：福寿满门！

所有的灯盏全部点亮，灯火辉煌。一挂粗大的百子鞭在门前炸响。

周淮安与盛装的金镶玉面对而立。刁不遇用尘拂在每个人头上敲三下，在周淮安的头上分外大力。

金镶玉缓步走进新房。周淮安跟在后面，刚要迈门槛，突然一条板凳横在面前。

刁不遇一脚踩在板凳上。

刁不遇：问你题，答不上来，不让你进去！

刁不遇对周淮安和金镶玉的关系心怀妒忌，此刻有意刁难。

刁不遇：什么人叫我的门？

周淮安：新郎官叫你的门。

刁不遇：叫门没门，一条板凳挡住人。

周淮安：挡不住，一脚踩上龙头木。

周淮安腾空而起，跳上板凳，众人喝彩。

刁不遇有骑马的功夫，凌空侧身而立。

刁不遇：龙头不打人，门上有门神！

周淮安：门神不挡求亲的人。

周淮安在板凳上倒立而起。

刁不遇：什么人留下两扇门？

周淮安：（将刁不遇一推）鲁班爷留下两扇门。

刁不遇：（重新坐上板凳）来了多少人马？

周淮安：从来是一人一马。

刁不遇：为什么一人一马？

周淮安：（笑）来多了，你这儿不让进啊！

刁不遇：哼！一共多少人？

周淮安：富富裕裕十个。

刁不遇：（做了个童子拜观音）回去多少人？

周淮安：成双成对五双。

刁不遇：什么时候走？

刁不遇来了一个"倒骑龙"，周淮安顺势做了个"云起龙骧"。

周淮安：吉时！

刁不遇不情愿地移开板凳，周淮安走进金镶玉的闺房。

57. 金镶玉房间内／接上场

周淮安：你这门还不大好进。

金镶玉：他故意的。

周淮安：我又没惹他。

金镶玉：你抢了黄金冠上的明珠，所有男人都妒忌。

金镶玉把门闩闩住。

周淮安：你闩门干什么？

金镶玉：你是不是还想跑啊？

周淮安听到门外有声音，知道有人在偷看，急忙一把搂住金镶玉做出亲热的样子。金镶玉就势倒在周淮安的怀里。周淮安在金镶玉身上摸索着，意在看金镶玉有没有暗器。金镶玉也在周淮安的身上找武器。两人都装出爱抚的样子。

房间外在门缝里偷看的男人们，只见两人在床上缠绵，看得津津有味儿。

58. 贾廷一桌／接上场

二档头从外面风尘仆仆地回进来，快步走到贾廷身边，在耳边轻声报告。

二档头：曹公公的大军离此地还有四十里，明天一早就到。

邱莫言的一桌。

贺虎对这一切早烦了：这，这叫什么呀？！

邱莫言捧起一坛子酒，咕嘟咕嘟猛灌下去。

59. 客栈楼上金镶玉的房间／夜

周淮安把金镶玉按在胸前。

周淮安：想办法送我们出去！

金镶玉：出去可以，今晚上不行。

周淮安：这是唯一的机会，今天晚上我们一定得走。

金镶玉：什么？

金镶玉一下子跳起来，翻了脸。

金镶玉：我告诉你，进了我的房，就由不得你了！

周淮安：我也告诉你，我说走就得走。

金镶玉：那你为什么还要办喜事？

周淮安：不办喜事，哪有这机会？！

金镶玉：哈！好呀你，原来是找老娘搭桥。

金镶玉觉得受了极大侮辱，顺手从头上拔下两只金钗向周淮安刺去，周淮安闪身躲过，金钗戳在墙板上，周淮安反手扼住金镶玉的脖子。

周淮安：金镶玉，劝你乖乖听话，你帮我的忙，我成全你的面子，咱们两便。

金镶玉：（挣扎着）没那么便宜。

两人交手，房中狭窄，用近身推手相互进攻和防守拆招。

两人既要打，又怕东厂等人知道了房里的秘密，中了招也死忍不出声。

金镶玉怕在众人面前丢面子，中招或被周淮安按住，嘴里还要发出仿佛做爱的呻吟声。

60. 客栈店堂，贾廷饭桌／接上场

贾廷虽然在喝酒，心却都在周淮安身上，坐立不安。

隔壁桌两个男人边吃边聊，带着醉意议论金镶玉的"婚礼"。

甲：你知道那个女人这次是"娶"第几个呀？

乙：这可说不好，反正，关里守关的老爷；关外，领兵的鞑子头儿，都上过她的床！

甲：别吹牛了，关外的鞑子头儿进得来吗？

乙：那还不容易，听说那女人房里就有地道！

说者无心，听者有意，贾廷"腾"地站了起来。

61. 客栈楼上金镶玉的房门外／接上场

贾廷用力拍金镶玉的房门，"啪啪啪"十分急促。

62. 客栈楼上金镶玉的房间里／接上场

周淮安、金镶玉两人停了手。

金镶玉：谁？

63. 客栈楼上金镶玉的房门外／接上场

贾廷：金掌柜，你快出来一下，有人摔伤了。

64. 客栈门外／接上场

二档头凶狠地打一个手下。

65. 客栈楼上金镶玉的房门外／接上场

金镶玉衣衫不整地拉开门。

金镶玉：（问贾廷）谁伤了？人呢？

贾廷：你有药吗？

二档头架着刚刚被打伤的手下走过来。

金镶玉：等我去拿金创药。

金镶玉缩回房里。

66. 客栈楼上金镶玉的房里／接上场

金镶玉在柜子里找金创药。

一个贾廷的手下从窗户跳进房来，周淮安迎上，两人交手。

几下交手，贾廷的手下被周淮安打伤，被丢出窗外。

金镶玉顾不上房内的事，把金创药给自己抹点，再拿出去。

67. 客栈楼上金镶玉的房门外／接上场

金镶玉把药交给贾廷。

贾廷：（把金镶玉引开房门）怎么样？

金镶玉：（撒谎）乖得像只猫。

贾廷：拖住这一晚上没问题吧？

几个贾廷的手下搀扶着刚被周淮安打伤扔下楼的那个也来了。

金镶玉：（故意地）哎！怎么又摔了一个。

68. 客栈楼上金镶玉的房里／接上场

金镶玉回到房里。

周淮安：你还回来？

金镶玉：（转身刚要出去，忽然醒悟）这是我的房间！

周淮安：那我走！

金镶玉：站住！咱俩儿的风流账还没了哪，乖乖就范吧！

周淮安：你不能坏了老子的名节！

金镶玉：呸！我让你装！

金镶玉和周淮安交手扭打。

69. 客栈店堂，邱莫言一桌／接上场

邱莫言很想知道洞房里发生了什么事，见周淮安一直没出来，有点着急，示意刘龙去打探一下，贺虎自告奋勇愿意去。

70. 客栈楼上金镶玉的房间里／接上场

周淮安要出门离开，金镶玉守住不让周淮安开门。

周淮安的武功远在金镶玉之上，但他不想伤金镶玉，处处点到为止。

金镶玉感觉到周淮安留手，更有恃无恐，咄咄逼人，周淮安已厌烦。

缠斗中，金镶玉的上衣被周淮安夹住，金镶玉一挣扎，衣服扯掉，上半身赤裸。

周淮安愣住，两人分开，金镶玉往门上一靠，气鼓鼓地吊着眼睛瞪着周淮安。

周淮安不敢直视，金镶玉虽略有羞色，却挺胸抬头，更理直气壮。

金镶玉：你说，你这是什么意思？

周淮安：我，我……

金镶玉：你说怎么着吧。

周淮安虽久经沙场，却没遇过这样的事，只有背过脸去。

贺虎蹑手蹑脚走到金镶玉房门口，耳朵贴到门板上。

周淮安：你快穿上！

金镶玉发现了周淮安的弱点。

金镶玉：洞房就是这个样子呀！你脱了一半，老娘接着脱——

金镶玉说着就解开裙子。

周淮安吓坏了，一口吹熄了油灯。

门外的贺虎听到金镶玉的话，误会两人已成好事，灯光一灭，更加火气冲天。

71. 客栈店堂／接上场

众人在楼下看见金镶玉的房间灯光灭了，大声哄笑怪叫。

邱莫言和贾廷心里有事，反应特别敏感。

邱莫言：灯灭了！

贾廷：英雄难过美人关啊！

贺虎回来在邱莫言耳边添油加醋地形容一番。

邱莫言忍无可忍，抄起手中杯子泄愤地摔到地上，杯子"当"地粉碎。

贾廷手下以为"摔杯为号",一起抄家伙亮出佩刀。

贾廷见手下误会,连忙站起来喝止。

贾廷:(对惊恐的店伙计和客人)防身的防身的!没事儿,大家继续喝!喝!

贾廷手下此举暴露了贾廷的企图,也出卖了他们的准确位置。

邱莫言再也憋不住了,她朝贺虎刘龙一使眼色,三人一跃而起。

三人跃起同时,飞镖暗器飞向隐藏在四周角落的东厂鹰犬,数人倒下。

邱莫言的剑锋直指贾廷,贾廷赶忙接招。

几个东厂番子来支援贾廷,几人混战一团,店堂里四处刀光剑影,一众吃喜酒看热闹的客人夺门而逃,乱作一团。

72. 客栈楼上金镶玉的房间里／接上场

周淮安听到外面动静不对,要往外冲,被金镶玉挡住。

金镶玉:想跑?没那么容易!

周淮安这次真急了,动了真功夫,两招就把金镶玉压制擒拿。

金镶玉动弹不得,眼见周淮安愤怒地举掌,以为他要下杀手。

周淮安迅速冷静下来,松手放开金镶玉,金镶玉很意外。

周淮安:事到如今,我实话告诉你,杨玉麟大人被东厂诬告陷害,酷刑惨死,祸及满门。为了搭救杨大人的一双小儿女,我们冒死犯险,从东厂鹰犬手中救出一对遗孤,只要过了龙门关,他们就安全了!如果你还有良心,快帮我们逃出去!

金镶玉:你说的可是兵部尚书杨玉麟?

周淮安:正是,你知道杨大人?

金镶玉:这里的人都知道杨大人是个有本事的好人清官。那两个孩子真的是杨大人的后代?

周淮安:性命攸关的时候,我还能骗你?

金镶玉:那你是谁?

周淮安:杨大人手下八十万禁军教头周淮安。

金镶玉:(不禁起敬)那些人呢?

周淮安：东厂。

金镶玉色变。

73. 客栈内外／接上场

邱莫言见东厂人多势众，打下去占不了上风，而客人都已逃出店堂，门口露出空当，审时度势，还是走为上计。

邱莫言犀利剑风逼开贾廷，吹了一声口哨。

贺虎和刘龙正分别与大档头、二档头激战，听到暗号，同时跳开掩面。

邱莫言随即向前方扔出几个小瓷瓶，瓶子摔在地上粉碎，爆出白色的粉末，粉末迅速化为极度辛辣呛喉的白烟在店堂漫延。

贾廷等被熏得不断狂咳，屋里被浓烟笼罩，伸手不见五指。

邱莫言和贺虎、刘龙以巾蒙面，邱莫言挥剑开路，贺虎、刘龙一人一个分别挟着杨氏姊弟，两衙役殿后，冲出店门。

邱莫言转身，用木杠把双开的两扇门上圆环穿上，率众奔向牲畜棚。

忽然，十几名在屋外埋伏的东厂番子，从牲畜棚拥出，拦住去路。

邱莫言见东厂番子人多，抢不到马，便率众徒步向龙门关方向飞奔而去。

贾廷等被困屋内叫嚷，外面番子连忙抽掉杠子把店门打开，浓烟冒出。

贾廷与大档头、二档头咳嗽着追出客栈，邱莫言等人已跑远。

贾廷：（对大档头）我在这儿对付周淮安，你带人在后面追，等督王人马把他们包围了再动手！

大档头：遵命！

大档头率部分番子追去。

74. 厨房／接上场

金镶玉带着周淮安从房中暗道滑到厨房，厨房空无一人。

石磨缓缓地转动，金镶玉感觉石磨转得不对劲，又看不出哪有问题。

金镶玉：（低声）小鞑子！小刁子！刁不遇！

金镶玉抬头，只见刁不遇、店小二、生子等几个被绑在石轴的轮齿上，身体随着石轴转，随着大小两个齿轮相交，他们马上就要被卷进相交之处被碾毙。

金镶玉不禁惊叫了一声，周淮安已飞身跃上石轴。

齿轮转动，周淮安站立不稳，随时会掉下来。

周淮安不顾性命，抽刀割断绳索，刁不遇等一众被救。

金镶玉：是谁干的？

刁不遇：那帮假扮商人的坏蛋。

金镶玉：（咬牙切齿）东厂！老娘差点上了你们的当！

周淮安：现在东厂要把我们一网打尽。

金镶玉：（向周淮安）你快去把杨家孩子带来，我这儿有暗道直通外面，我送你们出去！

周淮安：（大喜过望）你肯帮我们了？

金镶玉：我金镶玉虽然杀人不眨眼，终归还有颗人心，你别小看人！

周淮安心生感激，但一时不知如何表达。

周淮安：（关心地）刚才没伤着你吧？

金镶玉：（揉揉脖子，怒嗔地）先打完这场再跟你算账，咱俩儿的事儿，没完！

75. 客栈店堂／接上场

周淮安冲进店堂，空空荡荡，一片狼藉。

周淮安翻上楼，各个房间里都空无一人。

周淮安：（急得大叫）莫言！莫言！

周淮安往店外冲去，贾廷突然现身挡住去路。

贾廷：周淮安！在此恭候多时了。

周淮安转身冲向后门方向，各档头率手下挡住去路。

贾廷：（讥讽地）去找你的同党啊？他们早带着孩子跑啦！

周淮安：什么？

贾廷：不用急，曹公公的大军已经把龙门封住，他们跑不掉。

周淮安大怒，一刀向贾廷砍去，贾廷架住。

贾廷：你不是问我为什么心齐吗？我们目标一致，一夜之间可以屠城！老弟！内讧才最伤人！你输了。

周淮安大怒，宝刀疾翻朝贾廷攻去，贾廷招架不住，几个番子蜂拥而上。

金镶玉率众伙计拿着各式家伙从厨房冲出，与东厂番子混战。

贾廷一伙均不是周淮安的对手，只靠人多死缠烂打，见金镶玉冲上，以为援兵到。

贾廷：金镶玉！快来帮我！杀了他，我给你六百两！

金镶玉：呸，你个阉驴，姑奶奶差点上了你的当！

金镶玉一边破口大骂，一边两把飞刀已经飞过来，两个番子应声而倒。

76. 戈壁荒野／接上场

天边露出黎明的晨曦。

邱莫言率贺虎等人护着杨玉英、杨玉宝姊弟，匆匆向关外急奔。

77. 戈壁荒野／一处高地山头／接上场

曹少钦亲率东厂精锐和地方部队援兵赶到龙门。

曹少钦率众亲信在一处高地山头观察，看到远处邱莫言等人的行踪。

曹少钦指挥人马包抄邱莫言一行。

78. 客栈内

周淮安、金镶玉与贾廷等东厂高手激战。

贾廷一方人多势众，轮番围攻周淮安、金镶玉，二人无法突围。

金镶玉见势不妙，找机会脱离战圈，到处找刁不遇。

金镶玉：小鞑子！小鞑子！

刁不遇正在厨房里找他的刀。

金镶玉：你快去关上找千户老爷，说我大难临头了！

刁不遇：掉脑袋那种！

金镶玉：对！对！叫他马上带兵来救我！越快越好！

刁不遇：我怎么去？

金镶玉：骑我的马！

79. 荒野，远处看到龙门关／接上场

刁不遇披斗篷骑一匹无鞍快马冲出客栈，向龙门关飞驰。

正在包围龙门客栈的东厂骑兵发现刁不遇，从两侧追上来。

刁不遇狠狠地抽打坐骑，骏马四蹄不着地似的发狂奔跑。

东厂骑兵见难以追近，纷纷在奔马上弯弓搭箭，瞄准发射。

刁不遇回头见到箭如雨下，把斗篷结在马的颈部，自己钻到马腹下。

刁不遇在马腹下穿梭左右观察追兵，见一波箭雨袭来，即刻拉牵缰绳，马随即改变方向，大部分的飞箭依原来瞄准的轨迹纷纷射空，落在一侧。

只有零星的箭"嗖、嗖"落在斗篷上，斗篷在马身上飞扬，形成保护层，一部分箭被弹开，另一些箭虽然射穿斗篷，但已卸了力，伤不了马。

刁不遇时而倒吊马腹，时而矫健地在左侧跃起，时而灵活地爬到右侧。

一阵箭雨射在马的左侧，一阵落在右边，像中了魔一样总射不中目标。

箭没射中刁不遇，也没射伤马，东厂骑兵目送马和刁不遇高亢的嘶叫声越来越远。

80. 戈壁荒野

邱莫言发现被东厂重兵包围，四周一马平川，无处藏身，亦无地形可利用，只有拼死与对手厮杀。

大档头等一直在邱莫言后面追逐，但自知不是对手，不敢接敌搏击，此时见大队人马杀到，赶忙归队向曹少钦报告。

大档头：禀告督王，杨家孽子与余党草寇已陷入督王重围，插翅难飞！

曹少钦：（阴沉地）周淮安呢？

大档头：周贼被堵在龙门客栈了！

曹少钦：（冷笑）周淮安，这次要把你们杀个片甲不留！

令旗挥动，号角高鸣，杀声震天，东厂悍旅舞刀挥戈冲向邱莫言等一行。

邱莫言等一行在东厂兵马重围之中，人丁武器单薄得可怜。

邱莫言将杨氏姊弟隐藏妥当，命两名衙役守护。

邱莫言与贺虎、刘龙等几名武林高手紧握兵器，分立三角，迎战四面八方的强敌。

生死关头，邱莫言与贺虎、刘龙使出浑身解数，全力拼杀，敌死伤无数。

曹少钦见双方鏖战良久，大档头率精锐手下亦不占上风，受伤官兵陆续退出战阵，不仅攻势转弱，包围圈亦出现漏洞，遂亲自出马。

擒贼先擒王，曹少钦先取首敌邱莫言，上前与邱莫言交战。

邱莫言久战疲惫，在曹少钦的凌厉攻势下节节后退，被曹少钦的利刀划伤。

贺虎、刘龙发现邱莫言越来越被动，身处险境，决心舍身搭救。

贺虎、刘龙连杀数敌，勇猛击退面前兵丁，立即联手向曹少钦发起攻击。

曹少钦已感觉邱莫言的出招开始吃力，步法不稳，心忖不出十招可取之，不料忽遭贺虎、刘龙袭击，被迫放弃追击邱莫言，十分懊恼。

贺虎乘曹少钦应付刘龙之机，示意邱莫言快带杨氏姊弟逃走，他们来拖住曹少钦。

邱莫言趁敌人的注意力被曹少钦与贺虎、刘龙吸引，招呼两名衙役带着杨氏姊弟从空隙中冲出包围圈。

贺虎、刘龙两名高手舍命相拼，使面对号称天下第一武功的曹少钦，不能取得上风。

曹少钦本以为可轻取，贺虎、刘龙两人作战经验丰富亦定出战法，下定决心不露破绽，不冒险进攻，专心一味格挡，防守滴水不漏，只求保持战力，拖住曹贼，好让邱莫言带着两个孩子逃出边关。

81. 龙门关内附近

龙门关出现在眼前。

邱莫言：（向衙役）你们带上孩子出关，一直向西，那里有人接应。

李衙役：你呢？

邱莫言：我要回龙门客栈。

王衙役：好不容易死里逃生，你又要回去？

邱莫言：两位，拜托了！

邱莫言掏出一小包银子交给李衙役。

孩子：邱姊姊，我们要跟着你，跟你去找周叔叔！

李衙役：（畏缩）邱姑娘，我们不能自己走呀！万一出不去怎么办？

邱莫言正为难之间，刁不遇骑马从龙门关方向飞奔而来，霎时就到邱莫言面前。

邱莫言：你怎么从关上来？

刁不遇：（边下马边说）坏人把我们掌柜和你们的头儿都围困在客栈，掌柜让我上龙门关找千户老爷带兵来救。

邱莫言：救兵呢？

刁不遇：千户老爷说，不关他的事，不管！

邱莫言：这个缩头乌龟！

刁不遇：（指两个孩子）把他们交给我吧！路我熟，有一条密道可以绕过去！我们平日的货都是这么进出的。

邱莫言：（不信任）你？

刁不遇：（急）坏人要把我们掌柜和你们都灭了！你还信不过我？

邱莫言：为什么帮我？

邱莫言还在忖度。

刁不遇：（着急）我帮你把孩子送出关，你去帮我救掌柜的！

孩子：邱姊姊，他是好人！

邱莫言：（此时山穷水尽）小鞑子，你——的大名叫什么？

刁不遇：刁不遇！

邱莫言：（严肃地）小刁子，舍身取义，也要把他们两个送出关！

刁不遇：（郑重地点点头）

刁不遇把马缰绳交到邱莫言手中。

邱莫言翻身上马，疾驰而去。

82. 戈壁荒野

贺虎、刘龙仍勉力与曹少钦缠斗，不过多番交手，贺刘二人已经技穷，十分被动。

曹少钦本想速战速决，省下气力和时间去对付武功强、威胁大的周淮安，但是现在被贺、刘两人拖住，十分不爽。

曹少钦终于抓住对手破绽，连出杀招，贺虎、刘龙不敌，相继血溅刀下。

83. 客栈店堂

周淮安与贾廷及东厂高手厮杀，金镶玉和店伙计则对付东厂众番子。

贾廷与几个东厂高手围攻周淮安一人，令周淮安应接不暇。

贾廷正与周淮安过招拼斗，忽然外面传来熟悉的哨声，是邱莫言放烟前的吹哨声！

贾廷不禁分神，周淮安抓住机会急冲上前，宝剑凌空劈下，正中贾胸。

贾廷扔掉鬼头刀，捂着胸口。

贾廷：好剑法，今天贾廷死……死得痛快！

贾廷倒地而亡，众东厂高手见头领被杀，怯了几分，纷纷退出店堂。

店堂中尸横遍地，受伤的人在痛苦呻吟。

周淮安：（向金镶玉一拱手）多谢你舍身相助，青山绿水，后会有期。

金镶玉：你去哪儿？

周淮安：去救邱姑娘和孩子！

金镶玉：等等！我跟你一起去！

邱莫言满身血迹，出现在门口。

周淮安：（喜出望外）你……你……

周淮安冲上前紧紧抱着邱莫言，一种难以形容的幸福感，如电流般贯满她全身，邱莫言不禁瘫软在周淮安的怀抱中。

邱莫言：周围全被东厂包围，曹少钦亲自带兵，你快走……

血从邱莫言的伤口涌出，邱莫言闭上双眼。

周淮安：（急得大叫）莫言！莫言！

金镶玉：这是失血过多一时晕厥，我这儿有金创膏，快给她敷上。

84. 客栈外

大批东厂黑衣马队驰骋而来，飞扬的东厂旌旗与沙尘混沌半空，遮天蔽日。

曹少钦指挥东厂人马将客栈团团围住。

85. 客栈内

周淮安从窗缝朝外面看去，知道已被强敌包围。

周淮安：（对金镶玉）你快走吧。

金镶玉：（杏眼圆睁，倔强地）这时候让我走？看不起我？

周淮安不语，把插在窗框上的一把飞刀拔下来，抛给金镶玉。

金镶玉从地上捡起一朵被踩踏玷污的"萝卜花"，用小刀修起来。

邱莫言一阵呻吟，苏醒过来。

周淮安拥抱着邱莫言，又喜又忧，赶忙从贴身内袋取出几粒秘制药丸服侍邱莫言服下。

残阳西下，映在两人身上，一片金黄，仿佛仙境。

邱莫言：（慢慢睁开眼）是我——我错……

周淮安用两只手指轻轻贴在邱莫言的嘴唇上，另一只手把邱莫言的手紧紧拥在胸前。

金镶玉看得痴了，手中残缺的"萝卜花"掉在地上。

东厂的号角凄厉呜咽。

客栈内所有人都面色凝重。

周淮安：（问邱莫言）两个孩子出关了吗？

邱莫言：（支起身子）那个小鞑子知道一条密道可以出关，他带着孩子肯定能逃出生天。

刁不遇忽然冒了出来。

金镶玉：（兴奋）好了！好了！千户带救兵来了！

刁不遇：（沮丧地）那个东西不肯来！

金镶玉：（气得跺脚）这个挨千刀的！等老娘打完这一仗，好好收拾这个王八羔子！

邱莫言紧张地坐了起来。

邱莫言：怎么这么快？孩子呢？

刁不遇：我带着他们找到秘道，谁知千户那龟孙带着人马守在那儿，我带着他们好不容易才跑回来！

邱莫言：（有气无力，恨恨地）我要剁了你！

周淮安：（紧张地）他们在哪儿？

杨氏姊弟和两个衙役从店堂后面过来。

金镶玉：快从密道先离开客栈！

刁不遇：不行了！我们一进了秘道，官兵就把秘道口封住了！

金镶玉：（失望）唉！这回真是老阳儿晒牛粪——死定了！

外面响起东厂的号角，隆隆的战鼓声。

大家都把目光投向周淮安。

周淮安：（环视大家，目光炯炯，依然沉稳地）这是最后一战！

众人一起动手，执拾东厂在店堂内遗留的刀箭弓弩等各式兵器，在店内各处设置杀敌机关。又用案子竖起堵住窗户，柜子紧顶着门，桌椅叠起形成掩体。

周淮安教导两名衙役和几个年轻的店伙计学习使用敌人丢弃在店里的弩箭，训练他们向靶子瞄准射箭，纠正他们的动作。

邱莫言指导着店伙计设置陷阱，两个孩子也懂事地帮忙。

金镶玉指挥刁不遇，刁不遇布置着机关。

下午的斜阳懒洋洋地照进店堂，与里面忙碌的景象很不协调。

86. 客栈内外

东厂人马经过整休后，重整旗鼓，在客栈外列阵待命。

曹少钦命令进攻客栈。

弓箭手首先发难，一齐拉开软弓向客栈发箭。

箭划过天空，乌云一般扑向客栈。

箭狠狠地插进客栈的土木墙身屋顶，或击穿薄弱的窗户。

客栈内，不断有箭钻进屋内，周淮安指挥大家躲在设置好的掩体后，成功避过箭雨。

东厂番子在几轮箭雨后展开进攻，向客栈冲过来。

周淮安命令迎敌，大家从藏身处出来，快步占据窗户或门户的缝隙，沉着地用弩箭瞄准射击，两个孩子在一旁给大人递箭。

箭无虚发，暴露在明处的敌人纷纷中箭，没人可冲进客栈。

87. 客栈内外

东厂的第一波攻击失败，曹少钦十分恼火，命令进行第二轮攻势。

番子推出三架神臂弩，长箭卧在弩的箭槽里，带倒钩的箭头高高地昂然向天。一声令下，三支巨大的铁箭同时呼啸着向客栈的屋顶飞去，拖着长长的麻绳，越过屋脊搭在屋架上。

三台神臂弩旁，麻绳的另一头被各自绑在鞍具上，每套分别连锁着又高又壮的驮马，驭手狠狠地鞭打驮马，驱赶马拉着粗粗的麻绳向客栈相反的方向走。

绳子拉紧，每个箭头的四爪倒钩都一下钩住屋顶，钩子像开罐头一样，把屋顶豁开三个大口子。

周淮安等在屋内只听到轰隆轰隆震天响，土疙瘩、茅草、木板等屋顶的各种材料不断地从四处掉落，店堂里尘土飞扬，乌烟瘴气。

绳子绷得紧紧地像会随时断裂，驭手嘶哑地大声斥喝，鞭子发狂地大力打在马身上，粗壮的马蹄在地上艰难地，一步一步向前移动，像是和巨大的客栈在拔河争胜。

客栈整个屋架在强大的拉力下咯吱作响，每一根木头都嘎嘎地绷得紧紧，仿佛这座简朴古老的建筑物是有生命的，就像一个历经沧桑的老人，百般不愿退去，顽强地用苍老的身躯角力，用仅存的一口气与命运作最后的抗争。

东厂骑兵策马而上，将一头绑着机关的绳子抛出，缠住客栈底层的柱子，另一头绑在马上，然后驱马拉绳。

客栈在上下双重拉力下，像地震般摇动起来，四爪大箭头将整个屋顶掀了下来，卷起的灰尘掩埋了整座客栈。烟尘很快被吹散，没了屋顶的客栈重新露出面孔。变成了一座平顶的"新"建筑，仿佛得到重生。残缺歪斜，但仍然傲然屹立荒漠之上。

东厂箭手开始搭弓拉箭，开始新一轮攻击。

一声令下，万箭齐发，箭黑麻麻的像一大团乌云，压向客栈摇摇欲坠的残缺身躯。

88. 栈内

客栈里的人经过天崩地裂般的折磨，从断壁残垣中爬出来，没来得及喘气，箭雨已经袭来。

跟第一轮攻击不同，这次屋顶消失了，墙壁多已坍塌，赶搭的掩护物也荡然无存，没有了防护，屋里的人赤裸裸暴露在箭雨下。

几个店伙计从废墟中爬出，昏头转向，分不清东南西北，一时之间没有找到防身之物，难逃厄运，不幸中箭，其中一人连中数十箭，全身被扎得像刺猬。

两名衙役也中箭受伤。

周淮安和邱莫言保护着两个孩子，两人奋力把手中刀剑舞得有如陀螺般，两个孩子面前形成一道光壁，箭纷纷被打落，孩子安然无恙。

金镶玉如飞燕一般灵活，曼妙的身影在客栈各处闪现，一边避过飞来的利箭，一边扶助中箭或被砸受伤的人。

刁不遇紧跟金镶玉上蹿下跳，手疾眼快击落向金镶玉飞来的箭。

89. 客栈内外

曹少钦看时机已到，下令停止箭攻，号令所有人马进攻龙门客栈。

周淮安看到东厂鹰犬蜂拥而上，但客栈内的人死的死，伤的伤，这一战恐难逃劫数。周淮安与邱莫言四目相投，投下鼓励与死的决心。金镶玉一旁看到，不禁紧紧抓住刁不遇的手，刁不遇顿时热血沸腾。

东厂杀手撞开大门及窗户，叫嚣着冲入客栈。

周淮安与邱莫言把两个孩子护在中间，提剑杀向敌人，极快犀利的剑道，诡异多变的策略，令众多敌人难以近身。

金镶玉与刁不遇结成一对，背对背应付四面围上来的敌人。

店伙计和两名衙役都已伤痕累累，仍挥舞兵器，奋力抵抗。

周淮安与邱莫言带着孩子占据店堂一角，剑锋所到之处，必有敌人重创倒地，片刻已令敌人丧胆，不敢上前。

金镶玉与刁不遇联合对敌，余下的伙计及衙役，则在另一角与敌周旋，围攻他们的敌人死伤一片。

曹少钦在外观战，他让手下先与周淮安缠斗，待周淮安疲惫负伤，他再出手消灭周淮安。但部下在客店内与周淮安等已战了数个回合，仍无寸进，反而不断抬出负伤的手下。加上斜阳西下，天色渐暗，他烦躁起来。

曹少钦决定亲自出马，跨进店堂，径直走到周淮安的面前，挺刀攻去。

周淮安见死对头现身，使出浑身解数，斩杀妖孽报仇雪恨。

周、曹两人展开终极大战，拼尽全力，招招取命。

邱莫言问金镶玉和刁不遇有什么办法逃生。

刁不遇拿出一桶火药。

金镶玉和刁不遇把火药布置在店堂楼上，邱莫言把两个孩子交给金镶玉和刁不遇，让他们带剩下的人撤到安全地方。

邱莫言到楼上点着火引，然后吹响口哨。

周淮安与曹少钦势均力敌，打得不可开交，忽听到响亮的口哨声，知道是邱莫言发给他的撤退信号，虚晃一下，跃出战圈。

曹少钦见周淮安后撤，刚想抢前跟上，轰隆一声，火药在楼上爆炸，随即店堂上方整个二楼塌下来，把整个店堂内的东厂人马全都砸在里面。

90. 荒漠

周淮安和邱莫言冲出倒塌的龙门客栈废墟，追上金镶玉、刁不遇及两个孩子。金镶玉看着冒着黑烟的废墟，心中难过。

周淮安一行刚要转身离开，从废墟的滚滚浓烟中一个身影走了出来。曹少钦从爆炸中逃出，他手持利刀，要与周淮安决一死战。

周淮安为确保两个孩子的安全，带大家向龙门关奔去。

爆炸令曹少钦神情恍惚，仍摇摇摆摆地追上来，速度奇快。

两名衙役被曹少钦追上，不等两人举刀迎战，寒光一闪，已被斩杀。

周淮安见曹少钦越来越近，让邱莫言带孩子先走，转身持剑以候。

曹少钦追上周淮安，周淮安挺剑出招，曹少钦把身一侧，避开周淮安的剑锋，直奔杨氏姊弟而去。

众人大惊，金镶玉、刁不遇两人一人一个护住杨氏姊弟，与曹少钦一交手，两人都险些中招，被逼得连连后退，两个孩子暴露在曹少钦的刀锋下。危急间，邱莫言及时赶到，剑锋直刺向曹少钦的要害。

曹少钦见邱莫言上钩，曹少钦反剑攻邱莫言。

邱莫言毕竟身负重伤，元气已失，交手仅一回合，已气力不继，动作迟滞。曹少钦趁机腾身而起，连攻邱莫言要害，剑气向邱莫言划出数道 S 形刀口，血花喷溅，在旋转的邱莫言周围形成一道红色血圈，邱莫言在雾般的血色中慢慢倒下。周淮安呼叫着扑向邱莫言，邱莫言躺在周淮安的怀中，慢慢合上双眼。曹少钦向周淮安进攻，周淮安抱着邱莫言设法施救无暇顾及对手，处境非常危险。

金镶玉见情势危急，不顾自身安危，挺剑挡住曹少钦刺向周淮安的刀锋。

曹少钦与金镶玉一交手，即知道她的武功有限，根本不放在眼里。

金镶玉为救助周淮安和邱莫言，把毕生武功都使出来与曹少钦对峙。

金镶玉的攻击虽无甚么章法功力，但金镶玉的干扰，令他不能尽快干掉周淮安，十分恼火，向金镶玉发起攻击。

金镶玉应付不了曹少钦的攻势，只靠灵敏和闪避快，不免连连受伤。

曹少钦把金镶玉一脚踢翻在周淮安和邱莫言的身旁，昂首大笑。

曹少钦正准备把周淮安等一一斩杀，突然惊觉脚下有异动，低头一看，一对斩肉刀从沙地中伸出，在他的脚上飞快地削来切去。由于刀非常锋利，运刀速度极快，以致曹少钦竟然不觉疼痛，只见血浸湿了沙地。

曹少钦想跃起避开偷袭，但无力跳跃。曹少钦大惊，举起佩刀朝脚下的沙地猛地刺下去。

沙中传出一声怪叫，曹少钦拔刀却拔不动，好像沙子吸着刀。

沙上沙下几下拉锯，曹少钦用尽气力从沙中拉起一个活生生的人。

此人正是刁不遇，刁不遇已被曹少钦的刀伤及，仍奋力空手紧握利刃与之角力。

刁不遇被曹少钦拉出地下，曹少钦见是个年龄不大的泼皮小鞑子，竟能神出鬼没地重创自己，十分惊讶。

刁不遇对曹少钦破口大骂。

曹少钦听不懂刁不遇的鞑靼话，正想一掌击杀刁不遇，刁不遇却主动撒手放开曹少钦的刀，扑在沙地上，随即钻进沙洞，消失得无影无踪。

曹少钦愤恨已极，一边狂叫一边狠狠地用刀猛插沙地。

忽然，曹少钦的长刀又被人从沙中抓住。

曹少钦用力拔刀，但刀仍不断被一股强大力量吸下去，曹少钦为拔刀，用力与地下的神秘力量抗衡，不知不觉间把手伸进沙里，忽然，刀被拔出来了，但曹少钦发现自己的手和胳臂的肉都被削掉了！

曹少钦想不到自己居然被一个不起眼的无名小卒，在不经意间削掉手肉腿肉，废了盖世武功，悲愤地仰天长啸！

周淮安看到曹少钦忽然停止杀戮，发疯似的刺地啸天。虽然看不清发生了什么事，但这是反击曹少钦的时机。周淮安紧握邱莫言的宝剑，用尽全身气力忽然跃起，把剑狠狠地插向曹少钦的心窝！

曹少钦惊觉周淮安操剑向他刺来！既不能移步闪避，也不能跳跃反击，他勉强支撑着失血过多的身躯，眼睁睁地目睹一把利剑穿过胸膛。

91. 沙漠

周淮安带着杨氏姊弟即将西去，举目望去，关山重重，黄沙漫漫。

万里河山无立足之地，不禁茫然。

周淮安拿着邱莫言的笛子，望向邱莫言葬身的荒漠。

金镶玉依依惜别。

周淮安跃身上马，朝金镶玉拱手而别。

周淮安扬鞭而去，金镶玉深情遥望无限怅然。

92. 龙门客栈外

烈火腾焰。

金镶玉一把火烧了残存的龙门客栈，快马向荒漠而去。

（剧终）

1991 年 12 月 19 日第一稿

1992 年 3 月 9 日第二稿

1992 年 3 月 30 日第三稿于香港

创作谈

《天下第一楼》写作札记

遵编辑部之约写一篇创作谈，拖了好几天，不知如何下笔。剧本写作之前，我设了一个小本，题为"烤鸭随感录"。现从中摘选几段整理如下，虽粗糙、破碎，却是真实的记载。

一

"他们是不亚于演奏巴赫乐曲的音乐家和山水画家。"此语出自 1985 年我见到的惟一一篇记述全聚德的文章，全文不足三千字，作者是一个外国记者。

称烤鸭技师为艺术家，我很惊奇。

在全聚德烤鸭班深入生活，十分尴尬。所有小伙子以审视、不屑的目光看着我，他们不让我动手，只有看的份。烤炉，这个被视为禁区的地方，从前除了烤炉师傅，不许任何人靠近。当年这里贴着一副对联：金炉不断千年火，银钩常吊百味鲜。

正宗挂炉烤鸭的第三代传人田文宽，已是七十岁的老人。七尺檀木烤杆，将经过加工的鸭胚高高挑起，杆往上抬，前手往右一拧，只见挂钩倾斜，鸭身荡起，顺着炉口，避着火苗，稳稳当当地挂进炉膛。

田文宽最后一次上炉，是邓颖超宴请金日成。

田师傅的徒弟，三十出头的二级技师，手托烤杆，上身不动，脚下错落有致地走着十字步，全靠腰胯的扭动带动鸭身在火苗上悠荡。此刻，仿佛什么都不存在了，他专注的目光如孩子一般清澈，我好像听到了什么乐曲……

看了一个小时，鸭子熟了；看了一个月，我入迷了。

西单南，一条窄小的胡同里，住着干了六十年堂头的李祥寿，见人不笑不开口，一脸慈祥，一脸善良。

"前边走的是请客的，后边跟的是被请的。分不清，要错钱，人家不高兴。"

"如果来吃饭的是卖力气的，得这么说：'哥儿几个来了，怎么着，吃点什么？我瞅着实惠的给您弄俩菜去。'"

"来客是动脑筋的，得这么说：'您来了，您请坐，吃点清淡的，我替您参谋参谋。'"

半个多世纪迎来送往，他揣摩透了各种人，肚里装着一部心理学。

他淳厚，但不窝囊，老实，但不愚钝。李祥寿走宴会，一脸威严，前面服务员，后边厨师，桌上客人，听任他一人指挥，俨然是个将军。

从南城到北城，在那些陋室窄巷中，我寻找着当年被叫做"五子行"的人，他们多数没有文化，满肚子不为人知的学问，像一坛深埋在地下的陈年佳酿，就要随风化为泥土。自古留名皆将相，什么地方有他们的姓名？！

我要为他们立传。

二

这一行是个海洋。我眼花缭乱，饥不择食，小本本上记得密密麻麻，心里却觉得茫然。

大厨子的抱怨："做的不会做，吃的不会吃，弄什么土豆泥里放电灯泡的花招，唬尼克松行了，会吃的谁要这个？广和居有道名菜叫'潘鱼'，那是状元老爷琢磨出来的。"

似乎隐秘着什么。我去翻书，书中有记载："鲜"，北以羊为鲜，南以鱼为鲜，"潘鱼"是晚清状元潘祖荫从"鲜"字的写法发明的一道名菜，用羊肉汤氽鱼片，鲜倒了一班食客。

从吃到玩，都是一个规律：一批有钱有闲有文化的人会吃、会玩，一批没文化肯动手动脑子的人在实干、在创造，于是产生了中国的烹饪文化。吃中有文化，似乎还有些什么？

在中国美食文化的书籍中，我发现了奥秘。

中国烹饪三字诀：一火，二调，三新。

大厨师面前摆着酸、甜、苦、辣、咸五味作料，他东舀一点，西配一点，凭着灵性和经验配伍烹制，做成一道道全新的菜肴。中国菜的做法，来自中华民族的美学观念，来自中国人的哲学思想。古时候，称宰相为"鼎辅"，意思就是会调和五味的厨师，唐时有诗赞相国：盐梅金鼎美调和。

突然间，我感悟到一点什么：盘中五味原来来自人生五味！我从堂、柜、厨中走出来，从为"五子行"不平的义愤，升华为对人生的感叹，人物出现了新的意蕴，"福聚德"的兴衰故事里流淌出一股潜流。

作品风格也随之明朗了，我要按着调和五味，熔于一炉的方法，做一味酸、甜、苦、辣、咸俱全的"中国菜"。

三

好一座危楼，谁是主人谁是客？

只三间老屋，半宜明月半宜风。

上联是康熙皇帝为一家饭庄所题，下联是大才子纪晓岚的属对。

结尾，是一出戏的精华所聚，结得漂亮，可以给人无限回味，结得愚拙，会使全戏失色。因为它通常意味着戏的立意。这个戏的几易其稿，都在结尾上。

一直指点着我的于是之老师，对曾有的几个结尾都不满意，为此，我苦苦寻求了近一年。

偶然间，我发现了这副对联，立刻被它吸引。首先是"楼"，"福聚德"从没有楼到盖起楼，到这座楼金碧辉煌，日进斗金，突出的是以楼象征的事业。"危"，有高和危的意思，正符合剧中兴败的故事。更打动我的是"谁是主人谁是客？"戏中主人公卢孟实、常贵……自以为是事业的主人，其实"梦里不知身是客"，可怜他们迎送了一辈子主、客，竟不知自己是主是客。能体现此种人生况味的，何止一个呕心沥血壮志难酬的卢孟实；一个含泪带笑一辈子最后含悲而死的常贵；一个看透世事愤世嫉俗的修鼎新？这副对联突破表意，直取人生，历经沧桑的人可为感喟，不甘于此之人可做呐喊，人生的苍凉，命运的拨弄，尽在一个问号之中。

斗转星移，时代更迭，不改当初旧景。"只三间老屋，时宜明月时宜风"，我把原来的"半"字改为"时"，贴近我要表达的意思，却忽略了原对的工整和平仄，演出后经有识者指出。"若是果有了奇句，连平仄虚实不对都使得的。"看到这个说法，也就依旧用了"时"字。

公演前，为便于宣传和观众理解，剧院要我以四句话概括全剧，现抄录如下作为文章结束：

> 桌前推杯换盏，盘中五味俱全；
> 人道京师美馔，谁解苦辣酸甜？

上文写于1988年8月。时光飞逝，《天下第一楼》已经写成三十五年，公演三十三年，中外演出六百余场，即将迎来北京人民艺术剧院第四版的重排公演。令我想不到，此剧被选收入中国教育部中学课文，无数学子会在课堂里读到剧本，或许吸引他们走进剧场观看演出。一个剧本能够如此生生不息，不枉当年呕心沥血，作为剧作者，没有比这更欣喜的了。

他们都是活生生的人

——我写《德龄与慈禧》

很早就知道裕德龄的故事，她是清朝驻西欧公使裕庚公爵的女儿，从小随父母在欧洲长大，受西方教育，精通英、法、意几国语言，是一个有纯粹满人血统、又有西方教养的女子，这在一个世纪之前的中国可谓绝无仅有。她的生活很有趣，最吸引我的是她随父亲归国后，和妹妹容龄被慈禧封为御前女官，在宫中侍奉慈禧的一段生活。我不喜欢清史，但一直想把清史中这颇别致的一段搬上舞台，迟迟没有动笔的原因是想不出要写的中心是什么，立意主旨往往使始创者颇费周折，一直搁置了十年。1997年我再想到这个题材，经纬万端中不禁豁然开朗。我在剧本首演场刊作者的话中写道："德龄，一个刚刚从外国归来的女孩，像一股清风吹进重门深锁的紫禁城。"

我生长在北京，故宫对我有一种神秘感。站在后宫门静谧的护城河畔，望着暮色中角楼的飞檐、往来的雀燕，幻想着百年前……

两个女人一台戏

德龄与慈禧，两人女人互相都觉得新奇吸引。慈禧虽然贵为一国之尊，但她几乎没出过宫闱一步，就算曾经去过承德避暑山庄、盛京（今沈阳）等地，无外乎还是困在琉璃瓦、朱红墙的宫殿之内，常年处于围在她身边的那些朽如枯木的宫眷之中。突然出现一个活泼、可爱、见多识广的十八岁德龄，不但带来众多新鲜玩艺儿，还敢作敢为坦率大方，使烦躁不堪郁闷的慈禧如沐春风。

德龄，同样带着新鲜好玩的心理，去陪伴这个被传为至尊无上、专横跋扈的女皇。她青春的气息，纯净的心地，不阿谀奉承，不卑躬屈膝，不人云亦云，我行我素不改本色。

这一尊一卑，一老一少，一古一今，两个女人相遇在历史一刻，相悖相惜，所引发的故事，所产生的矛盾纠葛，就是戏剧的基本因素。从这一点生发出去，结构整个戏，可谓如鱼得水，笔畅如流。

德龄的出现引起所有人物关系的变化，剧中涉及多个清史人物：光绪、皇后、瑾妃、荣禄、李莲英。我从人性的角度对这些人们耳熟能详的人物重新演绎，开掘出新的意蕴。

赋予历史人物新意蕴

光绪——

历来的文学作品都把光绪写得懦弱无用，我不这样看。他五岁登基、七岁学骑马、八岁能双手拉弓，童年获得孤寂的慈禧疼爱，一人之下，万人之上。尤其是他发动戊戌变法的勇气，震动朝野，轰动世界。我写的光绪，是一个性情急躁、目光敏锐、英气毕露、有胆有识、颇爱新奇的年轻皇帝。变法失败之后，知大势已去，心如止水。正在此时，青春逼人、善解人意的德龄，给了他一线生机。这个阶段的光绪如同回光返照，焕发出耀眼的光芒。

荣禄——

相传乃慈禧的情人，官拜九门提督军机大臣，为了突出慈禧被压抑的人性，我在剧中特别营造了他们的恋情。其中有一场戏，荣禄被慈禧留宿宫中，不巧被德龄撞破，眼见招致杀身之祸，但被德龄的机智和坦诚化险为夷，使得慈禧心扉为开。每演到这里，观众都会发出会心的笑声和掌声。

隆裕——

虚伪、妒忌，光绪和慈禧都不喜欢她。她端着架子，活得很累，不敢说不敢笑，如同泥塑木胎，还要打起十二分精神支撑着头上的皇冠。只有一个信念支撑她活下去："从大清门迎娶的正宫娘娘"，情有可原的是，惟有保住这一点虚名，才是她惟一的生趣和希望。

李莲英——

他是个奴才，但我没有把他写成一个猥琐的人，我不想演员用惯用的女声尖嗓处理，以免丑化。他对本职工作的敬业，不能不让人佩服。就连慈禧早上戴的朝珠，他都会事先在脖子上戴暖了，为免冰凉主人的颈子。我不强调他的奸诈，为了保住大总管，保住他在慈禧身边的地位，他苦苦挣扎，苦心经营，像个打工仔。他在剧中的最后一句台词，是我对这个人物的结论："世上有天就有地，有主子就有奴才，我李莲英，在奴才中，称得上尽忠职守，不辱使命！"

瑾妃——

珍妃的姐姐，史书对她的记载很少，只提到她胖胖的，不爱动，常年吸一种廉价烟草。我在剧中写的瑾妃只有一句台词："主子说得对。"一方面表现她凡事不动脑的奴性，一方面展示她在妹妹珍妃惨死之后，麻木茫然的心境。

既有门道，又有热闹

每个人物都有两面性，挖掘他们不为人知的一面，尽量立体，给每一个人物以尊严。剧中人性在最后一场得到升华，准确地说，是作者理想中的升华。德龄被赶出宫，最后拜别慈禧，慈禧不施脂粉，老态毕现，她把德龄拉在身边，两个女人此时已无高下尊卑之分，她们以朋友身份面对，慈禧又一次袒露心境。可怜一代君王孤家寡人，直到死前一刻才识到忘年交。

宫廷也是家庭，但不是一个和谐的家庭；他们也有情感，但是扭曲了的情感；光绪、皇后、瑾妃都是年轻人，是生活在一种特别环境中的年轻人。

剧中涉及的历史事件都有史实依据，并非编造。慈禧不是曹操，她在中国近代史上的责任不可推卸，我无意为她翻案。但慈禧晚年确有改旧制、行新政的动意，对女人专权、重用太监、开放封闭有所认知。这不一定是德龄的感化，会不会和德龄有关，我做了大胆的想象。德龄曾讲，她最后悔的是没能利用她的特殊地位，更多地影响慈禧。但在《德龄与慈禧》中我做到了。也许，这就是文学可以为历史"更新"的优越性，笔下的人物突破局限，在遐想中飞越，便是作家自由舒展之时。此剧并非历史，更多的是人性，观者不必从历史的角度去深究。

此剧创写时，我已知将于香港文化中心小剧场演出。作为一出清宫大戏，在小剧场演出，四面观众，近在咫尺，小剧场的限制，对剧本提出要求，堂皇而不失场面，也考验导演的功力。后来此剧拓展为大剧场，又别有一番风采。

2019年此剧重新排练在大陆公演，票房秒光，受到观众，尤其青年观众的热烈欢迎。

剧本，为一剧之本。我常把写剧本戏称为十月怀胎，一朝分娩，一个健康美貌的"孩子"，经得起任何装扮。戏行里有句俗话：会看的看门道，不会看的看热闹。既有门道，又有热闹，是我对剧本一贯的追求。

我写《甲子园》

北京人艺六十周年院庆，有十项大事，其中重要的一项是要有一台新戏。剧院多少人都在为这个项目着急。去年秋天，我在北京，到人艺看《蔡文姬》，苏民老师对我说，剧院六十年还没有新戏呢，你有没有演过的剧本？老人家真是仁义，他没有说让我写，时间也真是来不及了。

具体接触我的是导演唐烨。小唐热情，认真，从她口中我渐渐知道了对这台新戏的更多要求。当知道要以"北京、现代、原创"为主创原则时，我没有再把这个创作和我联系起来。锲而不舍的是唐烨。直到去年11月底，在文代会上，张和平院长找到我，说至今这台新戏还没有落实，而时间只剩下半年，他希望我参与。我说，写现代题材不是我的长项，但剧院需要，我愿意试试。

答应了之后，我想了几天，接还是不接？我离开剧院二十四年，《天下第一楼》之后，我没有再为剧院写剧本，接下这样一个我没有什么把握，又是这等重要的事，对我来说是冒险，观众会怎么说，同行会怎么看，会和《天下第一楼》怎么比？我已顾不上多想，人艺的要求，我不能推却。

大约一个月，我拿出一千字的剧本大纲，我先请唐烨到我住的酒店，我说，我给你讲个故事，你听听行不行，是不是不够歌颂？听完，我看见小唐的眼睛在放光。我说，你不要告诉张院长和吴彤（创作室主任），明天我要听他们的第一反应。第二天，张院长听完，当场拍板，就是这个了！

这一千字就是《甲子园》的故事。张院长问，你要多长时间？我写话剧最快的速度是八个月，我说，四个月吧。张院长没出声。我补充了一句，如果有好的本子可以上，马上换下我，绝无怨言。

我停下手里的所有正在进行的剧本，开始了。

最先活跃起来的是人物

面对着一片空白，脑子里首先活跃起来的是人物。

除了教我的谭霈生、晏学等中戏老师们，我还有一批"老朋友"，这个"老"字不是"幼年交"，而是"忘年交"，他们比我大十几二十多岁，大多是因为《天下第一楼》而结识的文化艺术界精英。我本性不善交往，后来又常居香港，离京后很少和他们见面，但不论什么时候，什么场合见到，他们对我一如既往地真挚热情，关注我的写作，关心我的生活，他们严谨的治学精神，待人的诚挚真实，高尚高贵，金子般的品德人格，深深感染着我。

黄宗江是他们当中的一个。去年10月我收到丹青（黄宗江小女儿）转给我的一封信，里面是黄老的一篇文章——"我的京剧情结——观何冀平《曙色紫禁城》绮思"，发表在上海《文汇报》，编者按写道："这是他最后的赐稿了，他文末对新生代的明媚寄语，我们也大胆取来，借作对本刊的一种鞭策。"我的眼泪一涌而出，此稿刊出之时，宗江老已经离世三个月。他最后看的一出戏，是我的戏，最后写的一篇文章，是写给我。他在文章最后写道："今日里何冀平要写的不是'第一楼'而是天下了！曙色可转彩霞满天！拭目以待！"我抹去泪，写了一篇文章回应，找到《文汇报》请求发表，题目是《九天上的一抹艳阳》，文章最后我写道："我不知曙光可否转为彩霞，但我会努力，以博得黄老在天之灵仰天大笑！"

吴祖光老师为我的剧作集写序，最后一句是"这次第怎一个续字了得"？

曹禺老院长为《天下第一楼》写诗，重病中还记挂着我受到的委屈；

诗人刘征在我最艰难的时候写诗送我，"惊寒欲问今何夕，第一楼头看月明"；

从不主动为人写字作画的于是之，将给我的画作寄到香港；

顾镶老师为我写过妙文；

何西来老师昵称我"何家大姑"；

……

这纸太小，写不下他们对一个"新生代"太多的寄语。这些情意和寄望，是我不论走到哪里，安身立命的根本。现在时兴"贵族"，许多拥有财富或权势的人纷纷自称"贵族"，而在我的心中，我的这些老朋友才是真正的贵族。贵族把物质看得很淡，重的是情义和品德，是可以为他人牺牲一切的君子。

淡如水轻如云的忘年交，在我心中形成一道闪光的风景线，落日余晖般的美丽，隐藏不露带些许伤感的明媚……他们的纯真、真挚、真性情，使他们保持一颗透明的赤子之心，永远那么清亮，不受污染，他们永远年轻。

几位有金子般品德的老人，在我脑子里出现了。

有说，我是为人艺老演员度身定做，构思初始，我是想到最好能有几位人艺七十岁上下的老演员上台，我再也没想到，来的是：九十岁的朱琳、数十年不登台的蓝天野、淡定幽默的朱旭、威武正气的郑榕、优雅的吕中、火热的徐秀林……

从最有感觉的入手

人说，何冀平的戏都有房子，《天下第一楼》《新龙门客栈》……这次我又写到了房子。好像是天意，就在写这个剧本的前后，我有机会住过一些特别的房子。

黑石别墅是由美国的伊沙贝·布勒斯顿黑石夫人出资，为担任过岭南学堂（现中山大学）的首位华人校长钟荣光博士修建的寓所，建于1914年。为纪念捐建者，称之为"黑石屋"。去年12月，我受邀到中山大学讲座，校方安排我住在黑石屋。古老的修缮，西式的结构，一进门就有种不同的感觉。那一晚，整座别墅里只有我一个住客。夜半，风吹大树，松涛声不绝于耳，树影洒在我的床上，据说，宋庆龄先生当年就是躲在这座房子里，逃过叛变者的追杀……

同年10月，我访问美国迈阿密大学，校方安排我住在一栋白色别墅，著名的美国作家罗伯特·弗罗斯特，曾经在此居住，写下美妙的不朽诗篇。象牙白色的小楼，典雅的装潢，洒满阳光的后园鸟语花香，早晨，优雅的女主人为我准备英式松饼，滚热的大吉岭茶……

东总部胡同五十五号，是一座过百年的红砖木质英式建筑，凸起的百叶窗、角塔，入口宽阔的门廊，典雅端庄。这里曾是史良女士的居所，七君子开会的旧址。暗紫色的地板，旋转的楼梯，院中几棵柏树超过二百年，这是公公的官邸，我在这里住过八年。

英若诚先生的自传《水流云在》让我读起放不下，他写到，他的家在京郊西有一座避暑别墅，爷爷在山石上刻下"水流云在"四个大字。我们去看时，大部分都被拆掉，只剩下被改造过的，剩了一半的前厅，但砖石仍在，残存的一面墙壁上，流淌着往日的风流。

这些古老的几百年的房子，不知多少人住过，留下过多少痕迹，有过多少故事，我身在其中，它们仿佛要和我说话，想告诉我什么，让我看见什么。佛说，"物有见闻觉知，色声香味"，谁说物质是死的？那些静谧无人，我一人独处的夜晚，它们分明是要向我讲些什么……

我要写一座古老的，有历史的，西洋式的，会说话的房子。这房子叫"甲子园"。

有了人物

世家出身，达观坦诚的黄仿吾，洋派作风，风流倜傥；永远优雅的彦梅仪，优雅像是长在她身上一样不可分割，虽然老了，依然有着少女般纯净的情怀；军人作风，一针见血的金震山，他的最后的一颗子弹，射向的是"贪、嗔、痴、怨"。

看透参悟，想以研究《易经》忘却尘世的姚半仙，市侩烦恼依旧找上门；大情大性，口无遮拦的金奶奶，永远那么火热。

我想写的不是老人题材，也不是老人院的故事。要有年轻人。

我设置了几个年轻人，陈爱林，从小缺失爱的孩子，一所大宅给她留下的是不堪回首的回忆，她走得远远的，去寻找爱，但没有找到，反而多次受到伤害，她眼神中的忧伤，表面的强势，掩饰着脆弱的内心。但她的心是善良的。当她知道了"甲子园"隐藏的真相，她说出"它不是我的"，郑榕老师说，这是金子般的语言，现在听到更多的是："是我的！""我的是我的，你的是我的，都是我的！"我看到多少强取豪夺，撕破亲情友情，亲人为财产，友人为利益，打得鲜血淋淋。爱林不是英雄式的人物，是一个转变人物。

金鑫是跟着奶奶在胡同里长大的，善良、纯朴，对人真诚，他一直暗暗爱着爱林，钱包永远带着她的照片，爱林不在，陈家的事都是他包办，爱林妈妈的后事，爱林的家事琐事，他对心爱的人处处维护，毫不掩饰。

大卫，生活在现实中，急于成功，他混迹商场，所见所闻都是套路，要想混出来，就得不择手段。多少人就是这样成功，他不觉得自己没有什么不对，没有承负，没有责任。

受过苦的朱秀明，什么年月都赶上了，那些虽然动乱但相对单纯的年月，形成她的人生基调；自我中心的聂小玲；不认亲爹的姚半仙的浑儿子，人物涉及 60 后、70 后、80 后、90 后。

剧中还有一个不出场的重要人物——爱林的父亲淮生，一个已经去世的人物。在疯狂的年月，他曾经迷失过，以至失去亲情、妻子、女儿和朋友，他霸占了不属于他的甲子园，感悟后悔才是他的可贵，他知错了，他想向女儿说声：爸爸爱你，他想向妻子和外父说声：对不起，他想向他伤害过的人道声歉，他想做点什么挽回他的愧疚，可惜已经来不及了。舞台上那架钢琴就是他的化身。

这个情节是后加的。作曲家王立平先生只用了五天时间就写出了主题曲，那日在他家里，他在钢琴前弹出一曲，我顿时热泪涌流。下了楼，我和导演都还激动不已，这时，立平先生和我，同时想到了淮生，真是知音！在舞台一角，出现了那架已经残旧的钢琴，乐曲，流淌出那个已经出不了场的——爱林的父亲淮生。

如今经济腾飞，物质丰盛，中国人有了基本的富足，走到哪里都是不停地吃、喝、讲钱，想尽办法赚钱，赚取几世都花不完的钱，忘记人最缺失的不是钱，是爱。

人物、主题、情节渐渐形成。

直到前额瞪出血来

我把自己关在香港家里，房子里到处都放了纸和笔，想起什么，一句台词，一个想法，立刻记下来，每天写得不知时日，老公下班回家见房子都是黑的，只书房有一盏灯，晃出来一个黑着眼圈儿、一天没吃饭的小鬼儿……

唐烨在张院长一天一个电话的监督下，变着法儿地催稿，怕催得太快，又不得不催，后来才知道，那些措辞婉转的电邮都是她老公写的。

我破了自己的纪录，一个月拿出初稿。

蓝天野特别高兴，他说还以为是详细大纲呢。在只有一千字故事大纲的时候，天野老师和我谈了一个上午，给了我很多启发。我和蓝老师有三十多年的交情，那时候我还是二十出头的小丫头，在工厂做工人，业余写剧本，人艺党委书记赵启扬，把蓝天野、宋垠、胡宗温、谢延宁等几位大艺术家派来，为我们的剧本排练，也是从那时开始，我和人艺结下不解之缘。蓝老师是导演，他不太讲话，特别严肃，我连看他都不敢看，三十多年过去，除了儒雅翩翩未减更增，他变成了一位谦和善谈的长者。

初稿都是粗糙的，就像没化好妆的女子，是不想见人的。艺委会开了闭门会议，会上有几位力撑，他们从初稿中看到了成品。郑榕老师知道院庆有了新剧本，特别兴奋，连夜写了几页纸分析剧本，结合的是国际国内实情，讲述的是剧中人物情节心结，以至台词，我听着走了神，一位年近九十的老艺术家，怎么会对时事这等清晰透彻？

苏民老师病了，我不敢去找他看剧本，但我还是去了家里，听他讲了当年北京地下党的往事。

吴彤给我更多的是鼓舞，那时候的我，心里七上八下忐忑不安，一句话可能使我放弃，一句话也可能使我再奋笔，我需要鼓舞。

听过所有意见，我又回了香港，又是一个月，第二稿出来，这一稿改动进展很大，已经可供建组筹备排练。

这一次我确实写得够快，我说需要四个月的时候，张和平院长没有说话，那时已是一月，二月份动笔，如果四个月出初稿，就来不及排练了。戏演出了，在不同的场合，我有意无意地在谈那一个月"看着空白的稿纸，直到前额瞪出血来"的过程，是为剧本不够完美遮掩？是为表示自己只有很短的创作时间？渐渐地，我有了更深的解意，天野老师说过这样一段话，"剧本打动了我，因为写的是人间真情，作者不动心写不出来，演员、导演不动心演不出来。"这次的快速写作，不归功我在香港练就的十八般武艺，也不是长年写作积累的技巧，而是一次用"心"的写作。契诃夫在《海鸥》中写了一个作家特里勃列夫，他有这样一段台词，"问题不在于新形式或者旧形式，而在于一个人写作的时候，根本不应当想到什么形式，只是让文字从心灵里自然而然地流涌出来。"甲子园剧本尚有缺失，更非完美，但剧中流淌出的情，是真的。

真情的写作，真情的演绎，得到了经久不息的真心的掌声。

我把写在说明书中作者的话抄录于此：

这是一次特别的写作，来得霍然，成得怡然；
这是一次特别的出演，绚丽辉煌得耀眼；
这是一回特别的经历，从心出发，回归至心间。
感谢参加演出的每一位老艺术家，
感谢参与此戏的每一位创造者，
你们为我笔下的文字注入生命，
我用笔记下生命的刻痕。

关于《甲子园》的写作，我写下这些，最后一句：能够救赎的，是良心未泯的心。

《新龙门客栈》诞生前后

　　1991 年北京人民艺术剧院带《天下第一楼》赴香港演出，在剧场我见到了徐克。他看完戏，马上打电话找我，笑说，先去找了烤鸭。我们在一家会所见面，坐了一桌外国人，施南生招呼着。徐克说他跟他们没什么话说，主要找我。他问我喜不喜欢武侠，拿出两张纸，是他手写的大纲，这就是《新龙门客栈》的初步设想。当时我到香港不到两年，虽在一家电影机构任职，但前后六个构想一个没用，基本没写过电影剧本，也不热衷武侠。当时，徐克在香港电影界是位居第一把交椅的导演，如日中天，他找我，我不能说不会写，也不能说不喜欢武侠。急忙买了一本综合介绍武侠的书，看完我已经全明白了。

　　工余，我开始到位于九龙塘的"徐克电影工作室"开工。徐克平时话不多，谈起剧本就眉飞色舞，语速很快，那时我到香港不足两年，我的广东话只能应付街市买菜。谈了一天，全听不懂，弄不清他说什么。只有带个小录音机录下来，回家再让先生做翻译。前后谈了大概一个多星期，我开始动笔。那时正是创作旺盛期，手头极快。不到一个月写出第一稿，我对武侠片没有既定概念，把一贯青山绿水的武侠场景，改到大漠风沙的西北边陲，取名《塞外野店》。徐克基本是满意的，又说了些他的想法，我写第二稿。

　　第二稿成文，这时候出了一件事。另一家香港电影公司也要拍龙门客栈，《龙门客栈》是胡金铨导演的一部知名武侠片。海报都出来了，李连杰和杨紫琼主演。徐克连夜找我，要增强阵容，我已知主演有梁家辉和张曼玉，他要加进林青霞。马上改，要快！一个星期，我把主线两男一女的故事，改为两女一男，这即是第三稿，已经可以投入拍摄。

我因为有任职在身，不能跟场拍摄，青年编剧张炭跟随执行导演李惠民去宁夏等外景地开始拍摄。大约两个多月成片，徐克知道此片要主打大陆市场，做国粤语两版配音时，要我跟国语配音组，一是现场改动不准确的国语，二是以防出错。

　　电影后期涉及编剧署名，因为我没有参加台湾电影自由总会，不能出名。（我写《新白娘子传奇》也受这限制，《天下第一楼》赴台湾演出，我也因"在自由世界"居住不满四年，不能同行。随着时事变迁，类似条款已取消。）要在字幕中出编剧姓名，必须写一纸"反共声明"加入自由总会，这有违我的底线，我不做。后来用我哥哥在台湾自由总会的登记，用笔名"晓禾"署名编剧。《新龙门客栈》一炮而红，卖出四百多拷贝，红遍东南亚，尤其大陆，盛名直到如今。

　　自此片始，徐克要拍《新龙门客栈》续集，要改编《天涯明月刀》，要做系列《黄飞鸿》，都由我执笔，也想聘我到他的工作室主持编剧。也是自此始，我与香港导演高志森、刘国昌、张鑫炎、冼杞然，台湾导演赖水清、夏祖辉、景德影视公司等合作，不停的片约纷沓而来，我虽有工职，但"秘捞"得风声水起，香港话剧团也找上门，我成为该团驻团编剧。此时，我供职的那间机构，将办公楼一半出租并解雇员工。我名声在外，是被解约的员工之首，此刻我拿着香港电影、话剧编剧的优厚稿酬，不会纠缠不去，但也要求有个说法。机构为我写了一纸充满褒奖之词的解职书，部门主管交给我的时候，半开玩笑的说了一句，"解职是因为你可以养活自己"，成为业界笑谈。

　　承蒙吴思远先生赏识，《新龙门客栈》做数码版的时候，恢复了我编剧的本名，他亲准我留存了三十年的手稿公开发表，在此深表谢意。也向张炭、李惠民导演，及曾为《新龙门客栈》剧作出过力的各位同人表示感谢。

　　尤其感谢徐克导演，是他的一双慧眼，将我带进电影行业，直至如今。

后记：

我怎么会写起戏来

我羡慕很多人，他们可以给自己下很多定语，我却不行。记得小时候和邻居的一个女孩一起跟舅父学小提琴，出于礼貌，舅父过多地夸奖了那个女孩，我觉得自尊受损，当即不学了，所以至今我只会拉几个简单的曲子。当时大人们就说，这样的脾气，长大了什么也做不成。

由于修建人民大会堂，我的家从天安门西侧一个讲究的四合院，搬到偏远的龙潭湖，我进了附近一所平民的学校读一年级。同学多是周围居民的子弟，他们看不惯我穿的皮鞋和过于整洁的衣着，又从他们父母的口中知道我的父亲在香港，那个时代，谁沾上香港的边儿谁就有"特嫌"，他们觉得我就是"港台特务"。于是我成了他们议论、攻击的目标。"文化大革命"在我这里提前开始了。

由于缺乏童趣和伙伴，过剩的精力便向别处伸延。我发现家里书架上有一排一模一样的书，浅黄色的封皮，金紫色的字，便够着拿下来翻看。我发现这些书与别的书不同之处是，每页靠左边有一排黑体字，像是人名。比如"某某某"下面是另一个人名，这人名下面又是"某某某"。我想从中找出两个挨着的"某某某"来，总也找不到，我时常一两个小时地翻找。我不知道这就是《莎士比亚全集》。也许是戏剧的老祖宗被我这个六岁的孩子打动，多年后，真让我走上这条路。

童年，一切萌动中的情趣和才智，都被结结实实地踏平了。后来，我从事创作，最需要想象，我的这方面才能也还不差，想来可能是悖论的道理，这是后话。

考中学那一年，全国统考作文的题目是《我的家庭》。平日文章写得不错的我，一看就昏了头。我知道我的家庭不能写，更不能把父母写进去，真实的描述会带来许多麻烦。我立刻想到写祖国。记得，我写到在草原上放牧的"姐姐"，在炼钢炉边炼钢的"哥哥"，给了我目标和勇气的"父亲"，养育了我的大地"母亲"……刚交了考卷，我就被监考的中文老师狠狠地斥责了一顿，他说我严重走题，别说考入名校，上不上得了中学都很难说。又完了，我可能真是什么也做不成。我远远地避开众人，恐惧地等着发榜。不料，我的这篇作文得了满分。可能是阅卷的先生认为我一个十来岁的孩子能有这样的"胸怀"，难能可贵吧？我以满分的成绩考入当时北京的顶级名校——师大女附中（现名实验中学）。

这所学府名流云集，毛泽东，刘少奇，邓小平……一大群政界、学界显赫人物的女儿都在这里读书。师大女附中是一所极正统的学校，批评她"培养修正主义黑苗子"，真是冤枉。我们天天学"毛著"，不停地进行"批评与自我批评"。经过小时候衣着过于光鲜招致攻击的教训，此时我常年都是白衣蓝裙，但我过于斯文的外表，依旧是"批评与自我批评"会上的重点。每逢母校校庆，同学们相聚笑谈以往，我心中仍有一丝酸楚。

如果，以十四岁为童年与青年的分界，我实在追忆不出什么童年的乐趣。

一个机会改变了我的命运。

"文化大革命"开始时，我还没成年，就失去了读书的权利，要到"广阔天地"去接受"再教育"。本来离开城市离开家，是一件痛苦的事，但对我来说是一种解脱。在寸草不生的黄土高原上，我突然觉得挣脱了一切枷锁，乡民们不管我的父亲是在海内还是海外，他们只知道我是一个"北京女娃"，他们爱看我写的戏。

那时的农民没有电影电视，连收音机都没有。我们就自己编排节目演给他们看，娱乐他们也娱乐自己。打麦场上挂煤油灯，是我第一个剧作的舞台。我不停地写，镢头在黄土地上砍出一个土窝，坐下就写；棉花团捻成一个捻儿，做一个灯，埋头就写，写到第二天早晨两个鼻孔被油烟熏得黢黑。乡民们看着我写的戏笑，我看着他们笑。无私真挚的爱融化了我心中的冰雪，苦苦追索的人生价值第一次得到体现。由于我会写剧本，我写的戏，从陕北演到北京，招致上边的重视，我被调令调回北京。

那年，我二十岁。

在北京一家工厂当了工人，我还是爱写剧本。我和其他几位业余作者为工人写了一台话剧，想不到竟然来了北京人艺的艺术家，蓝天野做导演，胡宗温、谢延宁做表演指导，宋垠做美术设计……这些大名鼎鼎的人物，虽然是"文革"期间，也难掩我对他们的崇敬。后来才知道，他们都是赵启扬派来的。

说起赵启扬，了解人艺的人都知道。他是北京人艺建院时期的党委书记，是他团结起那么多既有才能又有脾气的艺术家，北京人艺的形成发展和辉煌，与他有着密切的关系。"文革"中他离开了人艺，在北京市主管业余创作。我是工人写作组里最小的成员，除了写剧本，还梳俩小辫儿，在台上跳来跳去串演思想幼稚的小丫头。赵启扬看我是个可造之材，就对我说，去人艺吧。当年是"文革"后中央戏剧学院戏剧文学系第一次招生，为了圆大学梦，我想上学，赵启扬也就没有留我。

戏文系五千考生只收四十五个，竞争很激烈。我考得并不出色，所幸主考的老师们更看重实践，当时，我已经有三个剧本演出发表。

上学的时候，我曾经拿着一个简单的剧本构思到人艺，那是我去香港探亲写的香港题材的本子。第一次走进首都剧场后面的大楼，楼道宽而且静，外面是酷暑，里面很清凉。推开会议室的门，吓了我一跳，刁光罩、夏淳、于是之、田冲、苏民……几乎所有人艺的巨头都在，都来听我——一个还没毕业的学生，讲一个极初级的剧本构思。我单薄的短袖衫在微微发抖，我的心却很热，我讲得动情，他们听得也很动情。这就是后来的《好运大厦》。

我在中央戏剧学院学了四年，指导我的谭霈生等老师给我打下坚实的基础。毕业分配的时候，北京人艺特别从文化部要了一个名额，指名要我去北京人艺。

我在人艺剧本组当了作家。北京人民艺术剧院是话剧的殿堂，名流汇集，光是小小的剧本组就大有来头，四任剧本组组长个个赫赫有名：第一位焦菊隐，第二位赵启扬，第三位于是之，第四位英若诚。剧院把剧作家像宝一样看待。剧本组中我最年轻，也是惟一的女性。我个性不太善于和人交往，他们男的，常到于是之老师那儿去喝酒谈剧本，当然也不便带着我。于是之当时是剧本组组长，他拿到我们的剧本，就会躲起来，不接电话，不见人，认认真真看两遍，才提意见。后来，他当了院长，每天不知道有多少事等着他，管剧院演戏的大事，也管消灭老鼠的小事，但他读我们剧本的习惯没有变。

1987年，我开始写《天下第一楼》。于老师从来没泼过冷水。后来他在一篇文章里写道："……这个题材和她的距离很远，一个女孩儿家能写出什么来？但我还是违心地说了赞同的话。渐渐地，我发现她可以写出一部好的作品来……"

写完《天下第一楼》的第一幕，我拿给于老师看，我说："您看看，如果不成，我就不写了。"于老师看完了，说："人物好看，语言生动，很有希望！"他只提了一个意见，人物的名字太文了。比如，当时剧里的罗大头叫罗龙章。我也找过剧本组的新任组长英若诚，他给我讲了"炸扳指"这道菜，使我顿悟了许多道理。

《天下第一楼》的剧名曾为《客上樊楼》，取自"夜深灯火上樊楼"。在一次艺委会上，苏民说剧名不通俗，难懂。尔后我才取为《天下第一楼》，我得天独厚地感受着这些大艺术家们的直接指教。

《天下第一楼》公演了，于是之老师写了一篇文章《贺何冀平》，其中有这样一句，我抄录在这里："感谢剧作家，这些用笔支撑着剧院的人。"什么时候想起来，都眼睛发热。我永远怀念在北京人艺工作的日子，我在那儿工作了七年，后来移居香港，就再也没听到过这样的话语。

1989年，我随家移居香港。许多人为我惋惜，当时报纸上有文章说，一个离开了自己乡土文化的作家，她还可以做些什么？在北京，我事业如日中天，在香港，没有人认得我。香港一个家人问我，写《天下第一楼》用了多长时间，我说三年，她说："在香港你会饿死。"我自己也很彷徨，在这个连语言都不通的地方，我还能写些什么呢？1991年北京人艺到香港演出《天下第一楼》，徐克看完戏就连夜找两样，一是烤鸭，一是何冀平。从创作电影《新龙门客栈》开始，我走进香港的影视圈，在香港一班影视制作人中打滚儿。听不懂导演、监制的广东话，就用小录音机录下来，回家让老公做翻译。八年的电影、电视生涯，时常手里有三个剧本同时进行，好像耍杂技，抛着三个球，哪个也不能掉下来。当我一天可以写成一集《新白娘子传奇》的剧本的时候，我知道我不会"饿死"。

1997年，我应邀加入香港话剧团，重归舞台。第一部话剧《德龄与慈禧》，奠定了我在香港剧坛的地位。最后一场演出，我上台谢幕，演员们按照外国的习俗，齐声踏动着台板，向我致意，观众掌声经久不息。

走出香港文化中心，已是深夜，维多利亚海灯火阑珊，我突然对老公和儿子说："香港真美。"

四年中连续上演我五部话剧，包括三千万制作的《烟雨红船》。2001年，香港舞台的所有主流剧团，同时上演我的剧本，香港评论界称为"何冀平现象"。

在香港，一个完全陌生的地方，我重新起步，十四年过去，我多了一个故乡，多了一片乡土。当初离开北京时，诗人刘征送给我一首诗，最后一句："惊寒欲问今何夕，第一楼头看月明。"

我曾经又回过陕北，我插队的那个小村子，远远地就看见延河那边黑压压站着全村的人，他们像接闺女一样把我迎进门，是这块贫瘠的土地和乡民，给了我自信，铸成我手中的笔，给了我此生赖以谋生的能力。

曹禺老院长曾经握着我的手，追问《天下第一楼》我用来结尾的那副对联，究竟是什么意思？我说，是我对人生沧桑的感悟。不少人惊讶，一个尚且年轻的女子（《天下第一楼》首次公演时，我三十出头）竟对人生有如此沧桑的感受？

我的沧桑，是从六岁开始的。我感谢这种沧桑：是它使我过早成熟，是它使我深沉不敢轻浮，是它使我在逆境中不曾倒下，是它使我知道人生不是索取而是给予。也是它，使我走上写戏这条不归路。

我的剧本曾几次成集出版，今又承蒙作家出版社成书，在此向出版社和责任编辑秦悦表示我的衷心感谢。

2021年3月

图书在版编目（CIP）数据

疏影暗香：何冀平经典剧本集 / 何冀平著 .—北京：作家出版社，2021.9
ISBN 978-7-5212-1485-7

Ⅰ.①疏… Ⅱ.①何… Ⅲ.①戏剧—剧本—作品集—中国—当代
Ⅳ.① I230

中国版本图书馆 CIP 数据核字（2021）第 135820 号

疏影暗香：何冀平经典剧本集

作　　者	何冀平
责任编辑	秦　悦
插图摄影	李春光　王可达　马　成　石　榴　胡　敏
装帧设计	薛　怡
出版发行	作家出版社有限公司

社　　址：北京农展馆南里 10 号　　　邮　　编：100125
电话传真：86-10-65067186（发行中心及邮购部）
　　　　　86-10-65004079（总编室）

E-mail:zuojia @ zuojia.net.cn

http://www.zuojiachubanshe.com

印　　刷：北京盛通印刷股份有限公司
成品尺寸：170×240
字　　数：295 千
印　　张：18.25
版　　次：2021 年 9 月第 1 版
印　　次：2021 年 9 月第 1 次印刷
ISBN 978-7-5212-1485-7
定　　价：68.00 元